超好看

22

超好看
22

超禁忌游戏

SUPER TABOO GAME

Ⅲ

宁航一 著

四川文艺出版社

图书在版编目（CIP）数据

超禁忌游戏. 3 / 宁航一著. —成都：四川文艺出版社，2017.6（2018.1重印）
ISBN 978-7-5411-4676-3

Ⅰ. ①超… Ⅱ. ①宁… Ⅲ. ①长篇小说－中国－当代 Ⅳ. ①I247.5

中国版本图书馆CIP数据核字(2017)第119167号

CHAO JIN JI YOU XI.3
超禁忌游戏. 3
宁航一 著

策划出品　磨铁图书
责任编辑　周　轶

出版发行　四川文艺出版社（成都市槐树街2号）
网　　址　www.scwys.com
电　　话　028-86259287（发行部）　028-86259303（编辑部）
传　　真　028-86259306

邮购地址　成都市槐树街2号四川文艺出版社邮购部　610031
排　　版　北京东安嘉文文化发展有限公司
印　　刷　三河市冀华印务有限公司
成品尺寸　166mm × 235mm　1/16
印　　张　18　　字　　数　260千字
版　　次　2017年8月第一版　　印　　次　2018年1月第三次印刷
书　　号　ISBN 978-7-5411-4676-3
定　　价　35.00元

⊗ 目录 CONTENTS

⊗

目录

CONTENTS

楔子　一

SUPER TABOO GAME

中国澳门某豪华赌城。

在一张"21点"的赌桌前，聚集了很多人。除了四个玩家之外，其余的都是围观者，引人注目的是一个21岁的年轻人。

巩新宇（男22号）并不希望受到如此关注。他来这里的目的是赢钱，而非出风头。但是，他在短短两个小时内赢了可以兑换成2000万澳门币（约合1600多万元人民币）的筹码，想要不引人注目是不可能的。

今天该收手了。巩新宇在心中告诫自己。即便毫无破绽，一次性地咬太大一口，也会惹来麻烦。他非常清楚这一点，所以打算把所有的筹码收起来兑换成现金后离开。

然而，当庄家询问是否发牌的时候，巩新宇改变了主意。之前的两个小时，他一直有所保留，试图营造出自己只是一个运气爆棚的普通玩家的假象。为此，他甚至故意输了几把。但是，反正都要走了，何不放开来玩儿把大的？

“今晚最后一把，不成功便成仁。”巩新宇做出下了重大决心的样子，把所有的筹码全押在了下注区。

“请发牌。”

周围的看客们全都兴奋起来，他们来此地娱乐的目的，一方面是赌赌小钱，另一方面就是围观这种一掷千金的豪气玩家。即便是在蒙特卡洛或者拉斯维加斯，如此豪情万丈的赌客也不是每晚都会出现的。

洗完牌后，庄家将一张暗牌和一张明牌分别发给赌桌上的三位玩家——另外两个下小赌注的人纯属陪衬，庄家几乎没看他们的牌面。他关注的只有坐在他正对面的这个人。

巩新宇的明牌是一张黑桃4，而庄家的是红桃5。他们都选择了要牌。

巩新宇得到的是一张方块3，庄家是黑桃2。

另外两位玩家已经意识到了他们的配角身份，一位在选择要牌后爆了牌，另一位则弃牌退出。赌局现在只属于巩新宇和庄家。

庄家的暗牌是梅花J（代表10点），加上5和后来冒险要的2，已经17点了。如果继续要牌，只要牌面超过4点就爆牌了。他陷入了被动局面，紧张地等待着玩家选择是否继续要牌。

巩新宇的暗牌只有他自己知道，现在牌面上加起来才7点，他选择要牌。

庄家发给他的是一张黑桃10，而巩新宇表示自己并未爆牌。庄家的心脏被重击了一下——这意味着，巩新宇仅明牌的点数就已经超过了自己。如果不继续要牌，等于是认输了。

在这种情况下，只能祈求上帝保佑了。庄家屏住呼吸要了最后一张牌——感谢上帝！是梅花3！加起来20点！

周围的看客一片沉寂，他们认为胜负已定，庄家冒险一赌，扭转了局面。虽然没人知道巩新宇手里的暗牌是什么，但就算是A，加起来也已经18点了。这种情况下，没有人会选择继续要牌。

但是，他们却听到这个年轻人的嘴里清晰地说出了“发牌”两个字。

所有人都认为这个年轻人疯了。庄家麻木地将一张牌发给巩新宇，心里默念："不可能，这绝对不可能。"

红桃2。如果巩新宇手中的暗牌是A的话，一共20点，平局。

巩新宇"哎呀"一声，似乎感到意外："真的是2点。这样一来，2＋10＋3＋4再加上我手里的这张2——刚好21点！而且是五龙（玩家要牌直至手里有五张牌且没有爆牌，庄家必须赔双倍的注码）。Double！今天晚上运气太好了！"

说着，他翻开了手中的暗牌，当围观者看到那张方块2后，场面顿时沸腾起来。而庄家的脸色铁青，身体摇晃，几欲昏倒。

巩新宇把赢得的筹码用一个大袋子装好，到兑换处兑了满满一皮箱的澳门币。

就在他准备离开赌城的时候，两个身穿黑西装的彪形大汉包抄过来，一前一后，将身子单薄的巩新宇挤在中间。其中一个说："先生，我们老板想见见你。"

巩新宇心里咯噔一下，他大喊着告诉周围的赌客，自己受到了人身威胁："为什么？赢钱是因为我运气好，我又没有出千，你们凭什么……"

"就凭这个。"另一个黑衣大汉掀开西装，露出腰间的手枪，"这理由够充分吗？"

巩新宇艰难地咽了一下唾沫，在两个大汉的挟持下被带到了楼上的一间办公室。

黑色办公桌后面，坐着一个头发花白的老头儿，他看上去六十岁左右。门被关上后，老头儿站起来，缓步到巩新宇的面前。他仔细打量了巩新宇一番后，说道："我是这家赌城的经理，也许你不会相信，你在两个小时内让我们损失的钱，比我们从开业到现在输的钱还要多。不管你如何强调自己没出千，我都不相信一个人仅凭运气能赢这么多钱——特别是最后一把，你心知肚明，这完全是不合理的。所以，我很好奇，你是怎么做到的？"

在枪口的威胁下，巩新宇不敢放肆，生怕激怒他们，身上会多一个洞。“我真的是全凭运气，我这个人从小就有赌运……”他装出无辜的样子，说这些话的时候，他听到了旁边子弹上膛的声音，紧张得全身的毛孔都在收缩，“你……你们要干什么？不打算听我解释吗？”

老头儿遗憾地说：“我想听实话，不是废话。如果你执意用‘运气’来解释，我就不打算听了。”

巩新宇冷汗直冒：“那么，你要我怎么证明我确实没有作弊？”

“年轻人，我从20多岁就在赌场工作，到现在已有36年了。赢钱、输钱、暴富、自杀——我见得太多了。但什么事情是不合理的，我一眼就能看出来。比如今天晚上。你再三强调没有出千，而从监控录像中也没看出任何破绽。所以，我只能把你叫到面前来，亲自会会你。”

“……什么意思？”

“我跟你赌三把，每一局的赌注是1000万元。如果你赢了，我就相信你的确没有出千，而且保证你能带着所有的钱安全地离开。”老头儿淡然一笑，一边说一边走到办公桌前，从抽屉里拿出一个箱子，在巩新宇面前打开，“为表诚意，钱我都准备好了。怎么样？”

巩新宇知道自己没有选择，便问道：“赌什么？”

“我老了，需要算牌的游戏不再适合我，我们就玩个最简单的吧。”老头儿拿起桌子上的一副扑克牌递给巩新宇，“你检查一下，这只是一副普通的扑克。”

巩新宇打开看了看，说：“没错，只是普通的扑克。”于是把牌交还给了老头儿。

“听好了，规则很简单——你来洗牌，然后，我在其中随意抽出一张。如果你能猜出我抽的是哪张，就算你赢；猜错，则算你输。”

巩新宇愣了片刻，张嘴说道：“这叫赌博吗？完全是要求我表演魔术。在一副扑克中任意猜一张牌，你认为这公平吗？”

“不公平。但你刚才说了，你从小赌运就远胜于常人。所以，一般人做不到的事情，你应该能办到吧？”老头儿带着讥讽的口吻说。

巩新宇暗想：“这个老傻瓜，他以为这样就能刁难我？完全是自取其辱。这比21点要简单100倍。”表面上却装出经过一番思想斗争后才痛下决心的样子：“好吧，就照你说的做。如果我赢了，你真的会让我离开吗？”

“一言为定。”老头儿微笑着把扑克牌全抽出来，递给了巩新宇，“洗牌吧。”

巩新宇洗了几次牌，把牌背着呈扇形摊在办公桌上。老头儿从中抽了一张牌，看了一眼，问道：“我扣的是哪张牌？”

巩新宇凝神几秒钟后，回答道：“方块9。”

“不对。”老头儿努了努嘴，摇头，并把牌面翻过来，是一张梅花Q，“边儿都不挨。”

巩新宇无比愕然，不敢相信自己居然失手了。但这老头儿把牌抽出来后，就一动不动地捏在手里，将其背面对着自己，没有任何换牌的机会。他调整了一下状态，说道：“好吧，这局我输了，再来。”

老头儿把这张牌插进那副扑克里，递给巩新宇：“提醒你一句，你已经输给我1000万元了，最后一起算吧。”

这回巩新宇认真地洗了七八次牌，再次将它铺在桌面上。老头儿随意抽了一张，示意巩新宇猜牌。

“黑桃J。”

老头儿翻过牌面，是一张红桃5。

第三次，巩新宇专注地感应了足足一分钟，他不相信这次还会错：“方块3。”

但老头儿手里的牌却是一张梅花10。他缓缓地摇头道：“看来，你的运气并非想象中的那么好。或者，你的千术只适用于‘21点’？”

巩新宇的脸上汗如雨下，神态惘然地低声说：“不可能，只不过是五十四分之一的概率……这么低的概率，怎么可能出错……”

老头儿捕捉到了他话中的重要信息，了然于心地一笑：“也许你犯的唯一错误，就是对自己的能力太过自信。我叫你检查一下这副牌，你居然只是随便地看了看，都没有数一下一共有多少张。”

巩新宇目瞪口呆地望着老头儿：“你阴了我？这副扑克不是54张？”

老头儿叹道：“年轻人啊，不管拥有多么强大的能力，也摆脱不了自负和急躁的毛病。我并没有做手脚，但这副牌是全新的，里面有一张备用牌，你怎么不仔细检查一下呢？”

说着，老头儿从一摞牌里选出那张印着厂家广告的备用牌，放在巩新宇的眼前。

“原来是这样，难怪我会出错……并不是五十四分之一的概率，而是五十五分之一……”巩新宇幡然醒悟，突然又像是想到了什么，望着老头儿，“你怎么知道我拥有某种‘能力’？”

“我现在还知道，你的超能力是控制‘概率’。”老头儿说，“通过刚才那件事情试出来的。”

巩新宇愕然：“你怎么知道这些事？你是谁？刚才的赌博，是为了试探我的超能力是什么？”

“你的这些问题，还是让我的老板来回答吧。你见了她，自然就知道是怎么回事了。”

老头儿说话的同时，办公室内侧的门打开了，从里面走出来一个身穿高档毛料套装、头发绾成发髻，面容冷峻、目光如冰的女人。巩新宇一开始没认出她是谁，只觉得十分眼熟。端详了许久后，才叫了出来：“啊，你是……贺静怡？！”

贺静怡（女41号，能力“金钱”）走到巩新宇面前，平淡地说：“好久不见，巩新宇。”

巩新宇难以置信地说：“你……居然是这家赌城的老板？”

“一个星期前还不是，为了你，我才专门买下这家赌城的。”贺静怡说，“你看，我多重视你。”

“你知道我会到这里来赌钱？”

贺静怡淡然一笑：“半个月来，你横扫威尼斯、新葡京、永利和金沙等各大赌场，赢了将近1亿元。而且你相当聪明，绝不在同一家赌城出现两次。所以你到这儿来，是必然的事。”

巩新宇像看陌生人一样注视着贺静怡：“你买下了这家赌城？怎么可能？你以前只是……”

“只是一个通过打杂来换取免费上课机会的穷姑娘。”贺静怡接着他的话往下说，“变化大得让你适应不了，对吗？但你现在也是大富豪了，应该非常清楚，这就是金钱的力量。”

巩新宇微张着嘴，已猜到贺静怡的超能力是什么了。

“你设局试探出我的超能力，目的何在？”

贺静怡反问道：“你已经赢了1亿元，却还不收手。要说仅仅用来享乐，似乎说不通。那你告诉我，你赢这么多钱的目的何在？”

巩新宇瞄了一眼站在两侧的黑衣大汉以及那个老头儿，明白自己处于被动地位且被调查过，于是不敢隐瞒，只能说出实话：“对，我赢钱的目的，不是为了享乐，而是想成为世界首富。”

“想当世界首富的原因又是什么？”贺静怡问。

巩新宇说：“你知道我们13班的人遇到了什么样的事情。一年之后，事态会发展到何种局面，谁也说不清。我不想杀人，当然也不可能坐以待毙。我唯一能做的，就是利用我的超能力积聚尽可能多的财富。虽然我相信金钱不是万能的，但它具备扭转乾坤的巨大作用。”

贺静怡盯着巩新宇看了一阵，嫣然一笑，颔首道：“很好，我果然没看错，你是个坦率的人。这就是我找到你，想跟你合作的原因。”

“合作？”

“是的，因为我们的某些观点完全一致，可能是因为我们的能力本来就有着某种共通之处。”

“如果我没猜错的话，你的能力是可以控制‘金钱’吧。”

“没错。”

“具体怎么运用？”

“打开你的皮箱，你就知道了。”

巩新宇狐疑地打开装满现金的箱子，惊愕地发现，整整6000多万澳门币，全部变成了面值1分钱的人民币。估计这么大一箱钱，现在的总价值不会超过五百元人民币。

贺静怡对呆若木鸡的巩新宇说：“如果你具有丰富的想象力，应该不会怀疑这箱钱也能变成别的形态，比如欧元或英镑。”

巩新宇不解地问：“你具有这样的能力，还有什么必要跟我合作？”

“我不知道你对于经济学有没有研究。”贺静怡坐到一张皮转椅上，身体后仰，“但是最简单的常识你应该知道——钱如果太多，也就不值钱了。”

巩新宇是聪明人，一点就通。他略微点点头：“所以，你想通过我的能力，赢取别人手里的钱，而不是一味地增加钱。”

“完全正确。怎么样，有兴趣吗？”贺静怡说，“我相信想象力再贫乏的人，都能想到‘金钱’和‘概率’合作，会产生怎样的变化。你成为世界首富的日子，指日可待。说到这里，顺便提醒你一句，仅靠你自己的能力，是不可能成为世界首富的。”

“为什么？”

贺静怡说：“你的能力虽然能控制‘概率’，但我猜，在1级的情况下，恐怕还不能控制概率太低的事情，比如彩票。要不然的话，你直接猜彩票中奖号码就行了，还用得着赌钱这么麻烦吗？”

贺静怡的话一语中的，巩新宇一时有些难堪。这时，赌城经理——那个老头儿说道："'21点'是所有赌博方式中唯一可以通过'概率'战胜庄家的赌博游戏，而且它不需要依赖太低的概率，就能获胜。"

被对方分析得如此透彻，巩新宇也不用再遮掩了。他说："没错，所以我完全可以用这种方式，在世界各大赌城赢取数亿资金。只要两个月的时间，我就能……"

"抱歉，这不可能。"贺静怡温和地指出，"理论上是成立的，但不可能实现。因为你还没赢到计划中十分之一的钱，就会命丧黄泉。"

巩新宇后背一冷："为什么？"

贺静怡笑道："你真是得意过头了，怎么连这么简单的道理都没想到？不管是在澳门、拉斯维加斯还是大西洋城，任何一个连续赢取大额金钱的赌客，都会引起当地赌博联盟的高度关注。而事实是，不管能否找到这个人出千的证据，赌城老板都不会允许这样的人存在。他们可不是幼儿园教师啊，会想出什么手段来对付你，你思考过吗？"

老头儿补充道："不说远了，凭你这段时间在澳门的赌绩，就已经引起澳门各个赌场老板的特别关注了。你要是再这样赢下去，恐怕连离开澳门都很难了。"

巩新宇的额头上冒出了冷汗，他承认自己确实想得太简单了。贺静怡说："所以你要知道，我及时找到你，实际上是救了你一命。"

巩新宇已经彻底丧失了之前的傲气，他意识到，跟贺静怡合作是他唯一的出路。

"好吧，我听你的，你说我们应该怎么做？"

贺静怡跟老头儿互看一眼后望向巩新宇，说："首先你要告诉我，你的超能力具体有什么用？"

巩新宇说："目前而言，有两个用途。第一，能改变一件事情的概率。比如，将千分之一的概率变成百分之百。但是正如你们知道的，我目前的等级无法控制太低的概率。第二，在得知某件事情概率的情况下，能感知到与之相关的信息。”

贺静怡颔首道：“我明白了。”

巩新宇问：“那你是怎么打算的？”

贺静怡从皮转椅上站起来，走到他面前说道：“你拥有能控制概率的能力，难道只想做玩家？你就没想过，如果你是庄家，会赢多少钱？”

巩新宇“啊”了一声，豁然开朗：“如果我当庄家，赢玩家的钱，就不会成为众矢之的了！”

贺静怡淡然道：“现在你明白，我买下这家赌城的另一个用意了吧？”

“对，咱们可以利用这家赌场，赢那些来自五湖四海的赌客们的钱……”

贺静怡笑着摇头，凝视巩新宇的眼睛：“思维再开阔一些，好吗？这家小小的赌城算什么？只是一个起点，只要合作愉快，整个世界都会被我们踩在脚下。”

巩新宇目瞪口呆地望了贺静怡片刻，忍不住说道：“你……真的是以前那个贺静怡吗？差别实在太大了……是金钱改变了你吗？”

贺静怡缓缓地转过身去，脸上的笑意消失了，冷语道：“不，是仇恨。”

楔子　二

SUPER TABOO GAME

琮州市国家安全局特别接待室。

夏丽欣（女11号）坐在两位国安局探员的对面，之前的半个小时，夏丽欣把她所知道的关于13班的一切告诉了柯永亮和梅娜。

“这就是我知道的全部。”她说。

柯永亮颔首道：“感谢你主动找到我们，说出这件事的经过，那么你需要什么帮助？”

“我需要保护——警方或者国安局24小时的严密保护。”

“你认为自己已经被对手盯上了？随时可能遭遇袭击？”

“是的。”

“但13班的几十个人，似乎都存在性命之忧，我们恐怕没有办法严密保护每一个人。”

“不。”夏丽欣说，“我比其他人的处境要危险得多，因为我的超能力已经暴露了。”

柯永亮和梅娜互看一眼，柯永亮问道：“你的超能力是什么？”

夏丽欣说：“你们看《好声音》这档节目吗？”

柯永亮摇了摇头，梅娜说：“最近这一期吗？我看过。”

“其中有一名女歌手，在盲选阶段引起了轰动，现在这段视频在网上疯传，点击量上亿。这事各大娱乐网站都有报道，你们应该知道吧？”

梅娜端详了夏丽欣片刻，“啊”地叫了一声：“你就是那个歌手，叫什么来着……”

“这不重要，那是我随便取的艺名。实际上，参赛的时候我十分小心，化了浓妆，改变了发型，还戴了帽子。但我唯一没想到的是现场能轰动成那样，以及这段视频的火爆程度。节目播出后，我被人肉搜索出来，现在全国的人都知道我的真实姓名和家里的门牌号。而13班的人通过那段视频就能猜到我的超能力。”

柯永亮不看娱乐节目，他问梅娜：“到底是怎么回事？”

“我建议你一会儿就上网看看那段视频。”梅娜说，“现场的观众简直都要疯了。四位导师在她唱第一句的时候一齐转身，全场观众起立，有一半的人听得泪流满面，另一半的人的表情就像是看到了耶稣降临。四分钟的演唱结束后，如果不是保安阻止，恐怕所有人都会冲到台上去跟这个女歌手拥抱，包括其导师在内。在接下来的导师抢人阶段，导师们只差没有大打出手了，总之场面完全失控了。”

柯永亮听得目瞪口呆：“真的有这么好听？”

“用‘天籁之音’来形容这个女歌手的声音，是种亵渎。”梅娜说。

柯永亮和梅娜一起望向坐在他们对面的夏丽欣——这段视频的主角，似乎在努力把她跟那个引起轰动的女歌手联系起来。

“不用怀疑，就是我。”夏丽欣疲惫地说，“刚开始引起轰动的时候，我挺兴奋的，现在才意识到完全是场灾难。”

“你准备参赛之前，没想到会出现这样的结果吗？”梅娜问。

“其实我预想过，只是没想到会这么夸张。”夏丽欣说，“拥有超能力之后，我觉得实现梦想就在眼前，于是冒着被人认出来的风险去参赛。结果是我红了，但也迎来了危险。13班每一个看了那段视频的人，都能猜到我的超能力是什么。”

“你的超能力，是能控制‘声音’，对吧？”梅娜问。

“是的。”夏丽欣沮丧地说，“你瞧，你也一下就猜中了。”

“具体怎么运用？”

夏丽欣说：“我能控制跟声音有关的一切，比如音色。我现在没有启动超能力，说话的音色很普通。但参赛时，我发出的是人类可能拥有的最佳音色。当然，我还能控制声音的频率和大小，等等。”

“能展示一下吗？”柯永亮提出要求。

夏丽欣望着他：“你确定吗？”

柯永亮点头。

夏丽欣运了口气，张开口，发出一种频率极高的声音。虽然柯永亮和梅娜立刻捂住了耳朵，仍然感到眩晕、恶心。接待室右侧的镀膜热反射玻璃（从里面看是镜子，从外面看是玻璃）也出现了裂纹，眼看就要破裂了。柯永亮大声吼道：“好了，停止吧！”

夏丽欣闭上嘴，取消了超能力。过了很久两个探员才从恶心和眩晕中恢复过来。

站在接待室外，通过玻璃注视着里面这一切的国安局局长纳兰智敏，也为之感到愕然，他张开的嘴许久未能合拢。

夏丽欣说：“刚才的高频率声音不算什么，我还能发出超低频率的次声波，对人的破坏性更强，可引起人体血管破裂并导致死亡。”

梅娜有点儿不寒而栗：“你的超能力这么强，还需要警方和国安局的人保护你吗？”

“不，不管超能力强弱与否，让对手获知自己的超能力，绝对是不明智的。”夏丽欣谨记着旧神的这句提醒，“我现在后悔极了，已经找借口退出了比赛。但已经迟了，我现在完全处于被动局面。假如遭遇袭击，我在明对方在暗，对我来说太不利了。”

“我明白你的担忧了。”柯永亮说，“我给你三条建议：第一，赶快搬家；第二，尽量减少露面的机会；第三，你不能主动攻击任何人。”

“这些我都会照做。”夏丽欣不安地说，“但我有种直觉，我已经被某个袭击者盯上了。你们能为我提供保护吗？”

柯永亮很想说“我们可不是你的贴身保镖”，但看到这姑娘担忧的神情，又有些说不出口。想了想，他打算告诉夏丽欣，如果要获得警方或者国安局的保护，只有住在相应的机构才行，但其实质就跟坐牢差不多了。

柯永亮正要开口，接待室的房门被推开了，局长纳兰智敏走进来，对夏丽欣说：“可以，姑娘。我们会安排探员埋伏在你家附近，暗中保护你。”

“全天吗？”

“没错，24小时。”

“太好了。”夏丽欣站起来，对纳兰智敏说，“非常感谢您。”

“保障公民的安全是我们的责任之一。”纳兰智敏微笑着说。

夏丽欣不住地点头，又说了些感激的话便回家了。

望着她的背影，柯永亮说：“局长，您不会真要派我们俩当她的贴身保镖吧？”

纳兰智敏说：“你说她的超能力会不会隔很远都能听到我们的谈话？”

柯永亮耸了下肩膀：“很难说。”

“那就到我办公室来。”

柯永亮和梅娜跟着纳兰智敏来到局长办公室，关上门后三个人分别坐在皮椅上。

纳兰智敏说：“这姑娘刚才说的一切——旧神附身、用一张白纸选择超能力、五十个人互相搏杀——听起来简直像神话故事，你们认为她说的是实话吗？”

“是实话。”微表情专家梅娜笃定地说，“她的表情不会骗我。”

纳兰智敏颔首：“这是13班的超能力者第一次坦诚地告诉我们他们遭遇的一切。我猜这个姑娘在出过风头后，真的感到害怕，想要寻求保护。”

“显然是这样。”柯永亮说，“我关心的是，您打算派谁去当她的‘保镖’？”

“谁也不派。”纳兰智敏说。

柯永亮和梅娜对望了一眼，柯永亮蹙额道：“您是骗她的？其实根本不打算派人保护她？”

“‘骗’这个字多难听，我是在安慰她，避免她过度紧张、疑神疑鬼。”

柯永亮不解地说：“看起来您一点儿都不在乎这些超能力者的安危，甚至……”

纳兰智敏睨视着他：“甚至什么？”

柯永亮犹豫了一下，说：“可能这样说对您有些冒犯，但我感觉您不但不会保护他们，甚至希望看到他们互相厮杀。”

纳兰智敏沉默了一阵，说道：“老柯，咱们共事有一段时间了，我发现你有着敏锐的直觉。没错，我就是希望他们互相厮杀。”

柯永亮感到诧异：“您刚才还说，保障公民的安全是我们的责任之一。”

“没错，普通公民。”纳兰智敏强调了“普通”两个字。

柯永亮和梅娜没有说话，等待纳兰智敏做进一步的解释。

纳兰智敏从椅子上站起来，双手撑在钢琴烤漆的黑色办公桌上，严肃地凝视着两位探员，说道：“听好，以下内容是绝对机密。关于明德培训中心13班发生的事，国家安全部已经进行调查。他们对这件事的重视程度，超出了你们的想象。现在，国家安全部做出最新指示——不得对13班所有成员互相拼斗的行为进行任何干涉。”

柯永亮和梅娜为之愕然：“什么？放任他们不管？让他们肆意展开‘超

能力大战’？”

“恐怕上面就是这个意思。”纳兰智敏说。

“为什么？”柯永亮大为不解，“夏丽欣的超能力，您也见识了。仅仅一个人，就能产生如此强的破坏力，要是他们互相拼斗起来，会产生多大的伤亡？”

纳兰智敏伸手做了一个让柯永亮闭口的手势，说道：“这件事，关系到整个国家乃至全世界的未来。上面掌握了一些我们不知道的重要信息，为顾全大局而做出这个决定。你们不要问我具体原因，我也不清楚。我知道的是我们必须听从安排，绝对不能擅自行事。”

柯永亮无话可说，只能负气地摊手：“这么说我们这个特别调查组可以解散了，已经没事可做了嘛！”

“谁说没事可做？”纳兰智敏说，“上面的指示只是要求我们不得干涉13班成员互相拼斗的行为，但不能允许这些超能力者对平民下手，就算被害者是恶人也不行。”

梅娜说：“听起来，好像已经发生这种事了？”

“是的。”纳兰智敏说，“这段时间，本市发生了几起自残事件，并有人因此死亡。这些事件具备一定的共性，受害者多数都是些凶恶之人，并且都是在与周边某人发生冲突之后，开始自残甚至自杀的。地点基本都在公共场合，造成了很大的恐慌和不良影响。初步判断，这些事件跟13班的某个超能力者有关，我要你们立即展开调查。”

柯永亮和梅娜从椅子上站起来，异口同声道：“是！”

一、分析

SUPER TABOO GAME

从无人岛回来之后，“守护者同盟”的成员们回到各自家中休整了两天。恢复精神和体力之后，他们不敢耽搁，再次聚集在大本营，商量下一步的行动。

无人岛之行没能揭开旧神的秘密，却带来了更多的谜团。众人经过商量，认为要解开这些谜只能慢慢来，当前的重中之重，是要尽快发展同盟成员。之前的“失踪者”和“袭击者”都表示，13班已经分化为几个派别了。除了杭一等人的“守护者同盟”外，显然还有一个“主战派”和更加神秘的“三巨头同盟”，形势已然十分严峻。

“我们的动作必须要快，如果对手继续挟持或收买同伴，势力会越发强大，对我们就不利了。”杭一（男12号，能力“游戏”）说。

“你之前不是拟了一份名单，圈定了一些有可能加入我们同盟的人吗？”韩枫（男27号，能大“灾难”）说。

杭一将这份名单拿出来，在桌子上展开，叹息道：“我之前打算拉拢的裴裴（女39号，能力“数字”）和阮俊熙（男31号，能力“动物”）都已经死了。阮俊熙甚至被敌方控制，成了最棘手的对手……现在我也不能确定，这份名单是否还能作为发展同伴的依据。”

想到神秘遇害的裴裴，还有在这场残酷竞争中死去的同伴——刘雨嘉（女30号，能力“预知”）和井小冉（女28号，能力“治疗”），大家的心情都很沉重。陆华（男9号，能力“防御”）盯着名单看了一阵，思忖着说：“如果我们无法判断对方是敌是友的话，也许可以选择先跟超能力不具备攻击性的人接触。”

韩枫不解地望着他：“问题是我们怎么可能知道谁的超能力是否具备攻击性？”

陆华说：“其实通过之前的经验看，要猜到某个人的超能力是什么，未必是件难事。”

“哦？说来听听。”雷傲（男15号，能力“气流”）饶有兴趣地说。

陆华分析道：“当初我们选择超能力的时候，只有短短的10秒钟时间。没有深思熟虑的机会，我想每个人基本上都是按照自己的‘特性’进行选择。比如杭一，他最大的爱好就是玩游戏，所以选择了‘游戏’这种超能力；再比如裴裴，数学成绩是她的骄傲，所以选择了‘数字’这种超能力。”

“有道理。”韩枫说，“但恐怕不是每个人都是有迹可循的，比如我。我当时根本不知道该选什么，只是潜意识觉得，这事简直是场灾难，于是就写了‘灾难’。请问，这个怎么运用正常逻辑来推断？”

“我懂你的意思，但我也没指望推断出每个人的超能力。”陆华说，“只要能猜出一部分人的，就比一无所知好。”

“那你现在能猜到某人的超能力是什么吗？”孙雨辰（男19号，能力“意念”）问道。

“有一个，虽然我没法准确猜到她的超能力，但想来应该没有太大威胁。”陆华说。

“是谁？”杭一问。

陆华指着名单上的一个名字说：“舒菲，她是我的高中同学。我们算得上是朋友。我想，如果让她拥有超能力的话，她只会用来做一件事。”

“什么事？”辛娜好奇地问。

陆华说：“高三的时候，舒菲是我的同桌。有一次，她毫无预兆地请了一个星期的假。那时临近高考，每一天的时间都非常宝贵，更别说是七天了。我猜想她若非生了重病，就是家里出了大事。于是，我在放学后到她家去探访她。

“我看到舒菲的时候，她躺在床上，面容憔悴，瘦了一大圈，显然是经历了什么重大的打击。她不肯告诉我原委，只是暗自流泪。后来，她的父母告诉我，一个星期前，舒菲带着她只有四岁大的亲妹妹去附近逛街，没想到把妹妹弄丢了。她焦急万分，立刻告诉父母并报了警。但警察搜寻了若干天，也没能找到她妹妹。这个四岁大的女孩儿，居然就这样失踪了。舒菲无比自责，本来能稳稳考上重点本科院校的她，最后只考上了一所普通本科院校。”

“她妹妹直到现在也没找到？”辛娜问。

“是的。高中毕业后我和舒菲本来就没有联系了，没想到几年后又同在明德的13班补习英语。我试探着问她妹妹的消息，她忧郁地告诉我，这四年来她从未停止过寻找，却一无所获。她说，虽然父母都已经放弃了，并且没有责怪她，但她永远不能放弃，因为这是她一生中所犯的最严重的错误。如果不把妹妹找到，她会一辈子活在内疚之中的。”

“我能理解她内心的煎熬和痛苦。”辛娜难过地说。

杭一明白了，说：“所以，舒菲肯定会选择一个有助于找到妹妹的超能力？”

“按正常逻辑判断应该如此。”陆华说，“即便不是这样，凭我对舒菲的了解，她也是一个善良而有责任心的女孩儿，我完全有理由相信她会成为值得我们信赖的同伴。”

“前提是她还没被敌方势力控制。”杭一迫不及待地从座椅上站起来，同时瞪了陆华一眼，“你怎么不早说这事？我们早就应该去找她了。”

“你现在就想去吗，杭一哥？”米小路（男49号，能力“情感”）跟着站起来。

“当然，不能再浪费时间了。”杭一又问陆华，“你有舒菲的电话吗？”

“有。”陆华掏出手机拨打舒菲的手机，十多秒钟后，他摇头道，“不行，系统提示已经停机了。”

“她不会已经遭遇袭击了吧？”杭一忐忑地说，“家庭住址呢？你知道吗？”

“知道。”陆华说，“不过杭一，这事我一个人去就行了。我太了解舒菲了，她不会伤害我的。”

“这可难说，你能保证她现在不是敌方的人吗？”一直没说话的季凯瑞（男10号，能力“武器”）此时提醒道，“不要用过去的眼光来判断现在的人和事。这场竞争开始之前，你相信阮俊熙会攻击我们吗？”

“……”陆华迟疑了。

杭一想了想，说：“这样吧，我和米小路跟你一起去，但是我们不进她家，你一个人去跟她谈。如果情况不对，你立刻想办法知会我们。小米的超能力不用动刀动枪也能制止一般的攻击行为。而你的‘防御’，也足以应对一切的意外情况了。”

“行。”米小路服从杭一的安排，陆华也没有意见。

“杭一老大，我也跟你们一起去。”雷傲跃跃欲试地站起来，“听了陆华讲的那件事后，我真好奇舒菲会选一个什么样的超能力。”

二、目标，锁定

SUPER TABOO GAME

杭一、米小路、陆华和雷傲四个人打车来到舒菲家所在的住宅区。陆华走到一栋楼前，对三个同伴说：“这是舒菲高中时的家庭住址，现在说不定已经搬家了，我上去看看。你们在楼下等我吧。”

“行，有什么情况你立刻打电话告诉我们。”杭一说。

陆华点了点头，乘电梯上楼。凭借高中时的记忆，他找到了舒菲家并按响了门铃。

一分钟后，防盗门打开了，开门的人正是舒菲（女45号），一个长发、留着刘海，面貌清秀、身材瘦削的年轻女孩。她平静地说：“陆华，是你。”

“对，舒菲，我刚才拨了你的手机号码，却提示停机了。所以到你家来找你。”陆华说，“还好，你没有搬家。”

“有什么事吗？”

“方便进去说话吗？”

舒菲短暂地迟疑了一下，道："进来吧。"

陆华进屋坐在了沙发上。舒菲坐在另一张沙发上，没有问他要喝什么，甚至没有好脸色，只是淡漠地说道："说吧，什么事？"

陆华本想借着老同学这层关系，先跟她聊一些怀旧和轻松的话题，现在看来似乎是很难做到这一点了。舒菲看上去精神不振、脸色苍白，甚至有些魂不守舍。陆华不知道她为何会如此，只能试探着问："你一个人在家吗？"

"嗯。"

"你爸妈呢？"

"他们早就不跟我一起住了，在开发区买了新房。"

"哦，你一个人住这么大一套房子？"

"陆华。"舒菲以不耐烦的口吻说道，"你来找我，不会是问这些无聊的事情吧？老实说，我正准备出门去办点儿事情。你到底有什么事，能直说吗？"

陆华被她说得十分尴尬。他没想到舒菲竟然是这种态度，和他印象中温文尔雅的样子大不相同，不禁心中发冷。事先准备好的热情洋溢的说辞，此刻也失去了激情和温度，变得生硬而机械起来："是这样，我和杭一、韩枫他们成立了一个同盟，打算团结13班的人，共同应对……"

没等陆华说完，舒菲就打断了他的话："我知道，杭一在班上号召过的。"

"嗯。舒菲，我们是高中同学，也是朋友。我希望你能加入我们的同盟。"

"抱歉，我没有兴趣。"舒菲冷冷地拒绝了。

陆华猜到她会这样说了，只是感到不解："为什么？"

"不为什么，我对这事不感兴趣。"

"不感……兴趣？"陆华难以置信地说，"我邀请你加入的可不是陶艺俱乐部呀，这件事关系着我们每个人的性命，甚至是世界的命运。你知道吗，在这场竞争中，13班已经有10个人死亡了。如果我们不团结起来，随时都可能会遭到袭击，命丧黄泉。”

“没关系。”舒菲漠然道，“是福不是祸，是祸躲不过，该来的总是要来的。”

陆华张着嘴愣了好一会儿，说道：“舒菲，你到底怎么了？为什么这么悲观？”

“陆华，每个人都有自己在意的事。也许你在乎的是这个世界的命运以及自身的安危，但我不是。这场竞争结果如何，地球的未来怎样，随便吧，我无所谓。因为我最在乎的事物，已经离我远去了。所以，很抱歉，我真的不关心以后的事。”舒菲垂下眼帘，无精打采地说完后，又有气无力地笑了一下，“如果有人想对我下手，那就来吧，我不怕。”

陆华感觉到了她那一丝笑容背后的苦涩和倦怠。他唯一能想到舒菲最在乎的就是她的妹妹，忍不住问道：“舒菲，你之所以如此颓丧，是因为……你还没有找到妹妹？”

舒菲脸上的肌肉微微抽搐了一下，垂下眼帘，双唇紧闭。

陆华知道自己说对了，安慰道：“当时你才十多岁，真的不是你的错。而且你已经努力过了，不是吗？舒菲，你不能一辈子活在这件事的阴影中。”见舒菲没有开口，只是目光低垂，缄口不语，陆华认为自己的劝说起到了作用，继续道，“凡事都要往好的方面想。虽然你没找到妹妹，但不代表她过得不好。也许她走失后，被好心人收养，现在正过着幸福的生活……”

“住口！”舒菲突然暴喝道，“你什么都不知道！”

陆华被吓了一大跳，结结巴巴地说：“舒菲，我是想帮你。同盟的伙伴们各自有着不同的超能力，也许大家一起努力就能帮你找到妹妹……”

舒菲瞪着布满血丝的双眼，额头上青筋暴露，眼泪如决堤洪水般涌出，厉声道："不准再提我的妹妹！"

随着这声怒吼，她倏然举起食指对准陆华，一字一顿地说："目标，锁定。"

这句话像一句魔咒，顷刻间，客厅里的所有物品——花瓶、水果刀、盆栽、水杯……几十样大大小小的物件如同子弹般朝陆华疾射而去。

陆华大惊失色，赶紧启动超能力，一层防御光膜及时笼罩在他身上。这些射过来的物品应声破裂，但碎片却不依不饶地再次攻击着目标。陆华虽有防御光膜护身没受到伤害，但被这阵势吓得哇哇大叫，抱头鼠窜。

然而，不管他逃到何处，物件们就会像跟踪子弹一般追到何处。更令陆华感到惊骇的是，茶几、沙发、电视柜、餐桌等大型物件也开始向他靠拢，似乎要将他挤压在中间，或者将他活埋。就算有防御光膜护体，被一大堆重物压在下面，势必无法脱身，陆华赶紧改变战术，把防御光膜变成圆形防御壁，升级后的防御壁半径达到2米，在此范围内，任何事物都无法靠近。

这时，舒菲也停止了超能力。她从情绪失控中回过神儿来，捂着嘴后悔地说道："陆华，你没事吧？对不起，我一时冲动……没控制住自己。"

陆华喘着粗气，惊恐地瞪着这个女人，不敢再逗留。他举起双手，慢慢地朝门口退去，随后迅速地打开房门离去了。

三、妹妹

SUPER TABOO GAME

陆华满头冷汗、神色惊慌地来到楼下，在附近等候的杭一等三人赶紧迎上前去。一看陆华的样子，就知道事情没有预想的那么顺利。

杭一问道："出什么事了？"

"走，走，走，离开这里再说！"

四个人快步走到小区外。杭一停下脚步问道："说吧，到底怎么回事儿？"

陆华把跟舒菲会面的过程扼要地讲述了一遍，杭一惊愕不已："这么说，她不但不同意加入我们的同盟，甚至还攻击你，想置你于死地？既然如此，舒菲就是我们的敌人了。"

"不，不是这样的。"陆华叹道，"她本来不会攻击我的，是我戳到了她的痛处，她才情绪失控的……她看起来也很后悔。"

"后悔？"雷傲愤然道，"还好你的超能力恰好是'防御'，换成其他人，在毫无防备的情况下遭到这样一轮猛攻，恐怕已经死了。杀了人再后悔，有什么用？！”

陆华摇头叹息：“也怪我，不该反复提到她妹妹，也许每个人心里都有一块伤疤，是不能揭开的。”

米小路说：“听你说的，她的超能力似乎跟孙雨辰差不多呀，都是利用‘隔空移物’来攻击对手。”

“不，不一样。”陆华对孙雨辰的能力十分了解，“孙雨辰使用‘意念’操纵物体进行攻击，必须要自己瞄准才行。但舒菲的超能力却像是锁定一个目标，然后周围的物体就会自动跟踪攻击。以攻击性来说，比孙雨辰要厉害得多。”

“又是个棘手的对手。”米小路蹙额道。

“别这么说……”陆华始终不愿将舒菲当作敌人，“我相信她本质并不坏。”

雷傲说：“不管她本质怎么样，你已经跟她谈崩了，发展她成为同伴的想法也化成了泡影。走吧，别浪费时间了。”

陆华沮丧地叹了口气。

杭一却并没有挪动脚步，站在原地思索着什么。米小路问：“杭一哥，你不会还在想如何拉拢舒菲吧？”

杭一若有所思地说：“我在想，她的超能力肯定跟‘跟踪’‘追踪’之类的有关。也许，借由这个能力，能追踪到跟旧神有关的线索……”

米小路说：“话是没错，但陆华跟她曾是朋友，都差点儿被她杀了，其他人更不可能说服她了。你不会是想再找她谈一次吧？”

“不。”杭一摇了摇头，望向陆华，“你说，舒菲正打算出门去办事儿？”

“是的。你想干吗？”

“我想知道她要去干什么。”杭一说，“你想，假如她真的颓废、悲观，对任何事情都漠不关心，又怎么会热衷于做别的事呢？所以我推测，她接下来要去做的，一定是一件对她来说意义非凡的事。”

“你想跟踪她？”陆华问。

“对，我、你和雷傲都不行，她认识我们三个人。如果要跟踪的话……”

杭一、陆华和雷傲的目光聚集在了米小路的身上。

“我？”米小路愣了一下。

“可以吗？”杭一问。

米小路从来不会拒绝杭一提出的要求：“行。”

杭一拍着米小路的肩膀说：“一会儿你到街对面，看到舒菲出来后，就与她保持一定的距离跟在她身后。她不认识你，只要小心一点儿，她不会知道你在跟踪她的。”

“嗯。”米小路点头。

“我们也会跟在你们后面，但是为了不让舒菲发现，必须离得远一些。假如我们跟丢了，你就立刻打电话汇报你的位置。”

“我知道了。”米小路说。

计划好后，四个人赶紧过街，街对面正好有一家甜品店。他们进去后随便点了几杯饮品，坐在靠玻璃窗的位置，注视着对面小区的大门。

40多分钟后，舒菲出来了，背着一个女式斜挎包。她没有打车，而是朝街道右边走去。杭一告诉米小路，那人就是舒菲。

米小路走出甜品店，装作普通路人跟在舒菲后面十多米远的地方。杭一等三人则跟熙熙攘攘的人群混在一起，跟在后面。

舒菲进入最近的一个地铁口，米小路跟着下去了。他掏出手机拨通杭一的手机：“杭一哥，她要坐地铁，我会跟她坐同一趟车，你们恐怕就不行了。这样，到了目的地后我再打电话，你们坐下一班地铁或者打车过来。”

“行。”杭一说，“你小心点儿。”

米小路跟随舒菲进入地铁站，在2号线的站台候车。米小路暗暗使用超能力，观察到舒菲的“情绪小球”是深蓝色，代表其情绪阴郁。这倒让米小路放心了——起码在她头上出现的不是代表杀意的黑色小球。

地铁到站后，舒菲和米小路先后进入同一节车厢。米小路假装玩手机，实际在暗中观察舒菲，他确定舒菲不认识自己，更不可能想到会被人跟踪了。

同时，米小路注意到，舒菲看上去心事重重。可惜他不是孙雨辰，猜不到她心中所想之事。

地铁行驶5站后，舒菲下车。换乘7号线，又坐了11站，下车的地点已是郊区某处了。米小路摸出手机，打算通知杭一等人赶到相应位置。然而，他发现舒菲并没有乘坐电梯到达地面，而是在地铁出口的通道旁驻足，悄悄地注视着前方。

米小路随舒菲看着的方向望过去，看到了她关注的对象。

一个七八岁的小乞丐，衣衫褴褛、蓬头垢面，头发一定好久没有洗，腻成了一股一股的，衣服比厕所里的墩布还要脏。这小乞丐灰头土脸，难以分辨性别，只通过那纤细的手腕和瘦下巴，让人勉强觉得像是个女孩。她手里拿着一个不锈钢碗，向行人们索要钱财。一些人嫌她脏，避之不及，也有一些好心人把一些零钞丢到她碗里。小乞丐便对施舍者磕头作揖。

一开始米小路感到好奇，不明白舒菲为何对这个小乞丐如此关注。但当他注意到，舒菲在远处捂着嘴，潸然泪下的时候，突然想到了陆华说过舒菲丢失妹妹的事。米小路心中一震，猜到了几分。

难道她看到跟自己妹妹年纪相仿的乞丐，便联想到妹妹的境况也可能同样悲惨？米小路暗忖，或者这个小乞丐就是她妹妹？

应该不可能吧。哪有这么巧的事，丢失几年的妹妹，刚下地铁就能遇到？再说，如果真是她妹妹，舒菲怎么可能还远远地站在一边观望？肯定早就冲过去将她抱起来了。

不管怎么说，米小路决定先通知杭一等人过来。他打通了电话，将自己所在的位置告诉了杭一。杭一说20分钟之内就到。

米小路继续观察舒菲，发现她目不转睛地注视着那个小乞丐，始终神色悲伤。而且，她十分介意那个小乞丐发现她。每当小乞丐朝她这边望过来时，她就立刻将头缩回来，躲在拐角处。她的眼泪流个不停，像断了线的珍珠般不断地往下掉，身体也随之微微抽搐着。路过的人都向她投去茫然的一瞥。

过了一会儿，舒菲用纸巾擦干泪，从挎包里拿出钱包，取出一张100元的钞票。她观察着路人，选择其中一个面容和蔼的老妇人，对她说："阿姨，您能帮我一个忙吗？把这100元钱给那边行乞的小孩儿。"

老妇人迟疑地望着她，可能怀疑这会不会是某种新型的骗局。她问："你自己怎么不过去给她？"

"我不想让她知道这钱是我给她的，您也别告诉她，就当是您自己给的，成吗？"

老妇人却不敢把钱接过去，怕其中有诈。舒菲感叹道："阿姨，这里来来往往这么多人，又有监控，您还怕我讹您不成吗？您放心，我不是坏人。"

老妇人又犹豫了几秒钟，将钱接了过去，舒菲连声道谢。她目睹老妇人走过去将百元钞票丢在小乞丐的碗中，脸上浮现出一丝微笑。但是，当她看到小乞丐见到100元钱后欣喜若狂的表情，以及她连连叩头的卑微表现，又露出了无比心酸的表情。

这一幕，米小路尽收眼底。他无法判断目前的状况。

十几分钟后，杭一从背后拍了米小路的肩膀一下，米小路回头一看，只有杭一和雷傲两个人，便问道："陆华呢？"

杭一说："地铁站人太多，他跟我们走散了。"

"打他电话呀。"

"打了，他正往这儿赶呢。"杭一的目光搜索到了前面几十米远处的舒菲，问道，"她在干吗？"

米小路把目睹的一切告诉了杭一和雷傲。杭一纳闷儿道："难道那小乞丐真的是舒菲的妹妹？"

"我也这样想，但真是这样的话，舒菲为什么不过去认她？"米小路说。

"我们再观察一会儿。"

几分钟后，地铁口来了另一个中年男乞丐，估计也是到这儿来行乞的。本来他只是无意地瞥了小乞丐一眼，却发现这小女孩在数着今天要到的钱，其中还有一张百元大钞。男乞丐四下看了几眼，以迅雷不及掩耳之势一把将小女孩手里的钱抢了过去，撒腿便跑。估计小女孩不是第一次遇到这种事了，反应也出奇地快，她扑过去抱住男乞丐的一条腿，大叫道："这是我的钱，还给我！"

周围的人看到这一幕，只当是乞丐打架，不值得出言制止，没有人帮助小女孩。只有一些人驻足观望，纯属看热闹。男乞丐见状更加肆无忌惮了，他抬起另一只脚，狠狠地朝小女孩的脸踢去。小女孩惨叫一声，额头上渗出了鲜血，却并没有松开双手，执拗地喊叫着："还我钱，这是我的钱！"

杭一等三人为之愤然。他们朝舒菲看去，心中更是一惊。只见舒菲双目怒睁、咬牙切齿，整张脸因愤怒而变得扭曲、通红。她扯开挎包，从里面摸出一个盒子。她将整盒东西打开丢在了地上，一大把铁钉散落在地。舒菲瞪着那个男乞丐，口中说道："目标，锁定！"

这时，男乞丐正好挣脱了小女孩的双手，朝舒菲和杭一等人的方向跑来。他刚跑出两步，地上上百根一寸长的铁钉就像被磁铁吸引住一般，一齐飞射出去。男乞丐根本来不及做出反应，就被上百根铁钉扎了个正着。他的眼睛、口鼻、脖子和身体均被刺中，发出撕心裂肺般凄厉的惨叫声，瞬间痛得满地打滚。

周围的人几乎都没看清刚才发生了什么，只知道这个男乞丐瞬间变成了"仙人掌"。人群里炸开了锅，陷入恐慌和混乱之中。杭一等三人也十分惊骇，同时他们注意到，那小女孩神情中流露出来的恐惧比旁人更甚，她惊恐万分地环顾着周围，看到了人群中的舒菲。小女孩尖叫一声，刚才拼命争夺的钱此刻掉落在地上，她也不敢上前去捡了，惊慌失措地从地上爬起来，不顾一切地朝旁边的地铁商城逃去。

舒菲一边喊着“小利，别跑！小利”，一边朝小女孩追了过去。

“快跟上去！”杭一对雷傲和米小路说。于是，三个人跟着追进了地铁商城。

小女孩长期在此乞讨，对地铁商城十分熟悉，她到处乱窜，拼命想要摆脱舒菲。而舒菲依靠超能力能定位目标，根本不可能被她甩掉，两人的距离在逐渐拉近。

小女孩钻进一家西餐厅，正在用餐的客人见一个脏兮兮的乞丐跑了进来，全都发出厌恶的声音。而小女孩逃到这里时体力已经透支，她没法再跑，只能躲在其中的一张桌子下面，两位正在用餐的情侣大吃一惊，一边呵斥着站起身来，一边让服务员把餐厅经理叫来。

身穿西装、虎背熊腰的餐厅经理快步赶来，看到蜷缩在桌下瑟瑟发抖的小乞丐，怒道：“哪儿来的小叫花子？给我出来！”

小女孩身子缩得更紧了，她拼命地摆着手，不停地哀求：“求求你……让我躲一会儿……”

经理哪肯理会她，他正要伸出手去把小女孩拽出来，舒菲气喘吁吁地跑了过来，喊道：“住手！”

经理上下打量着她，问道：“你是她什么人？”

“我是她姐姐！”舒菲说。

杭一等三人也跑进了这家西餐厅，刚好听见了舒菲的这句话。他们没有靠拢过去，而是站在门口观望。

经理说：“你是这个小疯子的姐姐？怎么不把她看好？”

舒菲吼道：“她不是疯子！”

“好吧，不是疯子，是叫花子。不管是什么，总之不能像只下水道里的老鼠一样窜进我们店来影响客人用餐。你看，好些客人都被吓走了！”

舒菲眼里仿佛要喷出火来：“你说她是什么……下水道里的老鼠？你再说一遍？”

经理看到整个中午的生意都被她搅黄了，甚至有些客人以此为由，拒绝埋单就离店而去，也怒不可遏。“你看她灰不溜秋、蓬头垢面的样子，不是只肮脏的老鼠是什么？怎么，我这么说她你不高兴了？”经理一点儿都没嘴软，挖苦道，“你不是她姐姐吗？要是真关心她，怎么会让她这副模样，还要出来要饭？”

“住口！！”舒菲暴喝一声，眼睛几乎要瞪出来了。

“糟糕，她的情绪又失控了，别让她再发动跟踪攻击，要阻止她！”杭一没法再保持观望的态度了，朝舒菲冲了过去，喊道：“舒菲，别冲动！”

舒菲扭头一望，看到杭一、雷傲和一个不认识的男生朝自己跑过来。她瞪着他们，说：“你们跟踪我？”

“舒菲，我们没有恶意，只是想帮你。”杭一解释道，“我知道那个小女孩是你的妹妹。我猜，她四岁的时候就走丢了，所以现在才不认识你的，是这样吗？”

泪水从舒菲的眼眶中涌出来，她抽噎道：“不，她不是‘走丢’，而是被乞丐拐走，培养成要钱的工具。我以前怎么都找不到她，有了超能力后，才发现她就流窜在城市的边缘，被那个无耻的老乞丐控制着每天行乞，还要遭受虐待和殴打。可能因为她头部多次挨打，完全丧失了以前的记忆，所以就算我找到了她，她也完全认不出我了。”

“但她看起来似乎十分怕你，这是为什么？”杭一问。

舒菲说：“我找到那个拐走她的老乞丐后，无法遏制愤怒，当着我妹妹的面使用了超能力……那老东西死得很惨，这是他的报应，但我妹妹也因此受到了惊吓。后来看到我，就像见到恶鬼一般……”

话说到这里，躲在桌下的小女孩惊叫着冲出来，朝店外跑去，嘴里叫道："求求你，放过我！"

舒菲心如刀绞，哭喊着追过去："小利，我真的是你的姐姐呀！你相信我，我不会伤害你的！"

杭一拉住舒菲，说："你冷静一些，舒菲，刚才你又当着你妹妹的面把那个抢她钱的人变成了'刺猬'，她害怕也是很正常的。你给她一些时间慢慢接受你吧。"

"放开我！"舒菲奋力地挣脱了杭一的手，"我不能再等了，你也看到了，她现在孤身一人，随时都可能被人欺辱和伤害！今天就算是强迫她，我也要把她带回家！"

"你没让她真心接受你，把她带回家又有什么用？"杭一再次拦住了舒菲。

舒菲的脸色变了，说："杭一，我不想与你为敌，但如果你执意要阻止我的话……"

杭一心中一凛，突然意识到自己处于极为不利的状况——陆华没在身边；游戏机也来不及开启；西餐厅内有无数把餐刀、餐叉、酒瓶、杯、盘，如果这些东西全都向自己砸过来……

舒菲已经启动超能力了："目标，锁……"

话没说完，站在她身后的雷傲反手一记手刀，击中了舒菲的后颈窝。她闷哼了一声，两眼一翻倒了下去。

"不能再让这女人使用超能力了。"雷傲满头冷汗地说，看来就连一向自负的他，也对舒菲的超能力忌惮三分。

四、加入联盟

SUPER TABOO GAME

舒菲醒来的时候，发现自己躺在医院的病床上。这是一间VIP单人病房，宽敞明亮、阳光充足。坐在旁边沙发上的杭一、陆华、雷傲见舒菲醒了，一起走到她的病床前。

舒菲想试着坐起来，却发现身体绵软无力，脑袋也有些昏昏沉沉。杭一说："别忙着起来，再躺会儿吧，镇静剂的药效可能还没有完全过去。"

"你们给我注射了镇静剂？"舒菲问。

"这不是我们的决定，是医生给你注射的。"杭一说，"雷傲把你打昏了，然后将你背到医院。你醒过来后情绪激动，还要去找你妹妹，甚至还要对我们出手。所幸你体力消耗过大，无法启动超能力，否则又是一场灾难。"

"医生说你的身体十分虚弱，需要好好休息一下，所以给你注射了镇静剂，你已经睡了两天了。"陆华补充道。

舒菲沉默了，似乎想起了这些事。片刻后，她说："对不起，我不该攻击你们。我只是……一遇到跟我妹妹有关的事，就无法控制自己。”

“我能理解你对妹妹的关切，但蛮干是不行的。你在她失去记忆又十分惧怕你的情况下，强行要将她带回家，想过她的感受吗？她当年就是这样被乞丐拐走的。”杭一说。

舒菲流着泪说：“这么说来，她永远都不可能再接受我了。也许在她的心目中，拥有超能力的我比乞丐还要可怕……丢失多年的妹妹近在眼前，却无法相认，上天为什么要这样折磨我？”

杭一和陆华等三人互看一眼，此时病房的门被推开了。

这时，辛娜和韩枫带着一个小女孩走进了病房，舒菲看到小女孩的那一刻，脸上的表情凝滞了。

出现在她眼前的，是一个穿着新款童装、干净漂亮的小姑娘。她的头发洗得干干净净的，并且经过了精心修剪，一个精致的紫色发卡别在她柔顺的头发上，将红扑扑的小脸蛋衬托得更加俏丽可爱。小姑娘宛如天使下凡，如果不是额头上贴着的那块小纱布揭示着她之前的遭遇，舒菲无论如何都想象不到她会是自己那可怜的妹妹。

更令她不敢相信的是，小姑娘朝她走过来，脸上滑落着泪水，叫道：“姐姐。”

舒菲全身颤抖起来，掀开被子从病床上下来，泪如泉涌。无法自持的她，抱着妹妹放声痛哭，抚摸着妹妹的脸蛋和头发，说道：“小利……你真的是小利？你想起姐姐了吗？”

小姑娘也泣不成声，几年来的辛酸和委屈得以彻底宣泄：“嗯，姐姐……舒菲姐姐，我好想你呀！”

这一幕让辛娜也不禁潸然泪下，男生们都觉得鼻子发酸。

舒菲边哭边说：“这一切，不会是一个梦吧？”

“不是梦，是现实。”杭一微笑着说。

“小利她之前都不记得我，怎么现在……”

“是我帮她恢复了‘记忆’。”倪娅楠（女38号，能力“记忆”）从病房外走了进来，“杭一拜托我帮忙，况且是为了舒菲的妹妹，我当然义不容辞。”

舒菲明白了，她扑通一声跪在地上：“谢谢，太谢谢你们了！”

杭一和倪娅楠赶紧把舒菲扶起来。倪娅楠说：“大家都是同学，千万别这样见外，能帮到你我非常开心。”

舒菲此刻后悔到了极点。她愧疚地说：“杭一、陆华，我真的太抱歉了，之前居然攻击你们……请你们原谅我好吗？”

陆华大度地说：“没事，别放在心上。不过，你现在相信我说的互相协助的力量了吧？”

舒菲说：“希望你们能捐弃前嫌，让我加入同盟。我的能力是‘追踪’，有需要我出力的地方，我义无反顾。”

杭一和陆华露出会心的微笑。杭一说：“太好了，你的能力一定会起到十分重要的作用！不过，我建议你马上带着你妹妹去跟你的爸爸、妈妈见面，你们家人团聚，一定要好好庆祝一下！”

舒菲破涕为笑，搂着妹妹感慨地点了点头。妹妹问道：“姐姐，你和这几个大哥哥、大姐姐，都是超人吗？”

舒菲蹲下来，对妹妹说：“是的，我拥有超能力，就是为了找到你。今后，则是为了保护你。所以小利，你不用害怕。”

小利睁大眼睛说：“我知道，我现在不怕了。刚才杭一哥哥和雷傲哥哥还表演了他们的超能力给我看呢，我觉得你们真是太酷了！”

大家都笑了起来，杭一摸了摸小利的头。

然而，当大家都很开心的时候，孙雨辰却表情严肃地闯了进来。他瞄了舒菲一眼，对众人说：“刚才医院的救护车拉回来一个人，你们最好出来看看。”

杭一察觉到不对劲儿，问道：“怎么了？”

“你们看了就知道了。”孙雨辰说。

大家狐疑地互看一眼，跟着孙雨辰走出了病房。

现在医院里像炸开了锅，一辆急救车停在大门外，几个医生抬着一副担架正往急救室赶。担架上躺着一个男人，所有看到他的人都会发出惊恐的叫声，有些人立刻就会转过头去，不敢多看一眼。

杭一几人拨开人群，挤过去一看，都为之一震，感到不寒而栗。

躺在担架上的是一个令人触目惊心、惨不忍睹的“图钉人”。他浑身上下被扎满了图钉，足有几千颗。一眼望去，就像一个闪着银光的机器人。担架上的被单已经被血浸红了，然而图钉所造成的伤口并非致命伤，无法令这个男人立即死去，只会让他遭受酷刑般的折磨。

辛娜只看了一眼就立刻捂住嘴、扭过头去了；舒菲赶紧遮住妹妹的眼睛，把她牵开了。医生们抬着担架从他们身边匆匆走过，很多人在后面议论纷纷、神情惶恐。

陆华迟疑了几秒钟，不禁望向舒菲；杭一、米小路和韩枫也望向她。舒菲吃了一惊，说道：“你们以为是我做的？不，不是我！”

杭一为难地说：“可是，在地铁站的时候，你曾用一盒铁钉……”

“对，那是因为我想教训一下欺负我妹妹的家伙。但这个人我根本就不认识。况且，你们不是说我在医院里昏睡了两天吗，怎么可能是我？”

众人也相信此事跟舒菲无关。但杭一眉头微蹙，说道：“我有种感觉，刚才那个人，是被13班的某个超能力者弄成这样的。”

五、净化行动

SUPER TABOO GAME

段里达（男50号）把自己的行为称为“净化行动”。自从获得了超能力，他乏味无聊的人生变得充实有趣了。

每天早上，他必然沐浴更衣，衬衣洁白、西装笔挺。蓝牙耳机里播放着歌剧《蝴蝶夫人》中的咏叹调或者柏辽兹的《幻想交响曲》。他在镜中端详自己，在高雅的乐曲中振奋、陶醉、颤抖。

每当此时，段里达就理所当然地认为——世界本该如此，每一个人都应该崇尚高雅。绅士、淑女和有教养的小孩在干净整洁的街道上漫步，人们彬彬有礼、谈吐温文尔雅……

他痛恨一切破坏高尚生活的低素质人群，净化或者清除他们，是他神圣的职责。这是上天赐予他超能力的意义。

对于这一点，段里达深信不疑。

为此，他展开了“净化行动”。

段里达在街道上漫无目的地行走。根据以往的经验，偏街小巷里更容易出现他想要寻找的低素质人群。果不其然，在一条小街上他发现了“猎物”。

一家盲人按摩店门口，聚集了很多人，其中几个五大三粗、凶神恶煞的男人显然是事件的参与者。他们恶狠狠地威胁着店主——一对盲人夫妇：“不交房租还有什么好说的？搬！今天你们就搬走，滚蛋！”

盲人夫妇不但眼盲，且身形瘦弱。他们依偎在一起，男人说：“我们不是不交，以往的房租，我们都一分钱不少地交了呀，从没有拖欠过。但是你们现在一下把房租价格涨了三倍多，这实在是不合理！”

“房子是我们的，一个月租金多少钱我们说了算。你租不起别租！”一个壮汉吼道。

旁边一个50多岁的老女人捅了壮汉的手臂一下，看样子她才是这间门面的房东。老女人假惺惺地叹了口气，对盲人店主说：“老何，别怪我不讲情面，你们在这儿做了三年多生意，钱也赚了不少吧。现在合同到期，你们不能赖着不走吧？”

盲人老何说：“合同里写着，只要我们还想继续租，就可以续签。”

老女人说：“续租可以，我没有不同意呀。但是房租不可能是三年前的价了吧？我刚才也跟你说了，你要续租的话，一个月的门面费是2万元。”

老何的妻子哀求道：“张姐，我们按摩赚的全是辛苦钱！没日没夜地给客人按摩、推拿，赚的钱除去房租，也就只够我们生活的。你现在要涨到2万，那不是要逼死我们吗？”

老何赶紧说：“张姐，你要涨价我们理解，但是一下涨这么多，我们怎么承受得起？”

房东的脸沉了下来：“刚才我侄儿也说了，房子是我的，收多少房租我说了算，你觉得贵可以不租呀，又不是只有我这一家门面！”

老何说：“可我在这里做了三年，好不容易积攒些人气和老顾客，要是搬到别的地方，不又得从零开始了吗？”

“这是你的事，我管不着。”

这时，按摩店的一些老主顾和周围的人都看不下去了，纷纷为盲人夫妇说话——

“是呀，哪有一下涨这么多的？太过分了！”

“老何夫妇俩都老实又是盲人，就这样欺负人家。”

“房东就是想把门面收回来，再转租出去，收转让费。心太黑了！”

面对众人的声讨，张姐面不改色、心不跳。她冲她侄儿使了个眼色，那壮汉指着围观者吼道：“全都给我闭嘴！关你们屁事！不服气你们报警呀！”

人们不开口了。他们知道，这事警察也管不了。这些人就是看准了这一点，才敢这样嚣张跋扈的。

壮汉见没人说话，气焰更加嚣张。他对老何说：“瞎子，我们已经通知你好几天了，你死赖着不走，就别怪我们不客气了！兄弟们，把他店里的东西全都搬出来！”

老何慌了，赶紧阻止：“别，别！我搬就是，你们再给我几天时间，我找到新门面就搬！”

“等你找到新门面？鬼才知道是什么时候！兄弟们，别理他，把东西全部搬到大街上。今天必须把门面腾空！”

几个大汉一起朝店内走去。老何夫妇急得哭了出来。突然，一个二十岁出头的小伙子挡在壮汉面前，说道：“他不是说，过几天就会搬走吗？不用做得这么绝吧？”

壮汉打量了一下这个西装革履、斯文儒雅的小伙子，问道：“你他妈是谁？”

段里达说：“只是一个路人。”

壮汉一下火了：“路人？吃饱了撑的是吧？滚开！少管闲事！”

段里达用挑衅的口吻说道：“要是我不滚开呢？”

“那我让你滚！”壮汉暴喝一声，一把揪住段里达的领口，用力把他朝旁边一甩。段里达被摔出去老远，在地上滚了好几圈。干净的衣服和头发顿时脏得一塌糊涂，嘴唇和额头还擦出了血，狼狈不堪。

周围的群众愤怒了，有个中年大婶说道：“你们凭什么打人？还有没有王法了！”

段里达爬起来，又走到壮汉面前，用手势示意围观的群众别出声，由他来处理。壮汉注意到，这小子虽然挨了打，眼神中却透露出兴奋。他一时摸不清这小子的想法，只能瞪着他。

段里达说：“打人是最野蛮、低级的行为，尤其是恃强凌弱，罪加一等。”

壮汉说：“那你想怎么样？”

段里达说：“跟你讲道理呀，教你怎么做人。”

壮汉盯着段里达几秒钟，突然爆发出肆意的狂笑，继而对同伴们说：“这小子脑子有问题，他要教我们怎么做人！”

几个大汉跟着大笑起来，他们本来以为这个管闲事的小子要么是个深藏不露的散打高手，要么是有某种背景的公子哥，没想到只是个迂腐的傻瓜。这下他们更肆无忌惮了，把段里达推到一边，仍准备到店里搬东西。

然而，段里达再次挡在他们面前，用让人难以置信的不温不火的语气说道：“你们这种行为是不对的。”

这种唐僧式的说教，对于这些粗鲁的恶人来说，恰如点燃他们暴戾之焰的火星。他们没法容忍段里达三番五次的阻挠，壮汉一拳朝段里达脸上砸去，暴喝道：“滚开！”

段里达被这一拳揍得头晕目眩，后退了好几步，差点儿没有站稳。现在围观的人都开始认为这小子是傻瓜了，虽然正义感十足，但这种不讲策略的阻挠，是在自讨苦吃。但是，让他们感到愕然的是，这小子用手背擦了一下嘴角的血，竟然兴奋地笑了出来，嘴里自言自语道：“居然有人敢打我……这是第一次。我太期待看到他们一会儿的表情了，光是想想，就无比激动……”

也许是他神经质的笑再次激怒了壮汉，这种不知所谓的笑对他来说是一种羞辱。他冲过去，对段里达又是一阵拳打脚踢，同时大骂道：“老子叫你笑，笑！那我就把你打到哭为止！”

周围的人，包括张姐都上前劝阻，怕出了人命，事情就闹大了。壮汉被人们拉开，段里达已经蜷缩在地上，爬不起来了。盲人夫妇摸索着扑上去搀扶为他们打抱不平的小伙子，哭着说：“小兄弟，对不起，为了我们的事……你快走吧，别管这闲事了。这生意我们不做了！”

段里达挣扎着从地上站起来，全身被打得疼痛无比。他对盲人夫妇说：“别不做生意呀，那我不是白挨打了吗？”

众人没弄明白他这话的意思，段里达指着殴打他的壮汉，以一种不正常的、欣喜的口吻说道：“好了，你打爽了吧？该算算你犯下的罪行了——欺负弱小、口出狂言、滥用暴力——最严重的一条是，居然打了我，还把我打得这么惨呀。以上诸条，数罪并罚，你将受到迄今为止最严重的‘惩戒’！”

壮汉愣愣地望着段里达，一开始不明所以，但突然间，无比恐怖的事情发生了——

每个人都有最害怕的事物。这个壮汉虽是七尺汉子，但此生最怕一种小生物——蜘蛛。平常一只小蜘蛛都能把他吓得半死，浑身发毛，但这件事几乎无人知晓。此刻，他赫然看到整个街道已空无一人，数万只毛茸茸的蜘蛛从四面八方涌来，马路、墙壁、树上……各种不同种类的蜘蛛以他为目标，缓慢地聚拢过来并逐渐形成了包围圈。这番光景简直比地狱更可怕。

壮汉发出撕心裂肺般比女人的声音更尖厉的尖叫。他想逃，却发现无处可逃——每一个方向，都有成千上万只蜘蛛向他爬来。他惊恐地抱着头，撕扯着头发，大叫道：“我错了！我再也不敢了！救救我！救救我！不！”

告饶没有用，数万只蜘蛛将他淹没，他狂叫着，蜘蛛钻进他的嘴里，还有鼻孔、耳朵……他恐惧得甚至抠出了自己的眼睛。蜘蛛们裹挟着他，不管他如何翻滚、折腾，都有更多密密麻麻的蜘蛛紧贴在他的身上，亲吻、噬咬着他……

这种地狱般的痛苦，将持续整整一年。

当然，这是对于他本人而言的。旁边的人并不知道他在经历着什么。现在围在按摩店门口的人们，只看到这壮汉跪在地上，双眼睁大得快要迸裂，眼中布满血丝，大张着的口中冒着白沫和口水。他似乎想要叫喊，却发不出一丝声音。人们用惊骇的目光注视着段里达，这个刚才被殴打得很惨，现在却带着冷笑的年轻人。

壮汉的一个兄弟冲过去揪住段里达的衣襟，咆哮道："你对他做了什么？他怎么了？！"

段里达说："你想知道他怎么了？好啊，让你体会一下。"

不知为什么，这大汉心中突然涌起一股本能的恐惧感，他赶紧放开段里达，连连摆手："不，不用了……"

段里达哼了一声："算你识相。"

之前趾高气扬的房东，此刻却吓得浑身发抖。她哀求道："兄弟，你饶了他吧，我们不敢了！这房子我让老何租，想租多久租多久！我不涨价……不，我不收租金了！"

段里达睨视她一眼："此话当真？"

"当真，当真！只要你让我侄儿恢复过来！"张姐看了一眼已经翻白眼的侄儿，看样子马上就要心肌梗死了。

"好吧，看在你识时务的分儿上，我暂停对他的惩戒。"段里达朝壮汉打了个响指。壮汉恍惚一下，从恐惧的幻觉中回到了现实世界。他看到段里达，怪叫着爬到远处，又回过头来，重重地磕头求饶，声泪俱下："少侠，我错了！我真的错了！求你饶了我吧！只要别再让我回到那个恐怖的地狱，你叫我干什么都行！”

段里达冷漠地说：“你犯下的罪，要让你遭受刚才的折磨一年。这才多久？还早着呢，慢慢享受吧。”

“一年……一年？！不！不！”壮汉痛哭流涕道，“求你，求你！饶了我吧！”

段里达被他的求饶声弄得有点儿心烦，蹙额道：“也罢，给你个提示吧——你死了就不用遭受这种折磨了。”

“是吗？太好了！谢谢，谢谢！”壮汉欣喜若狂，不由分说地朝街道正前方驶来的一辆公交车冲去。

段里达把裤兜里的蓝牙耳机掏出来塞在耳朵里，《幻想交响曲》刚好播放到第四乐章——“走向断头台”。壮汉被来不及刹车的公交车撞飞，并被碾轧到另一辆车的车轮下时，第四乐章恰好随着最后一段乐曲的落幕戛然而止。

段里达被莫大的“享受”冲击得闭上了眼睛、浑身颤抖，不由自主地做出交响乐指挥家结束一个乐章时充满激情和感染力的手势。

完美，实在是太完美了！

即便是死了人，这画面也能在交响乐的配合下产生如此的美感。

世界上又少了一个低素质生物，段里达为自己对高尚世界做出的贡献深感荣耀。

六、图钉人

SUPER TABOO GAME

“图钉人”被推进了特别病房，由于以前从来没有接收过如此特别的伤者，医院的几个外科医生聚集在一起商量该如何医治。

杭一等人站在医院的走廊上谈论此事。杭一认为“图钉人”是13班某个超能力者的杰作，他问舒菲：“你的超能力是‘追踪’，能不能追踪到是谁下的手？”

舒菲说：“恐怕不行，我发动‘追踪’的条件是，已经获悉了某人的相关情况，比如姓名、长相等，才能感应到其所处的位置，进行定位追踪。如果一无所知，就无从入手。”

陆华问：“杭一，你为什么认为这事是13班的某人做的？”

杭一说：“之前网上和电视上不是也报道了近期的几起自残和自杀事件吗？最近接二连三地发生这种事情，绝不是巧合。”

“假如是某个超能力者所为，他为什么要对普通人下手？”

“每个人的性格和想法都不一样，有些人关心的是如何在这场竞争中保命和胜出，但有些人，可能是在享受超能力所带来的快感。”杭一说。

“也许还有些人，俨然把拥有超凡能力的自己当成主宰众生的神。”韩枫说。

辛娜望着他。

“直觉而已。”韩枫耸了下肩膀。

这时，几名扛着摄像机的摄像师和拿着话筒的记者们朝特别病房走来，后面还跟着一群看热闹的人。医生告诉记者们，伤者现在不便接受采访，但记者们软磨硬泡了半天，医生终于妥协了。记者们进入病房，一些人则守在门口观望，杭一等人也在其中。

“图钉人”此刻躺在病床上，虽然在旁人看来，他的境况惨不忍睹，但他本人却表现出一种难以想象的安详，仿佛他所遭受的罪，只是一种修行。

记者们谨慎地靠近他。其中一名记者问道：“你好，我是××卫视的记者，请问你能开口说话吗？”

“可以。”“图钉人”平静地说。

“能告诉我们，是谁把你全身扎满图钉的吗？”

“我自己。”

“你自己？”

“是的。”

“你为什么要这么做？”

“赎罪。”

“你做了什么？为什么需要赎罪？”

“因为我出言不逊、脏话连篇。”

“能具体讲讲是怎么回事吗？”

“图钉人”沉默了。

这时，两名警察拨开人群，走进病房，他们对记者们亮出警官证，说：“暂停采访，我们警方要了解案情经过。”

“图钉人”开口了：“警官，这不是案件，我是自愿受到惩戒的。”

“不管你是否自愿，告诉我们事情的经过和你这样做的理由。”警察说。

这正是记者们感兴趣的问题，因此他们并未离去，摄像师们依然扛着摄像机拍摄，警察也懒得管他们。

“图钉人”无法抗拒警察的问话，静默许久，说：“我是一个公交车司机，昨天下午，我开的车和一辆的士发生了剐蹭。我认为是对方的责任，便用污言秽语对其破口大骂。

“这时，公交车上有一个年轻人警告我不要再说脏话。我当时正在气头上，不但没有理会，反而连他也一起辱骂。他说我的行为应该受到惩戒，刚说完这句话，恐怖的事情就发生了。

“我的嘴被一股神奇的力量撕扯开，不知从哪里来的滚烫的开水顺着我的喉咙和食管冲下，我感觉似乎整个肺腑都被烫熟、烫烂了……”

说到这里，他开始全身抽搐，仿佛这份痛苦被重拾了回来。警察不禁皱紧了眉头，围在门口的人更是惊骇不已。

杭一和同伴们互看了一眼，之前的猜想已经得到了证实。

“图钉人”继续道：“这种痛苦无法用语言来形容，最可怕的是，时间仿佛停滞了，这种折磨永远没有尽头……我口齿不清地开始苦苦求饶，不知道过了多久，我终于回到了现实，才发现刚才的一切似乎是幻觉。但我遭受的痛楚，却是真真切切的！

“车上的人都用诧异的目光注视着我，那个警告过我的年轻人对我说，这是我口出污言所受到的惩罚，如果我不想再遭受此番折磨，就要真心悔过，并用身体的苦难铭记此过错。

“于是，我买了几十盒图钉回家，脱掉衣服，将一颗颗图钉按进肉体，直到全身没有任何地方可以按下图钉为止。家人以为我疯了，强行将我送到医院。”

听完他的叙述，警察用怀疑的目光注视着他：“你说的全是真的？”

“没有半句假话。”

“那个年轻人，大概多大岁数，长什么样，有什么特征？”

“图钉人”似有忌惮，说：“就是一般的年轻人，没有任何特征。”

警察感觉到他的抵触情绪，鉴于此事实在匪夷所思，一时也不知该如何追究，只好暂时离去。走出病房前，一名警察忍不住回头问道：“你真的下得了手，把图钉一颗颗按进自己的身体？”

“图钉人”缓慢地说道：“警官，你没有经历过，不可能明白。和那份地狱般的折磨比起来，图钉所带来的伤害，就像是蚊子叮咬一样。”

警察注视他片刻，转身走了。

记者们准备继续采访，以获得更多的细节。这时，一名记者的手机响了起来，他接过电话听了几句，亢奋地对同伴说：“观众爆料，刚才白玉街有人撞车自杀了，估计是同一类事件。”

为了立即赶赴现场进行第一手报道，几名记者只得暂时放弃了对“图钉人”的采访，匆忙赶往事发地点。

杭一和几个同伴交换了个眼神，决定跟随记者们前往。

七、危险分子

SUPER TABOO GAME

现场的白玉街一片混乱，一个壮汉冲向公交车，被当场轧死。目睹这一幕的人吓得魂飞魄散，等他们回过神儿来，造成这一切的年轻人已经不知去向了。

实际上，段里达并没有走远。他非常聪明，知道自己根本用不着逃走。第一，先不说这些人能否弄清情况，且根本没有任何一条现行法律条款适用于超能力者；第二，他也不怕警察或别的找麻烦的人，他的超能力“惩戒”足以威慑和击溃任何人。

只有一件事值得他注意——13班的同学，同样拥有超能力的竞争者们。

每次事发后迅速离开的唯一理由是，他不希望13班的人发现这些事是他做的，并由此洞悉到他的超能力。

现在段里达身处距事发地点不到30米远的一家商场内。通过商场面向街道的巨大落地窗，他能看到事情的后续发展情况。这次的事件比以往的都要严重，他必须重视。

很快，段里达观察到交警、救护车和记者都赶来了，这些人在一片混乱中各司其职。随后，几个熟悉的身影映入段里达的眼帘，他的眼睛倏然睁大。

杭一、陆华、韩枫、雷傲、孙雨辰和舒菲，他们怎么会出现在这里？

段里达知道这不是巧合。杭一等人显然是专门为此而来。也许他们猜到了这事跟13班的人有关，甚至知道是他所为。

杭一等人的出现，引起了段里达的高度重视和思考。

“我必须试探一下，他们是否知道这事是我做的以及他们的态度。假如他们视我为敌，就麻烦了。不过，我虽然用超能力杀了人，但杀的都是些社会败类，目的是净化这个世界，我问心无愧。”

段里达突然想到了杭一在13班发表的讲话，目的是号召大家团结起来。他突然觉得，也许杭一能够理解他的所作所为，说不定还能帮助他一起净化世界。无论如何，他决定试试——在不暴露自己身份的前提下。

段里达摸出手机，他有杭一的手机号，但他不敢用自己的手机号码打过去。段里达迅速在商场内买了一张SIM卡替换了原有的卡，用它拨打了杭一的手机。

通过落地玻璃，他看到杭一接了电话。为了不让杭一听出自己的声音，段里达有意将声音压得非常低沉：“杭一吗？”

“是我，你是？”

“我是你们想要找的人。没猜错的话，你们赶到这里来，就是为了找我吧？”

段里达看到，站在马路边的杭一明显露出惊讶的神情，电话里传出他疑惑的声音：“你是谁？”

通过这句话，段里达得知杭一等人并不知道始作俑者是他。他稍微松了口气：“我当然是你的同学，13班的某个超能力者。”

“你为什么要对这些普通人下手？”

“因为这些人都是社会渣滓，把他们清除掉，世界会更加美好。”

杭一蹙额说：“不管这些人有多糟糕，我想你没有权利决定他们的生死。如果他们犯下了罪行，自然会受到法律的制裁。况且，我不认为一个说脏话的公交车司机有多么罪大恶极，就算被惩罚，也不该遭受酷刑。”

“有两点：第一，我没有决定他们的生死，是他们自己决定的；第二，法律不是完善的，它只制裁罪犯，却纵容人类的低级行为。也许你认为素质低下构不成犯罪，但在我眼中，这是重罪，是民族劣根性之所在。强盗、小偷危害到的只是个人，而低素质人群危害的是整个社会。我要做的是杀一儆百。简单地说，用上天赐予我的能力提高人均素质。杭一，你不觉得这是一件十分伟大而高尚的事吗？我知道你也是有正义感的人，如果我们联手，将会事半功倍！”

杭一听出来了，这是一个十分极端和偏激的人，和他争论毫无意义。他考虑使用缓兵之计，先引诱这个人露面，再随机应变。如果能像和舒菲那样，化敌为友，当然是再好不过的了。

“好吧，我承认你说的有道理。那么，我们能不能当面谈谈怎么合作？”杭一说。

段里达迟疑了几秒钟：“好吧，明天下午3点西大街漫咖啡，你一个人来。”他随后挂断了电话。

杭一吐了口气，把电话内容简要地告诉同伴们，并表示对方刻意压低了声音，听不出是谁。

“不管是谁，我觉得他心理有问题。”韩枫说。

“可能的确是个危险分子。”杭一说，“不过目前来看，他并没有把我们当成敌人。也许我应该试着和他沟通一次，尝试扭转他的一些偏激观念。”

“估计很难。”辛娜担忧地说，“杭一，你真的要去跟他见面吗？”

“嗯，不能放任不管，到目前为止这个人是最热衷于对普通人下手的超能力者。”

“但你一个人去见他，会不会太危险了？”陆华说，“我和雷傲跟你一起去吧。”

“不用，去的人多了会引起他的敌对心理。我会好好跟他谈的，只要不激怒他，相信他不会对我出手。”杭一对同伴们说，“放心吧，我会相机行事的。”

八、恶魔之死

SUPER TABCO GAME

昨天下午，杭一站在白玉街跟段里达通话的时候，根本没有注意到，他们被两名国家安全局的探员跟踪了。

实际上，他们这几天都在柯永亮和梅娜的严密监视中。两名探员想要找到近期制造一系列自残或自杀事件的始作俑者。梅娜认为，此事必然会跟杭一等人扯上关系。她的判断是对的。昨天下午，她在街道对面，通过读唇语获知了杭一和“神秘惩戒者”的对话内容。

梅娜和柯永亮的任务是抓住这个滥用超能力的13班成员。当他们得知这个人第二天下午3点会出现在西大街漫咖啡的时候，决定抢在杭一和他碰面之前将其抓捕，避免杭一得知自己受到了监视。

第二天下午2点，柯永亮和梅娜就装扮成普通客人，坐在咖啡馆内一边喝着咖啡一边看着杂志。他们留意进入咖啡馆的每一个人，直到2点40分的时候，一个穿着正装、头发飘逸的年轻男人走进了漫咖啡。目标出现了。

国安局调查组的成员早就收集了明德13班50个人的资料，包括他们的照片、姓名、家庭住址等等。段里达的辨识度很高，一头飘逸柔顺的长发是他的特征。柯永亮压低声音对搭档说：“就是他，名字叫段里达。”

“确定吗？”

“非常确定。”

梅娜点了点头，竟有些许紧张。毕竟这是他们第一次跟13班的超能力者正面交锋。虽然以前也跟陆晋鹏打过交道，但毕竟没有硬碰硬。这次不同，他们要抓捕段里达，却并不清楚他拥有怎样的超能力，但他们知道，这个人的能力能让人自杀。梅娜当了10年警察，再危险的罪犯都不曾令她畏惧，但面对超能力者，她竟然开始心虚了。

柯永亮心里也没底，但他不能表现出同样的担忧，不然还没交锋，就已经输了气势。对警察来说，这是大忌。他对梅娜说：“别担心，凭我们对已知超能力者的了解，他们就算再厉害，面对枪口也难以反抗。如果他意图攻击我们，我们就毫不犹豫地开枪，别击中他的要害就行。”

梅娜颔首，迅速调整了心态。这时，段里达端了一杯咖啡坐在了店内最里面的一个位置。柯永亮和梅娜不露声色地朝他走去，假装把杂志放到书架上。靠近段里达的时候，两人同时快速掏出手枪，对准他喝道：“不准动，警察！”

段里达心中一惊，周围的客人和服务生也惊呆了。柯永亮用洪亮的声音喊道：“警察办案！任何人不许动！”

段里达缓缓地举起双手。柯永亮威慑道：“老老实实地跟我们走，如果我发现你想用超能力，我就会立刻开枪。”

“这两个警察知道我是超能力者。”段里达一边顺从地站起来，一边思索着，“但他们并不知道我的超能力的运用方式，所以才会蠢到来抓捕我。”

柯永亮和梅娜不可能想到，段里达很早以前就做好了面对警察的心理准备，也提前想好了对策。

他的超能力“惩戒”和米小路的“情感”类似，都能够不动声色地进行精神攻击，而且根本不需要像雷傲、季凯瑞他们那样，做出明显的动作。

这一类超能力是最难防范的。

段里达举着双手问道：“警官，我能知道你们逮捕我的理由吗？”

“你心知肚明。”柯永亮说。

段里达望着柯永亮的眼睛，说：“你不会开枪的，警察不会开枪射击一个不反抗的人。”

“通常情况下是这样，但面对你这样的危险分子，我发誓，我会的——如果你想要花招的话。”柯永亮打开手枪的保险。

“如果你真的这样做了，就和滥杀无辜的杀人犯无异了。”段里达说。

梅娜突然本能地意识到了不对劲，她对柯永亮说：“老柯，别跟他废话了，直接用手铐把他铐起来！”

段里达往后退了一步，对女警官说：“如果我拒绝的话，你真的会开枪？”

“是的。”梅娜毫不含糊地说。

段里达冷笑一声，知道超能力发动的条件达成了：“警察枪杀平民可是重罪，应该受到惩戒。”

话音刚落，骇人的状况出现了。咖啡馆里的每一个人都掏出了枪，一齐对准两名警察射击。柯永亮和梅娜几乎没反应过来，就已经身中数弹。他们的身体被射成了蜂窝，真实的痛楚和恐惧侵袭着他们的肉体和精神。

段里达看着两个中招后进入恐惧幻觉的警察，从容地整理了一下衣领，缓步走出咖啡馆。漫咖啡里的人全惊愕地看着他和两个呆站在原地、神情骇然的警察，完全不明白发生了什么事。

直到段里达走远，两个警察不再处于超能力的范围，他们才从地狱回到了现实。虽然只有短短几分钟，他们却经历了此生最恐怖的时光，精神几近崩溃。此刻，他们已顾不上——也不敢再去追捕段里达，两人满头冷汗、全身瘫软地坐在了咖啡馆的椅子上。

平息了一阵心情后，柯永亮意识到不能继续待在这里，他把梅娜扶起来，说：“我们走，先回去。”

两人凭借惊人的毅力走出咖啡馆，驾车离开。毕竟他们是训练有素的优秀警察，如果是普通人，就算不被吓成痴呆，起码在几个小时内不可能挪动一下脚步。

柯永亮和梅娜刚刚离开一分钟，杭一就来到了漫咖啡。他一眼就注意到气氛不对，客人们落荒而逃，服务生们议论纷纷、神情惶惑。他意识到，刚才一定发生了什么事情，而且多半跟自己打算见面的超能力者有关。

杭一向一名服务生询问情况。这名服务生显然没能弄清楚发生了什么事，只能告诉杭一，他目睹的部分和由此产生的猜测。杭一虽然没能完全听懂，但也猜到了大致的情况。这种局面，是杭一完全没有料到的。他本来准备了一番说辞，打算尽最大努力拉拢这个超能力者。现在发生了这种事，估计“和平谈判”的可能性不大了。

迟疑之际，手机响了。杭一接起电话，正是昨天那个人打来的。

“喂，我是杭一，我现在在漫咖啡里面。”

“哦，是吗，你来证实我有没有被警察抓走？”

杭一知道他误会了，解释道：“警察不是我叫来的……”

“够了！”对方恶狠狠地打断他，“你要我相信这只是巧合？我又不是白痴！杭一，我一直以为你是个正人君子，没想到你居然如此阴险。我昨天就该想到，你是故意引我现身，只可惜你低估了我的实力。你以为警察是我的对手吗？胆小鬼！你不敢亲自跟我交手，是因为你害怕我，对吧？”

杭一知道这个人无比偏激，辩解毫无意义，索性不说话了。

电话里的人还在骂骂咧咧，并放出狠话：“现在我明白了，想要跟你们合作，完全是愚蠢至极！既然你不仁，就别怪我不义。我会让你知道算计我的后果是什么，等着瞧吧。”

电话挂断了。杭一深深地吸了口气，再缓缓地吐出来。

他思索片刻，跟漫咖啡的服务生再次打听了一些情况，然后迅速离开了咖啡馆。

陆华、雷傲和舒菲三个人等候在漫咖啡旁边的一家书店内，他们是负责接应杭一的。之前约好，如果发生什么情况，杭一就设法联系他们。没想到的是，杭一进入漫咖啡不到10分钟，就出来跟他们会合了。

“怎么回事，这个人耍了你，根本就没来？”雷傲问。

杭一摇头，把刚才发生的事情告诉了伙伴们。陆华懊恼地说：“这么说，不但没能拉拢他，反而引起了误会。他打算对我们下手了？”

“看来是这样。”杭一说，“不过，并非没有收获。我根据一些情况，大概猜到这个人是谁了。”

三个同伴一起望着杭一。

杭一说：“昨天下午这个人跟我通话的时候，很冷静。所以，他刻意压低了声音，不让我听出他是谁。但刚才他处于愤怒之中，忘了压低声音。再加上我跟咖啡馆的服务生打听了这个人的长相特征，基本上能做出判断——这个人是段里达。”

“是他？那个平常有些高傲的家伙？”雷傲说，“现在怎么办，我们要去找到他吗？既然他扬言要对付我们，我们就不能处于被动状态。”

杭一对舒菲说：“在确定对象是谁的情况下，你能追踪到他所在的位置吗？”

舒菲说：“可以。”于是启动了超能力。

半分钟后，舒菲感应到了，说：“现在段里达距离我们不远，就在凤凰商厦16层楼顶的露天水吧。”

陆华感到诧异，说：“这么详细？”

舒菲点头，说：“追踪的对象离得越近，我感知到的信息就越详细、准确。”

雷傲摩拳擦掌，说：“走吧，我们一起去会会他！”

杭一却有些迟疑，陆华猜到他在顾虑什么，说：“你始终不想跟他发生正面冲突，对吗？”

杭一说：“我本来想跟他好好谈谈，现在不但被他误会，还带着同伴一起去找他，更会引起他的敌对情绪，看来战斗是在所难免了。”

陆华说：“那也是没办法的事，总不能任由他袭击我们吧？虽然并不清楚他的超能力是什么，但显然是类似很‘阴’的，不用硬碰硬，就能让对手自尽——想想都可怕。”

舒菲说：“我们尽量不要表现出敌意，尝试跟他沟通，解开误会。如果他实在偏执到了完全不听解释的地步，我们四个人联手，应该可以制伏他。”

杭一点点头，说：“好吧，就这么办。”

四个人刚好能打一辆车，的士只用了几分钟就开到了凤凰商厦。

四人乘坐电梯来到顶楼——这里的楼顶被装修成了别具一格的露天水吧，充满了小资情调。现在是上班时间，来这里休闲的人并不多。他们几乎一眼就看到了坐在太阳伞下喝着饮料的段里达。

段里达也一眼看到了他们。他震惊不已，刚才跟警察的交锋虽然有惊无险，也着实让他紧张了一阵。本想到这冷僻的楼顶水吧休息一下，调整一下心情，没想到刚刚坐下来不到15分钟，杭一等人就找来了，于是他倏地站了起来。

杭一张着双手表示自己完全没有敌意，为了表示诚意，陆华甚至没有启动防御壁或防御光膜。杭一一边朝段里达走去，一边说：“别紧张段里达，我们没有敌意，只想跟你谈谈。”

“那就别再往前迈步了。”段里达警觉地说。

“OK，OK，听你的。”杭一等人停下脚步，“我们可以隔远点儿交谈。”

段里达现在面对的是杭一、陆华和舒菲三个人。他并不知道雷傲此刻飞在他身后的空中，躲在围栏下方，只露出半个脑袋在观察局势。一旦发现段里达意图攻击，雷傲就会从他背后出手。

“你们怎么知道我在这里？”段里达问。

“舒菲的超能力是‘追踪’。”杭一表达了最大的诚意，毫不避讳地把同伴的超能力告诉了段里达，“她能感应到你所处的位置。”

“你们想干什么？”

“我说了，我们想跟你好好谈谈。”

“得了，杭一，你叫警察来抓我，已经让我们失去沟通的可能性了。”

“警察不是我叫来的。”

“那他们怎么知道我会出现在漫咖啡？”

“我不知道，真的不知道。”杭一极力解释着，“也许我被警察跟踪了，他们由此获知我和你将在漫咖啡见面。”

段里达半信半疑地望着杭一。

杭一见他态度略有改变，诚恳地说道：“段里达，你想一下，如果我真像你说的那么卑鄙，那我怎么能团结陆华、舒菲等人，我们的同盟有10个人以上，尔虞我诈是不可能将我们凝聚起来的。”

段里达说：“也许你们的同盟成员，都是所谓的‘正义的伙伴’。我不知道你是否认为我的行为代表‘正义’。”

“你自己认为呢？”

“当然是！”段里达毫不迟疑地说，“我告诉过你，我的目的是净化世界，惩治低素质的人，对所有人形成警示。构建高尚、理想的社会，难道有什么不对吗？”

杭一尽量温和地说：“段里达，你的出发点没错。但你要知道，社会本来就是由各种各样的人组成的，低素质的人固然可恶，但他们往往也是受生活所迫，不得已才变成那样的。如果每个人都能出生在高尚的社区、富足的家庭，从小受到良好教育，又怎么会素质低下呢？但现实不允许每个人都出身良好。所以，我们应该理解他们，给予他们更多的包容，而不是强行将其清除，你说呢？”

“不，杭一，我和你的想法不一样。一个人出身卑微并不可怕，可以通过后天的努力来弥补。但很多人不愿改变，反而变成社会渣滓，并非命运不公，而是他们自甘堕落！这种人没有继续生存的必要。只有让其受到最严厉的‘惩戒’，才是教化他们的唯一方式！”

此刻，杭一已经猜到，段里达的超能力跟“惩戒”有关了。而他也再次领教了这个人的偏执和疯狂。他问道：“你是怎么惩戒这些人的？”

“我的超能力能发掘每个人内心深处最恐惧的事物，放大几百上千倍施展在被惩戒者身上，让其受到地狱般的折磨，生不如死！即便是幻境，也能产生真实的体会。”段里达说到激动之处，对自己的超能力已经毫不掩饰了，他自鸣得意地举例，“比如我上次惩戒的一个女人，她最怕癞蛤蟆。我便让上千只丑陋、恶心的癞蛤蟆爬到她身上，结果这个女人被吓疯了。呵呵，你们真该看看她当时的表情，就能感受到我的超能力有多么可怕。”

比较起来，更可怕的是这个人扭曲、变态的内心。杭一不打算拉拢他加入同盟了，他意识到了段里达和之前所有伙伴本质上的不同。这个人以极端的方式构筑个人的理想王国，同时享受着施虐所带来的快感。他心理阴暗，不可能成为同伴。

对于陆华而言，段里达刚才那番话简直让他想拔腿而逃。害怕恶心生物的他，光是想想被上千只癞蛤蟆爬遍全身，就已经毛骨悚然了，他甚至怀疑自己的防御壁或防御光膜能否抵御段里达的精神攻击。从某种角度而言，段里达简直是陆华的克星。

就在杭一犹豫该如何是好的时候，一个女服务员突然看到了躲在围栏外，飘浮在空中的雷傲。她吓坏了，大声尖叫起来，将托盘打翻在地。段里达心里一惊，回过头去，看到了雷傲。

一瞬间，他因愤怒而满脸通红，瞪圆双眼望着杭一等人咆哮道："该死的！我就知道你们根本没有诚意！想声东击西？一再进行欺骗，你们应该受到严厉的惩戒！"

说着，他挥手指向了离他最近的陆华，发动了超能力。

陆华大惊失色，仿佛看到成千上万只癞蛤蟆朝自己扑面而来。他惊慌得完全不知所措，又一次犯了老毛病——每当受到恶心生物的威胁时，他就无法正常启动防御壁或防御光膜。眼下，他惊恐地胡乱挥舞着双手，就像要把这些恶心的东西挡回去一般，嘴里大叫着："不，不，不！"

雷傲、舒菲和杭一看到段里达猝然发动攻击，正准备还击，奇怪的事情发生了。

本来气势汹汹的段里达突然大叫了一声，随即整个人仰望上方，神情骇然、目光呆滞。不一会儿，他的嘴里冒出了白沫，眼睛布满血丝。无论怎样看，都像是他本人遭到了精神攻击。

杭一等人在错愕之际，段里达的状态再次发生改变，他双手抱着脑袋，嘴里发出令人闻之胆寒的痛苦叫喊："不！不要！啊——饶了我！"

没等任何人反应过来，他狂奔到围栏边缘飞身跃下，从16层楼上坠落下去。

事情发生得太突然了，杭一等人惊愕得目瞪口呆。在服务生的尖叫声中，他们意识到段里达必死无疑，此地不可久留，必须赶紧离开。

乘坐电梯的时候，陆华突然感觉一股力量充盈体内。有过一次升级经验的他叫道："我升级了？！这是怎么回事？"

杭一、舒菲和雷傲困惑地互看一眼，摇了摇头。当务之急是赶快离开这个是非之地。他们匆匆地走出凤凰商厦，穿过地下通道，步行到好几个街区之外。杭一骤然止步，望着陆华说："我知道是怎么回事了！"

三个人都停下来望着他。杭一说："我经常玩的《拳皇》这个游戏中，好多角色都有'反弹'技能。如果我没猜错的话，陆华，你刚才就恰好使出了类似的招数！”

陆华愕然道：“你是说，我胡乱挥挡，恰好把段里达对我施加的精神攻击反弹到了他身上？”

“对！也许这正是你的‘防御’升到2级之后的新技能。”杭一说，“你之前并不知道，这次恰好误打误撞地试出来了！”

“如果你的能力不但能防御攻击，还能反弹攻击——包括精神攻击，那真是太厉害了！”雷傲吐着舌头说，“我都要让你三分了，陆华，特别是你现在已经升到3级了。”

陆华并不觉得这是件可喜的事，他咂了咂嘴，说：“这么说，段里达自己受到了‘惩戒’，难以忍受折磨，才跳楼自杀了。”

“恐怕他受到的‘惩戒’比任何人更甚。”杭一叹息道，“从这一点来看，上天也认为他是有罪的——过度偏激和滥用私刑本来就是一种罪……真是太讽刺了。”

男50号，段里达，能力“惩戒”——死亡。

九、嫉妒

SUPER TABOO GAME

杭一等四人回到大本营，米小路、韩枫和孙雨辰立刻上前询问事情的经过。杭一正要说，突然发现少了两个人，问道："辛娜和季凯瑞呢？"

"他们俩出去了。"韩枫说。

"干吗去了？"杭一问。

"不知道。"韩枫耸了下肩膀。

杭一突然神色黯然。孙雨辰再次询问他去跟"神秘人"见面的事，杭一简单讲述了事情的经过。韩枫惊讶地对陆华说："我还以为你的'防御'是最不容易升级的，没想到现在竟是我们当中等级最高的了！"

"我升级全是瞎猫碰到死耗子。"陆华望了一眼孙雨辰撇嘴道，"再说我未必是等级最高的人。"

"不管怎样，你应该多试一下这招'反弹技'，假如运用熟练，简直无敌。"孙雨辰说，"我们每次升级后，都应该尽快摸索出超能力的新运用。"

“你试出‘意念’的新运用了？”陆华问。

“目前还没有，但我在不断尝试。”孙雨辰说。

米小路思索了一会儿，说：“我在想，假如舒菲的‘追踪’这么厉害，能直接感应到某个人所处的位置，那我们干吗还要处于被动呢？”

“什么意思，小米？”杭一问。

“我的意思是，舒菲能不能用超能力感应到旧神目前身在何处？”米小路说，“如果我们能找到旧神，也许就能找到终结这场竞争的方法。”

杭一连连点头，说：“嗯，确实如此。”他对舒菲说：“你能试一下吗？”

舒菲说：“你们告诉我，旧神实际上是13班的某个人。我想‘旧神’只是他的代号而已，我不知道能不能仅凭这个找到他。”

“没关系，试试吧。”杭一说。

舒菲启动超能力，努力感应。几分钟后，她有些疲惫地说：“不行，信息量太少了，需要掌握更准确的信息才行。”

大家略有些失望。沉寂片刻后，韩枫忽然想到了什么，说：“俞璟雯变身成孙雨辰，混在同盟中的时候，假装用意念感应到了跟旧神相关的事情，获得某种‘提示’——何不让真正的孙雨辰也试一下呢？”

孙雨辰愣了一下，说：“可能吗？我不认为我的超能力强大到了能直接感应到旧神的身份——即便我升级了。”

“就算你没法感应到旧神是谁，但只要能获得关于他的相关信息，舒菲就能根据这些信息找到旧神——或者找到揭开旧神身份的关键事物！”韩枫兴奋地说。

众人对视了片刻，杭一说：“有道理！孙雨辰和舒菲的能力简直是绝配，也许这真的是个突破口！”

韩枫得意地咧着嘴笑。孙雨辰却显得没有把握，说：“我只能试试，你们最好别抱太大的希望。”

"没关系，不要有压力，你尽力就是。"杭一拍着孙雨辰的肩膀说。

孙雨辰现在就想试试，说："我的'意念'在安静的情况下才能最好地发挥，你们暂时别说话。"

孙雨辰闭上眼睛，启动超能力，竭尽全力搜索跟旧神相关的信息。

房子里鸦雀无声，大家屏声敛息，生怕打扰到他。

然而，门铃却在这时响了起来。孙雨辰的思绪受到干扰，启动的超能力被迫停止了。

韩枫把门打开，辛娜和季凯瑞回来了。辛娜两颊绯红，看上去心情极佳。杭一的心隐隐作痛。

"你们去哪儿了？"韩枫问。

"郊外的射击场。"辛娜说，"季凯瑞教我使用小口径手枪射击了。"

"你们真该看看辛娜的射击成绩。"季凯瑞赞扬道，"我从没见过学习射击这么有天赋的女生。"

"大概是因为无限子弹的原因吧。"辛娜笑道，"季凯瑞的超能力能让所有武器拥有无限的弹药。"

杭一走过去，望着辛娜说："你为什么要学习射击？"

"我想要保护自己呀。我不能每次身陷险境，就像软弱的唐僧一样，指望本领高强的孙悟空来救自己。你们都在不断升级，我也要变强！"辛娜目光灼灼地说。

"你没有必要这样做。我……我们会保护你的。"

"我相信。但我具备自我保护的能力，总不是坏事吧？"

"可你没办法随身携带一把手枪呀。"

辛娜淡淡笑了一下，掀开外套，把别在腰间的一把92式5.8毫米口径的手枪拔出来，展示给大家看。

杭一倒吸了一口气，问道："这东西哪儿来的？"

"季凯瑞给我的。"辛娜说。

"季凯瑞又是从哪儿弄来的？"杭一根本不看季凯瑞，只问辛娜。

辛娜窘迫地看了季凯瑞一眼。

季凯瑞说："我的组织里有这玩意儿。"

杭一张着嘴，略略点头："对了，我都差点儿忘了，你是黑社会老大。"

"你想说什么？"季凯瑞感觉到杭一话锋不对。

杭一说："你和你的组织我管不着，但辛娜不是你们组织里的人。中国法律不允许普通人携带枪支，你想害她被捕吗？"

"法律也没有任何限制超能力者的条款，你认为我们应该严格遵守法律吗？"季凯瑞说。

"这么说，你打算让辛娜以后遇到袭击者，立刻摸出手枪给那家伙一枪，让她的双手沾满鲜血？"

"总比她全身沾满自己的鲜血强。"

"够了，你们俩别吵了。"辛娜打断他们的争吵，对杭一说："是我要求季凯瑞教我射击的，也是我请求他给我一把枪的，你不要怪他。"

看到辛娜如此维护季凯瑞，杭一胸中蹿起一股妒火。他尽量克制自己的情绪，说："辛娜，你知道我是为你好。你随身携带一把手枪，比赤手空拳更让人担忧。万一警察知道了怎么办？万一哪天枪走火了射伤你自己怎么办？"

辛娜伸出双手比画了一下："我不会什么时候都携带枪的，我也会注意安全。"见杭一又要开口，辛娜抢在他之前说道，"杭一，你知道吗，当我被那个超能力是'平衡'的谭瑞希绑架；当我身处荒岛，遭遇各种危险的时候，我是多么恐惧和无助！我只能躲在你们身后，或者祈祷那些怪物不要靠近我。我不想再这样下去了，我不要当花瓶或者废物！"

杭一愣愣地望着辛娜，好一阵后，说："没错，你跟我们在一起太不安全了。你应该退出同盟，而不是拿起武器。"

“杭一，你知道自己在说什么吗？”陆华走过来，瞪着杭一。

辛娜张开嘴，难以置信地看着杭一。须臾，她摇着头说：“你没有权力决定我的去留，你也没资格干预我的行为。”

说完，她向门口走去，打开门，离开了。

季凯瑞走到杭一面前，两个人互相怒视着。季凯瑞说：“如果你对我有任何不满，冲我来就是，不要拿辛娜出气。你知道我当初加入同盟的原因，现在井小冉已经不在了，我用不着向任何人报恩，随时都可以退出同盟。”

他说完这段话，也打开门，离开了。

屋内的沉闷气氛令人窒息。同盟第一次出现了分裂的危机，大家的心情都很低落。没有人指责杭一，但这反而令他更加自责和难受。他知道，自己刚才是被妒火和醋意扰乱了理智。想到辛娜离开时的表情，杭一心如刀绞。

米小路对杭一的痛苦感同身受，甚至比他更能理解。他的超能力能让杭一瞬间快乐起来，但他知道，不能这样做。他的超能力就像一剂吗啡，只能镇痛，不能止痛。这是他可悲的局限性，也是他无法抑制自身痛苦的根本原因。

十、爱情

SUPER TABOO GAME

整个上午，孙雨辰都把自己关在房间里。

此刻，他的体能和精神都到了崩溃的边缘。

这个上午，他不断尝试用意念感知跟旧神有关的信息。一开始完全不着边际，超能力把他的体力消耗殆尽，也一无所获。孙雨辰没有放弃，休息一段时间后，再次启动了超能力……如此反复。

不知是第几次启动超能力，孙雨辰的头脑里突然闪现出一个模糊的画面。这画面一闪而过，停留在孙雨辰头脑里的时间只有零点几秒。

即便如此，这一进展也令孙雨辰亢奋不已。他坚信自己用意念探索到了跟旧神有关的某个重要线索。如果他能再看清楚一些，一定能得到宝贵的提示。

为此，孙雨辰竭尽全力地使用超能力，但不管他如何努力，仍然只能捕捉到瞬间的画面。

同一天多次使用超能力，孙雨辰已经快吃不消了。但他咬牙坚持着。他相信即便一次只能看零点几秒，多看几次，终能加深印象。

阴暗的房间……

一排书架……

书架上摆放着若干本书……

其中的一本，似乎带有强烈的暗示性……

孙雨辰最多就只能看到这里了。他相信这一步，已经达到了目前能力的极限。他累得想吐，实在无以为继了。

孙雨辰疲惫不堪地走出房间，来到客厅。陆华、韩枫和雷傲在客厅里。陆华注意到孙雨辰脸色灰白，把他扶到客厅的沙发上坐下，问道："怎么样，有什么收获吗？"

孙雨辰点了点头，说："我用意念感应跟旧神相关的事物，头脑里反复出现一个画面，是一个类似藏书室或图书馆的地方，书架上摆放着一本书。我相信那里就是我们需要前往的地方，而那本书上记载的内容，必然能揭开旧神的秘密。"

"太好了！"雷傲兴奋地说，"你知道那个地方在哪儿吗？"

陆华提醒道："追查目的地要依靠舒菲。"

孙雨辰叹了口气，沮丧地说："恐怕舒菲也办不到，因为我没办法描述我看到的画面。"

"你不是说那是一个藏书室或图书馆吗？"韩枫说。

"没错，但那画面转瞬即逝，根本没办法看得太清楚。况且那间屋子没有任何特征和标志，我该怎样向舒菲描述？世界上类似的地方估计有上万个。"

"你能扩大视线范围吗？"韩枫说，"如果你能看到屋外的一些建筑或标志，就好办了。"

"不行。我用意念感知到的画面不由我自己选择。提示仅限于此，我也没办法。"

陆华想了想，说："你能不能把你看到的画面用笔画下来？"

孙雨辰说："我没有学过画画，根本不可能办到。"

几个人一时都没了主意，沉默片刻。陆华看出来孙雨辰已经疲惫不堪，今天不能再强行使用超能力了，说："这样吧，你先休息一下，我们想想有没有更好的办法。"

孙雨辰点了点头。

韩枫说："吃了午饭再说吧。"于是摸出手机准备叫外卖。

孙雨辰问陆华："杭一和米小路呢？"

"米小路上午都在客厅，刚才回房间了。杭一自从昨晚进屋之后就一直没出来。"陆华说。

"不会出什么事了吧？"孙雨辰皱眉。

"没有，之前米小路敲门问过了。杭一说他想一个人待一会儿。可能他对于把辛娜气走这件事十分懊丧吧。"陆华叹气道，"我会找机会跟他谈谈的。"

吃过午饭，各人回到各自的房间。昨天，辛娜和季凯瑞离开之后，就再也没有回过大本营。这件事仿佛灰暗的雾霾弥漫在同盟成员之间，没有人心情好，大本营的气氛沉闷压抑。

孙雨辰躺在床上，本想睡个午觉的，却发现无法控制自己——意念感应到的那个画面像幽灵一样在他脑海里挥之不去，令他心痒难耐、备受折磨。这暗示如此清晰、明确——只要找到那本书，就能获知旧神的秘密。他明明知道这一点，却卡在了无法将这个画面描绘出来这一点上，这感觉简直叫人抓狂。

孙雨辰再次启动超能力，那画面又闪现出来，但稍纵即逝。面对自己的无能为力，孙雨辰陷入了一种焦灼的状态。他的头开始疼痛起来，越是想要记住那个画面，他的头痛就增加一倍。十几分钟后，他已经满身大汗、头痛欲裂了。孙雨辰暗叫不妙，却无法自控，脑袋痛得就像要爆炸一般。他痛苦不堪地翻身下床，一边狂叫，一边用拳头捶打自己的头部，甚至用手边一切能抓到的物品猛击自己的脑袋。

这声响把其他人全都引了过来。韩枫推开孙雨辰房间的门，正好看到孙雨辰抓起相机砸自己的头，而地上还有被砸坏的电脑键盘和路由器。

众人大吃一惊，韩枫快步上前夺过相机，喝道：“你干吗？你疯了？！”

雷傲和杭一分别抓住孙雨辰的两只手臂，制止他再拿东西砸头——他的额头已经渗出鲜血了。孙雨辰痛苦地喊叫道：“我的头快要裂开了，我无法控制自己不去想那个画面！”

陆华猜到了是怎么回事，焦急地说：“不是叫你好好休息一下，不要再使用超能力了吗？”

“我做不到，啊……啊……”孙雨辰双手捂着头，痛不欲生。

杭一对米小路说：“小米，你试试能不能用超能力让他平静下来。”

米小路点了点头，启动了超能力。他看到孙雨辰头上的情绪小球就跟泥水一样混浊，并且在摇晃颤抖，显示他此刻的情绪混乱到了极点。米小路使用超能力将混浊的泥水变得清澈，一分钟后，情绪小球变成了纯净的白色。

孙雨辰平静下来，狂躁和焦躁被一扫而空，脑袋也不再疼痛了。他坐下来，长出一口气，对米小路说：“谢谢。”

陆华找来了碘酒和纱布，为孙雨辰额头上的伤口做了简单的消毒处理，并感叹道：“这件事告诉我们，不能过度使用超能力。”

“特别是精神控制类的超能力。”米小路补充道。这事对他也是一个提醒。

杭一对孙雨辰说：“你好好睡一觉，听听舒缓的音乐，什么都别去想，千万不要勉强自己。”

孙雨辰点头。杭一转身望着米小路，示意他暂时守在孙雨辰的身边，以防再次发生刚才的事情。

杭一、雷傲、陆华和韩枫走出孙雨辰的房间。韩枫拿着被砸坏的相机，有些心疼地说：“这是架古董相机，里面的胶卷是几年前照的珍贵的照片，真是可惜了。”

陆华说：“现在谁还用老式的胶卷相机呀。”

韩枫嗤之以鼻：“你不是摄影爱好者，当然不懂。使用胶卷相机有一种感觉，是单反相机出不来的，现在顶级的摄影师都用胶卷相机。”

陆华耸了下肩膀，表示自己确实不懂。韩枫说：“不行，我现在就得去一趟朋友的摄影工作室，看能不能把胶卷拿出来冲洗。”说着出门了。

雷傲对杭一说：“反正没事，玩会儿游戏吧。”

杭一摇了摇头：“你玩吧。”之后没精打采地回到了自己的房间。

陆华望着杭一的背影，觉得必须跟他谈谈了，不能让他一直萎靡不振。

陆华推开杭一的房门，看到杭一躺在床上，双手反枕在脑后，双眼无神。陆华走过去坐在一张椅子旁，并不说话，只是望着杭一。

几分钟后，杭一望着天花板说：“你觉得我真的做错了吗？”

“是的。”陆华毫不迟疑地说。

杭一坐起来，望着陆华：“可你知道，我是为她好，我真的不愿让她卷到这场争斗和杀戮中。她是个好姑娘，应该享有普通的生活，而不是拿起武器，制造杀孽。”

“杭一，如果我们没能以最好的方式解决这件事，任何人都不可能享有普通的生活。”陆华说出事实，“辛娜正是为此而拼搏，我们也一样。”

“她跟我们不同，她不是50个人之一。”

“但她是我们的朋友，是同盟的成员。如果你不希望她加入，一开始就应该硬起心来拒绝。现在，她跟我们一起经历了这么多，却被要求离开同盟，你想过她的感受吗？”

杭一说：“但她应该知道，她没有超能力……”

“所以她在寻求别的自保方式。”陆华说，“杭一，辛娜不想成为我们的拖累，她想尽自己的能力帮我们——哪怕这并不是超能力，但也是她能做到的全部。她的心情，你明白吗？”

杭一沉吟片刻，双手使劲儿抓着头发，意识到自己说出了多么糟糕的话。他沮丧而后悔地说：“没错，我昨天说的话伤了她的心。陆华，我该怎么办？”

陆华摇着头说：“我不会教你该怎么做，你应该跟着自己的心走。”

杭一思考了几分钟，略略点头：“我明白了，我现在就去找辛娜，跟她道歉。”

说着，杭一从床上下来，拉开房门。然而，他呆住了，因为辛娜正站在他的房间门口。

“啊……这……”杭一和陆华同时感到诧异。

辛娜抬眼望着他们：“抱歉，我不是故意想偷听你们的谈话。我只是来找杭一，恰好听到你们在房间里谈论这件事。”

杭一结结巴巴地说：“辛娜……不管你听到了些什么，你知道，我只是……”

辛娜伸出两根手指轻点杭一的嘴唇：“我知道，你只是喜欢我，为我着想。”

杭一不敢相信自己的耳朵，目瞪口呆地望着辛娜。辛娜苦笑道：“拜托，我又不是傻瓜，这么久了还感觉不到？”

杭一的脸红到了耳根，他做梦也没想过会出现这样的局面。他一直羞于向辛娜表白，感情方面木讷的他，也以为辛娜同样迟钝。殊不知辛娜早就知道他的心意，并当着陆华的面大大方方地说了出来。这一幕简直就像是在做梦。

陆华识趣地回避了：“咳、咳，我去喝点儿水……”

杭一面红耳赤，不敢直视辛娜的眼睛，甚至不知道该说些什么好。辛娜笑道：“你能放松一点儿吗？你这样搞得我都紧张了。”

“嗯……”杭一尽量平复自己的心情，“辛娜，不管怎么样，我要跟你道歉，我昨天不该……”

辛娜张开双臂，温柔地抱住了杭一，头轻轻靠在杭一的肩膀上。杭一感觉呼吸似乎停止了，地球仿佛在这一刻停止了旋转。

“你没有做任何需要向我道歉的事，真的。倒是我，一直没来得及好好地跟你说一声——谢谢。”辛娜在杭一耳边柔声道。

杭一轻轻地抱着辛娜，就像拥有了全世界。这种幸福和满足的感觉如此美妙，难以言喻。

他们拥抱了好久，忘却了时间。直到雷傲推开房门，来到走廊上，看到这一幕，愣愣地说：“我……是不是出来得不是时候？”

杭一和辛娜这才分开，两人红着脸相视一笑。雷傲也跟着他们傻乎乎地笑。陆华在客厅里看着这一幕，也露出了会心的微笑。

只有一个人例外。

微微打开的房门缝隙中，隐约透出一双冰冷而痛苦的眼睛。

十一、旧神的底牌

SUPER TABOO GAME

下午3点钟，韩枫回来了。他刚跨进门，就睁大眼睛，用难以置信的口吻说道："你们不可能猜到我发现了什么。"

杭一、辛娜、雷傲等人此刻都在客厅，他们站起来问道："怎么了？"

韩枫快步走过来，把装在纸袋里的一沓照片递给伙伴们："这是刚才那卷胶卷冲洗出来的照片，你们看看吧。"

说着，韩枫从一沓照片中抽出一张，双手拿着展示在众人眼前。

这张照片上的画面是一个光线不太充足的房间，几排古朴的木质书架上码放着不同的书籍，看起来很像国外的某个图书馆。

图书馆，藏书室。

当几个人想到这一点的时候，几乎一起惊叫起来："这就是孙雨辰感应到的那个地方？！"

韩枫亢奋地点着头。

"你怎么知道？"杭一怀疑地问。

陆华也糊涂了：“难道你在几年前恰好去过这地方，而且碰巧拍下了这张照片？”

“不，我发誓，我从来没有到过这样一个地方，更没拍过照片。这张照片是已拍胶卷里的最后一张，但就是今天拍的！”

雷傲惊讶得合不拢嘴：“什么？今天拍的？”

“没错，这太不可思议了。”韩枫激动地说，“你们难以想象，我在暗室冲出这张照片后，有多么吃惊？！”

这时，孙雨辰站在楼梯上，愕然地问道：“你说什么？”刚才楼下的谈话声把他吵醒了，他和米小路一起从楼梯上走了下来。

“正好，你赶快来看看，验证一下。”韩枫把照片递给孙雨辰。

孙雨辰的眼睛刚一接触到这张照片，整个身体就像遭到电击般抽搐了一下，随即，他失控地大叫道：“就是这里！我感应到的地方就是这里！”

他急促地询问韩枫：“这张照片是哪儿来的？”

“这个问题恐怕只能问你自己了。”韩枫提示道，“你用这架相机砸过自己的头，记得吗？”

孙雨辰愕然道：“难道……照相机接触到我的头部，把我脑子里的画面‘拍’了出来？”

“虽然很离奇，但这是唯一合乎逻辑的解释了。”韩枫说，“我猜这是你的‘意念’升级后的新运用。”

“如果真是这样的话，理论上来说，你使用意念感应到的画面，应该还能投射在别的媒介上，比如电脑、电视等。”陆华分析道。

孙雨辰现在没心思研究自己的新能力，他感兴趣的是能否找到照片上这个地方，于是问道：“舒菲呢？”

杭一摸出手机：“我马上叫舒菲过来。”

雷傲问了一句：“季凯瑞呢？要通知他吗？”

米小路小声说：“他好像打算退出同盟……”

韩枫说："不管怎么样，打电话告诉他这件事吧。"

辛娜说："我给他打吧。"

半个小时后，舒菲赶到了大本营。杭一把事情的过程简单叙述了一下，然后将照片交给舒菲，说："你试试，看能不能感应到这个地方的具体位置。"

舒菲点点头，全神贯注地凝视着照片，启动了超能力。半分钟后，她长舒一口气："感应到了，地点是莫斯科。"

"什么？莫斯科？这么远！"陆华叫道。

"没关系，不算远。从北京乘坐飞机到莫斯科，也就七八个小时而已。"经常出国旅游的韩枫经验丰富。

"好吧，那么这个地方具体在莫斯科的哪儿？"陆华问舒菲。

"抱歉，如果距离太远，我无法感应到具体位置，只能感应到这么多。"舒菲说，"不过只要到了莫斯科，我就能知道具体地点了。"

"太好了！就这么办！"韩枫兴奋地说，"我们明天就出发，怎么样？"

这时，季凯瑞从外面进来了。他漠然地扫视众人一眼，一言不发地走向二楼他住过的房间。不一会儿，他提着一个行李箱从楼上下来了。

大家都站了起来，杭一咬着嘴唇迟疑了片刻，说道："季凯瑞，那天的事是我不对，我向你道歉。希望你以大局为重，不要退出同盟。你是我们不可或缺的力量。"

季凯瑞以一贯平淡的口吻道："我什么时候说过要退出了？"

"……你收拾行李，不是要离开？"

"我还以为你们都要去莫斯科。如果是这样的话，你们也该收拾行李了，时间紧迫，越早出发越好。"

杭一愣了几秒钟，笑道："原来是这样，辛娜刚才已经把事情的经过告诉你了吧。呃……不管怎么说，谢谢你不计较我那天的态度。"

季凯瑞一边检查着行李，一边说："听说有的人个性就像小孩，我才不会跟他一样意气用事。"

杭一不好意思地用食指搓着人中，旁边的同伴们都笑了起来。

"好了！守护者同盟的成员们都到齐了，如果大家没有意见的话，我现在就订前往莫斯科的机票，怎么样？"

"我不认为乘飞机前往莫斯科是个好主意。"季凯瑞说。

"为什么？"韩枫问。

"如果上次的'海岛事件'是一次戏耍或游戏的话，我想对手不会有耐心再跟我们玩第二次了。我们此行是为了探索旧神的秘密，你们觉得旧神会放任不管吗？我不想令你们不安，但你们最好是做好心理准备——此行我们必然会遭到各种前所未有的袭击。从安全的角度出发，我们最好避免乘坐飞机这种一旦失事就难逃一死的交通工具。相对来说，火车要安全得多。"季凯瑞冷静地分析道。

"火车？从北京到莫斯科的火车要七天才能到达！"急性子的韩枫无法忍受如此漫长的旅途。

杭一问大家的意见："你们觉得呢？"

"我觉得季凯瑞说得有道理，假如飞机受到超能力的攻击，我们几乎没有生还的可能性——大概雷傲除外吧。"米小路说。

陆华忧虑而不安地说："你们认为……旧神知道我们的行踪吗？"

"从以往几次受到的袭击看，旧神那边显然有人的超能力可以掌握我们的动向，并已获悉我们的超能力。如果我没猜错的话，这个人的能力应该跟'探测'或者'调查'等关键词有关。"杭一思忖着说，"我猜这个人是旧神最重要的手下，或者合作者之一。"

"没错，我也是这样想的。"季凯瑞赞同道。

韩枫想了想："好吧，我们坐火车前往莫斯科，就这么定了。"

艾美酒店第63层的总统套房内，碧鲁先生坐在窗前喝茶。房间的门铃响了三声，碧鲁先生沉声道：“请进。”

闻佩儿（女17号），一个有一头瀑布般黑色长发、留着齐刘海的女生走进房间，说道：“杭一等人明天将抵达北京，乘坐火车前往俄罗斯首都莫斯科。”

碧鲁先生思索了片刻，说：“知道他们为什么要去莫斯科吗？”

闻佩儿说：“我的能力无法获知这一点。”

碧鲁先生淡淡一笑：“他们越来越成熟，也越来越谨慎了。前往莫斯科，竟然不乘坐飞机而选择火车，大概是担心遭到空中袭击吧。”

“他们遭遇了若干次袭击，在这些过程中得到了锻炼和成长。”闻佩儿说，“我觉得再任由他们发展下去，到了后期，恐怕就无比棘手了。”

碧鲁先生胸有成竹地微笑道：“没关系，我需要他们继续成长。”

闻佩儿微微蹙额，疑惑地说：“你好像一点儿都不担心他们会变得无比强大，难以对付？”

碧鲁先生站起来，走到闻佩儿面前，说：“赫连柯最近给我带来一些有趣的消息，相信你也很想知道。”

听到“赫连柯”三个字，闻佩儿眼中闪过一丝光芒，流露出关切的神情：“他怎么样？”

“他很好，不用担心。倒是他带给我的消息值得注意。相比杭一等人，现在产生了一个更具威胁性的组织。领导者有三个人，称为‘三巨头’。他们在策划着一些危险而疯狂的事情，需要引起我们的高度重视。”

闻佩儿略略点头：“我懂了，你任由杭一等人发展，就是因为他们可以和‘三巨头’相互制衡。”

“没错，我们的对手不止一个，最好的策略就是让他们互相拼杀，我们坐收渔翁之利。”

“就怕他们强大到不可收拾的地步。”闻佩儿提醒他。

“放心，我手里有几张王牌。你知道他们的厉害。况且我还有个完美的计划，不是吗？”碧鲁先生胸有成竹地说。

闻佩儿向前跨了一步，凝视着碧鲁先生的眼睛：“我会一直辅佐你，但是希望你别忘了承诺过我的事。”

碧鲁先生把双手搭在闻佩儿的肩膀上，说：“我会做到的，实际上也正在做。你看，你和赫连柯是唯一知道我真实身份的人，足见我对你们的信任和重视。”

闻佩儿摇头：“不，我只知道你是‘旧神’，却并不知道你那神秘的身份。”

“每个人都有自己的小秘密，我也不例外。”

“那么，你觉得杭一等人此次前往莫斯科，会不会就是去探索你的小秘密？”

碧鲁先生为之一怔，脸上第一次浮现出惶惑的神色。他仔细思索了足有五分钟，自语道：“你提醒了我……的确有这个可能。他们这个时候集体出动，显然不是去旅游，一定是去做某件极为重要的事，也许正是为调查我的真实身份……”

闻佩儿忍不住问道：“为什么你这么介意自己的身份被人知晓？”

碧鲁先生神色冷峻地说：“如果杭一等人得知了我，也就是‘旧神’实际上是谁，就会知道‘上一次竞争’的事。如此一来，我们的整个计划都会被破坏，后果将不堪设想，也许我们所有人都会因此而丧命。”

“……有这么严重？”

“我像是在危言耸听吗？”

“该怎么办？”

碧鲁先生思索片刻，说道：“看来必须调整策略了，不能让他们再活下去。在他们到达莫斯科之前，必须将他们全部消灭。”

十二、人命赌注

SUPER TABOO GAME

星期三早上，杭一等一行9人从琮州市到达北京，便直奔北京站。韩枫之前在国际旅行社订了9张K3次列车的高级软卧车票。发车时间是上午11点22分，他们在候车大厅等候了几十分钟，便准点登上了火车。

现在并不是旅游高峰期，但15节车厢基本满客。中国人占了接近三分之一，其余是俄罗斯人、蒙古人和其他国家的人。这些人多数是游客，乘坐火车旅行的主要目的是沿途欣赏贝加尔湖、西伯利亚平原和俄罗斯乡村的绝美风景。

杭一等人来到9号车厢。与硬卧车厢和普通软卧车厢相比，高级软卧车厢更加宽敞豪华。过道一侧是座椅和小桌子，另一侧是舒适的卧铺。他们分别试了一下床和座椅——就旅行而言，已经十分舒适了。

放好各自的行李，他们和其他游客一样，做好了享受愉快旅途的准备。韩枫拿出一大堆零食散给大家，陆华捧着一本书阅读，雷傲玩着iPad，辛娜和舒菲看着窗外闲聊。

杭一不知道是否应该如此放松。不过目前看起来，一切正常。即便如此，他仍然提醒自己，不要放松警惕。不一会儿，火车开动了。

在进入蒙古国之前，火车将途经河北省和山西省。可能国内的游客更期待的是国外风光，国内这一段，多数中国人在看书或玩平板电脑、手机。杭一坐了一会儿，打算在车厢里逛一逛，当他走到辛娜和舒菲的座位时，发现她俩坐在走廊跟旁边座位的一对中国母子愉快地聊着天。

辛娜见杭一来了，欣喜地说："我们发现了一个数学小天才！"

"是吗？"杭一饶有兴趣地望着伏在小桌子上做题的小男孩，小男孩7岁左右，长得白净柔嫩，模样透露着一股机灵劲儿。

男孩的母亲30多岁，她腼腆地笑了笑，温柔地抚摸着小男孩的头发，带着骄傲却并不浮夸的口吻说："这孩子三四岁的时候就对数字特别敏感，喜欢做奥数题，不过不能说是天才，太夸张了。"

"一点儿都不夸张。"辛娜把小桌子上的一张纸拿给杭一："你看，这是刚才候车的时候，这孩子做的一道题，听说只用了5分钟。"

杭一接过白纸，看到上面写着——

观察下面的数据，找出其中的规律，并根据规律，在括号中填上合适的数字：

1，8，27，64，125，（　），343

括号中有着一个儿童稚拙的笔迹——216。

对于成年人来说，这道题的难度并不高，但一个小学二年级的孩子能在5分钟内发现规律并算出正确答案，着实令人惊叹。杭一对小男孩竖起了大拇指："小朋友，真厉害！"

小男孩咧嘴笑了笑，继续做题，那认真的样子十分可爱。

他们的对话把身后的陆华也吸引了，他合拢书走过来，同样对男孩的数学天赋感兴趣。同时他注意到，小男孩眉头紧锁，似乎被正在做的这道题难住了。陆华歪着头看到纸上的题是这样的——

观察下面的数据，找出其中的规律，并根据规律，在括号中填上合适的数字：

1，2，6，24，120，（　），5040

数学向来是陆华最擅长的科目之一，他想了一下后找到了规律，自语道："哦，原来是这样，我知道答案了……"

"不要说！"小男孩赶紧制止陆华，"我要自己做出来，别人说的就不算数了！"

陆华笑了起来："好，好，好，你自己做，实在做不出来哥哥再告诉你答案。"

"我肯定能做出来！"小男孩自信满满，"我才不相信七天的时间我都做不出来这道题！"

陆华一边鼓励小男孩，一边小声地对小男孩的母亲说道："我能理解您想培养孩子的心情，但我觉得，这道题对于7岁的孩子来讲，怎么说都太难了一点儿。"

小男孩的母亲解释道："你误会了，这道题不是我出的。实际上我也觉得太难了，叫他别做了，但这孩子生性要强，非要挑战自我不可，我也拿他没办法。"

"哦，不是你叫他做的，那是谁呢？"

小男孩听到了他们的对话，抬起头来说道："是刚才一个大姐姐给我出的题。她听说我喜欢数学，就说要出题考我。只要做对了，就奖励我玩具呢！"

说着，小男孩从裤兜里摸出一个玩具小汽车，得意地展示给大家看：

“这就是我做对了第一道题，大姐姐奖励我的。大姐姐说，只要我做对了现在这道题，她还会奖励我一个更棒的玩具呢！”

小男孩的母亲苦笑道：“这孩子，真拿他没办法。”

杭一觉得这事挺好玩，问道：“哪个大姐姐呀？”

小男孩抬手朝斜对面卧铺的上床一指：“就是那个大姐姐。”

杭一等人一起望过去，只见一个戴着粉紫色针织帽的年轻女人半倚在床上，捧着一本书，背对着他们。她听到小男孩的话，从床上下来，走到小男孩身边，对他说：“嗯，没错，只要你做对了这道题，大姐姐一定奖励你一个超级棒的礼物！”

说完这句话，年轻女人抬起头来和杭一等人对视。杭一、陆华和舒菲看清她的模样后，全都呆住了。

这个人是13班的超能力者——冯亚茹（女25号）。

“冯亚茹？你怎么在这儿？”舒菲惊讶地问。

“跟你们一样，去莫斯科呀。”冯亚茹平静地说。由此可见她早就知道杭一等人的目的地了。

杭一心里突然有一丝不安，他下意识地感觉到来者不善。雷傲、韩枫、季凯瑞等人也都聚拢过来。

小男孩母亲感觉到气氛不对，迟疑地问道：“怎么……你们认识？”

冯亚茹微笑道：“是啊，我们是一起补习的同学。”

小男孩母亲没有再问，但她的神情明显在说：“那你们看对方的眼神怎么像敌人一样？”就在这时，火车上的广播响了起来，叫大家到餐车用免费提供的午餐。

冯亚茹对还在认真做题的小男孩说：“小弟弟，一会儿再做好吗？不着急，先跟妈妈去吃饭吧。”

小男孩看起来十分喜欢冯亚茹，非常听她的话，他“嗯”了一声，牵着母亲的手，到餐车去了。

车厢里的人几乎都前往餐车所在的3号和4号车厢了，9号车厢只剩下杭一等一行人和冯亚茹。

“你为什么会出现在这里？”季凯瑞没耐心跟她闲扯，开门见山地问。

“好，我也是爽快人，不喜欢扭扭捏捏。”冯亚茹直言道，“我是旧神派来干掉你们的刺客。”

这大概是目前为止第一个直接现身并如此直白的袭击者。但杭一实在想不通，她拥有怎样的超能力，让她如此自信，敢于同时面对8个等级不止1级的超能力者，并胸有成竹，面无惧色。

季凯瑞眯着眼睛说：“我给你5秒钟的时间，告诉我你其实是在开玩笑。除非你不相信我能在1秒钟内就把你干掉。”

冯亚茹浅浅地一笑：“季凯瑞，我知道你的超能力‘武器’的厉害。但你可以试试看，能不能伤到我。”

话音未落，季凯瑞的右手已经变成了锋利的刀刃，一刀向冯亚茹刺去。但冯亚茹的身体周围似乎有一道无形的防护罩。刀刃根本没能接触到她，就被弹开了。

陆华惊愕不已：“难道你的超能力跟我一样？”

“不。”冯亚茹摆着手指说，“你忘了吗？旧神说过的，我们50个人的能力没有一个是重复的。况且仅凭‘防御’，我可摆不平你们8个人呀。”

“9个。”辛娜盯着她说道。

“我猜这位漂亮的姑娘一定就是辛娜小姐了。”冯亚茹说，“对于你的勇气我十分钦佩，但是既然连季凯瑞都伤不了我，你认为普通人能把我怎么样吗？”

她对我们同盟成员的情况了如指掌，甚至包括辛娜，杭一暗忖。我们永远处于“明”，而他们在“暗”——这是这场竞争中最大的不利因素。

冯亚茹看到了杭一等人的疑惑和错愕，微微一笑，说道：“我既然敢直接现身，当然就不会蠢到让你们一刀刺死。好了，现在你们已经知道，任何攻击对我都是无效的，包括精神攻击。而我也可以明确地告诉你们，我的超能力同样不能进行直接攻击。所以，让我们抛开剑拔弩张的紧张气氛，好好坐下来谈一会儿，可以吗？”

冯亚茹坐在了座椅上，双腿交叠，姿态优雅。杭一和陆华坐在她对面，其他人站立在周围。

冯亚茹不紧不慢地说道：“相信你们此刻一定对我拥有何种超能力十分好奇。我不会卖关子——我的超能力是‘规律’。

“目前你们的同伴当中，没有任何一个人拥有和我同样类型的超能力。实际上，在50个人中，我的能力也十分特殊。简单地说，我能在某个特定场合——比如这列火车上——制定某个‘规律’。一定时间内，事情将按照这个规律发展进行。

“别以为只要把我杀了，我的超能力就自然解除了——‘寻找规律，是不能蛮干或作弊的’——这就是你们无法攻击我的原因。再提醒一句，我的超能力一旦启动，在限定时间内，我不用消耗体力，也能一直处于超能力状态。”

“我不相信。”孙雨辰直言道，“照你这么说，你的能力岂不是无敌了？”

冯亚茹沉吟一下，说：“不，我的能力类似一场赌局。如果在时限内，你们找出了这个规律，就破解了我的超能力。我会立刻死去。”

“如果我们没找出来呢？”舒菲问。

“那你们所有人都会死。”

“我们9个？”

“不，是整列火车上的人。”冯亚茹表情冷漠地说。

“什么？你疯了！这件事和火车上的其他人有什么关系？”杭一怒斥冯亚茹。

“不是我想把他们牵扯进来的，只是因为他们都处在我的超能力范围内，所以结局会跟你们一样。”

“火车到下一站的时候，我会劝说他们都下车。”杭一说，“不要让普通人成为我们这场竞争的陪葬品。”

冯亚茹说：“杭一，你还不明白吗？这场赌局已经开始了，这些人不管愿不愿意，已经被迫参与了进来。火车从现在开始不会在任何一站停留，直到莫斯科——而这段时间，就是我定下的‘时限’。”

“不可能。”韩枫说，“列车在出境之前要换一次车轮，因为两国轨道的宽度不同。而且，进入蒙古国和俄罗斯境内时，还会分别更换车轮。”

“这些细节你们就不用操心了。我的超能力能解决一切琐碎问题。你们只需要记住一点：要想活命，只有一个方法，就是找出我制定的‘规律’。”

“那就别废话了，告诉我们题目吧。”季凯瑞说。

“OK，你们听好了——在这7天的旅途中，火车上一共会有7个人死亡。如果你们能在火车到达莫斯科之前找到这7个人死亡的规律，则算击败了我；反之，算我赢。刚才我说过了，失败的结果是你们所有人都会死，并且你们每个人只有一次猜规律的机会。”

杭一瞪大眼睛，怒视着她：“你居然用人的生命来设下这场赌局？”

冯亚茹望着杭一：“难道我们所经历的，不是如此吗？”

“够了，不用跟她废话了。”季凯瑞用冰冷的目光盯着冯亚茹，“我提前告诉你，我们不但会找到这个规律，还会让你死得很惨。”

面对季凯瑞的目光，冯亚茹多少有些不寒而栗。但她竭力保持镇静：“试试看吧。我制定的这个规律是什么，你们永远都别想猜到。”

十三、序曲

SUPER TABOO GAME

杭一等人来到餐车的时候，多数人已经吃完了。中国境内的这段旅途中，火车会为每个旅客提供中、晚两顿免费餐。午餐很简单：一盘甜椒炒肉、一盘醋熘白菜和一碗白米饭。

一行人坐下进餐。韩枫吃了几口就放下了筷子，说：“我们真要受制于这个可恶的女人？”

“你有什么好主意吗？”孙雨辰问。

“我们一起把她丢出火车算了！”韩枫说。

“不可能的，我们处在她的超能力范围内，无法做出对她不利的事。”杭一说，“我们吃亏在于被她先下手为强了，现在只能遵循她定下的游戏规则了。”

“真憋屈，我们8个超能力者，居然拿一个人无可奈何！”

陆华说道：“韩枫，如果你跟我们一起经历了异空间事件，就不会如此愤懑了。当时我们10多个人被困在异空间，几乎全军覆没，也仅仅是受到一个超能力者的袭击而已。难道你还没看出来吗？决定这场竞争的关键点，除了个人能力的强弱，更重要的就是掌握主动权。先出手的一方永远占有优势。我们已经中招了，只能被迫接招，没有别的选择。”

韩枫浊声浊气地说：“好吧，那你们说现在该怎么办？这女人说7天之内，一共会死7个人——不会就是我们当中的7个吧？”

杭一思忖着说：“我觉得不太可能，如果她的超能力能办到这一点，她完全可以乔装打扮后躲在火车上，等待我们一个个死去就行了，何必直面我们，把自己的超能力和决胜方式都告诉我们？”

孙雨辰说：“没错，我也这样想。‘规律’想要杀人，必须符合某种规律才行。不可能她指定谁死，谁就会死。”

“但现在还没有一个人死去，我们该怎么……”

米小路的话还没说完，就听到前面车厢传来一阵骚动。他们的神经倏然绷紧了，赶紧朝出事的车厢走去。

发生骚乱的是1号硬卧车厢，杭一等人赶到的时候，看到人们聚集在其中一张卧铺前，上铺是一个年轻的欧美男人，他睁着双眼，头耷拉到一边，一动不动，显然已经死了。列车乘务员询问睡在他下铺的一个中国男人。

“你是什么时候发现他死了的？”乘务员问道。

中国男人有些慌乱：“他刚上车的时候还好好的，跟我友好地打了招呼，用英语告诉我，他是独自旅游的背包客，罗马尼亚人，在中国玩了半个多月，准备前往莫斯科。后来他说想睡一会儿，就躺了上去。刚刚我吃完饭，想提醒他别错过午饭，就摇了摇他……结果发现他已经没气了。”

乘务员检查了一下死者的身体，没有发现任何外伤。他对围观的乘客说：“请问有哪位旅客是医生吗？”

一个40岁左右，戴着眼镜的中国男人说道：“我是。”

乘务员说：“能麻烦你帮我检查一下吗？确认他是否真的已经死亡。”

医生走到死者面前，检查了他的瞳孔、脉搏和心跳，对乘务员说：“他的确死了。而且从尸体的僵硬程度来看，大概是在1个小时前死的。”

陆华抬手看了看手表，现在的时间是中午12点35分。

“死亡原因知道吗？”乘务员问。

医生说：“他没有任何外伤，可能是急性心脏衰竭引起的猝死。”

乘务员点了下头，对旅客们说：“在火车上发生了这样的事情实在是不幸。我只能暂时把尸体抬到行李车厢，火车到二连站的时候，再由当地的警方和医院来处理。请哪位乘客搭把手好吗？”

“我来吧。”季凯瑞走过去，和乘务员一起把尸体抬往行李车厢。乘务员向他道谢，并请他回到自己的车厢去。

雷傲小声地对同伴们说：“这只是序曲而已。”

辛娜担忧地说：“当人们发现情况越来越糟糕，不知道会发生怎样的事情。”

“恐慌和混乱是不可避免的。”杭一说，“我们只能寄希望于尽快发现‘死亡规律’。”

陆华摇头叹息道：“所谓‘规律’，必须在几个以上的事物中寻找其相似性，不可能根据单一事件找到规律。现在只死了一个人，我们不可能有任何发现。”

“不管有没有用，我都要揍那个该死的女人一顿！”韩枫恼怒地朝9号车厢走去。

然而，当他们来到冯亚茹面前时，韩枫却无法出手了。因为，冯亚茹正和小男孩一起下着国际象棋，小男孩的母亲坐在一旁观棋，一派其乐融融的样子。

看来这节车厢的人并不知道发生在1号车厢的事——除了始作俑者。因为冯亚茹抬头瞥了他们一眼，甚至露出一丝挑衅的微笑，意思是“好戏开场了”。

考虑到小男孩的感受，韩枫忍气吞声地坐了下来，气呼呼地望着窗外。

不一会儿，一个乘务员推着流动小车往返于车厢之间，问旅客们是否需要矿泉水、水果和零食。小男孩看到推车上的牛奶糖，让妈妈给他买，但母亲说：“不行，你正在换牙，医生说不能吃糖。”

小男孩不满意地噘着嘴。冯亚茹笑着对他说：“糖吃多了会长蛀牙哦，听妈妈的话。”

比较起来，小男孩似乎更听这个漂亮大姐姐的话，他懂事地点了点头，继续下棋。

这一幕让杭一困惑，他不知道冯亚茹是故意装作和这小男孩亲近，还是她真的喜欢小孩子？或者……她制定的‘规律’和这小男孩有某种关系？

杭一观察着他们的棋局，只是一盘普通的国际象棋，没有什么特别之处。冯亚茹不知道是不是故意让着小男孩，这一盘居然输给了他。

“小元好厉害，姐姐输了。”冯亚茹笑着说。

“小元”估计是小男孩的小名。他并不自负，说：“姐姐让我的，我知道。你一开始就故意让我吃掉了一个‘车’。”

“不是啦，我是真的没注意，才被吃掉的。”

这番对话引起了杭一的注意，他扭头望了陆华一眼，发现他也神情专注地盯着他们，若有所思。

下午，冯亚茹去洗手间的时候，陆华悄悄地走到小男孩身边，问道：“小元，你是什么时候跟那个大姐姐下象棋的？”

“就是吃过午饭，刚过12点吧，怎么了？”

“没什么，我随便问问。”陆华冲小男孩母亲笑了笑，又问小元：“那个姐姐给你出的题呢？你做出来了吗？”

“没有，姐姐说不着急，叫我慢慢做。”

“是她找你下棋的，对吧？”

“是呀。”

陆华点点头，回到自己的座位。小男孩母亲有些疑惑地望了他一眼。

杭一悄悄地问陆华："你发现什么了吗？"

"只是不放过任何疑点而已。现在是不可能得出什么结论的。"陆华微微摇头，叹了口气，"真不想这么说——要想稍微有些头绪，恐怕只能等下一个死者出现才行。"

十四、操纵狂暴

SUPER TABOO GAME

下午和晚上没有发生任何事情。大家基本都在晚上10点左右睡觉了。杭一等人多少保持着一些戒备，不敢完全睡熟，时刻关注着新情况。

凌晨1点50分，前面车厢突然爆发出一些人的吼声，杭一等人被惊醒了，立刻翻身下床，朝8号车厢走去。

引发骚乱的是10多个中国人，他们大声喊道：“这是怎么回事？！凌晨1点20分就应该到二连站了，怎么火车还在朝前面开？”

“我看了车窗外面，好像已经过站了！”一个男人大吼道，“火车没在二连站停！”

这些人的喊叫声把所有人都惊醒了，特别是要在二连站下车的人，他们全都集中起来，高声呼喊乘务员。

不一会儿，火车内的广播响了起来——

“旅客们，非常抱歉地通知各位，火车发生了未知故障，导致无法停止行驶。列车长和技术人员正在紧急排查，请大家少安毋躁，回到各自的座位上……”

接下来是用英语、俄语和蒙古语广播同样的内容。这则广播像一枚炸弹在整列火车上炸开，所有人都从睡梦中醒来了，不管他们是不是在二连站下车，这个消息都令人感到惶恐不安。显然没有任何人遇到过这样的事情。

最无法接受的当然是本来要在二连站下车的人——基本上都是中国人，每个车厢都有。他们咆哮、哭泣、咒骂，发泄着自己愤怒的情绪。和杭一等人预料的一样，车厢陷入一片混乱中。

突然，几个蒙古大汉拍案而起，其中一个用蒙古语吼了几句，车厢里的人都呆住了，不知道他在说什么。

“他在嚷什么？”韩枫问。

“他说——骂什么骂，又不是只有你们遭殃，全车的人都一样。如果火车停不下来，他们也回不了蒙古。”旁边的一个人说道。

杭一等人回头一瞧，说话的正是之前在1号车厢检查尸体的那个医生，原来他是8号车厢的乘客。他自己解释道：“我是在蒙古工作的中国医生，会说蒙古话。”

韩枫点点头，感谢他帮忙翻译。

但是，能听懂蒙古语的中国人毕竟是少数，这些该在二连站下车的人，本来就一肚子火，现在突然跳出几个蒙古大汉对他们咆哮。听不懂蒙古语的他们，大概认为这些蒙古人在咒骂他们。一个身强力壮的中国男人冲着蒙古人吼道：“你们嚷什么？！这是在中国的地盘，轮不到你们撒野！”

蒙古人当中也有能听懂汉语的人，这个人把这句话翻译成蒙古语告诉同伴，犹如点燃了一根导火线。蒙古大汉们脾气火暴，撸起袖子就朝这个中国人走去。

中国男人也不示弱，他朝旁边的一众青壮年挥了下手，喊道：“兄弟们，蒙古人想干架！咱们中国人不能被欺负！”

这个人简直是挑起矛盾的高手，本来只是普通的争执，居然被他上升到国际矛盾的高度。他说出来的话极具煽动性，可偏偏一些人就是容易受到挑唆。他们一起站起来，跟蒙古人怒目相视。

“糟糕，他们要打起来了，必须阻止他们。”杭一转头对米小路说，“小米，你能办到，对吧？”

米小路有些迟疑地说：“人数太多了，我不知道能不能同时控制这么多人的情绪。”

“试试看吧，起码……”

杭一的话没说完，那个准备干架的中国人突然冲他们喊道：“喂，你们几个也是中国人吧，有种的话就别怕蒙古人，跟他们干一场！”

杭一非常反感这个热衷于挑起事端的人，况且他知道这些蒙古人刚才并不是在骂人，只是想制止混乱而已。他说道：“这是在国际列车上，注意下形象吧，不要发生打架这种不文明的事！”

那个中国男人“哼”了一声，讥讽道：“早该知道你们几个是孬种，怕就站远点儿！尤其是那个小白脸，一看就是个娘炮！”

米小路一怔，没想到这家伙居然出言羞辱自己。他从小被身边的小伙伴和同学羞辱，长期被喊作“娘娘腔”“娘炮”，恨死了这些侮辱他的人。这次更甚，这个中国男人居然当着杭一和这么多同伴的面公开羞辱他。他胸中燃起烈火、全身颤抖，自己的“情绪”首先就失控了。他冲蒙古壮汉们睁大双眼，启动了超能力。

本来，双方只是处于对峙阶段，并未出手。突然间，最前面的一个蒙古大汉暴喝一声，一记猛拳砸向那个中国男人，其力道之大，连他身后的几个人都跟着向后仰去。紧接着，蒙古大汉们狂怒地开始攻击“中国帮”。中国人这边也不示弱，个个挥舞拳头，抄起身边的一切硬物作为武器，进行反击。

场面骤然失控，一些抱着孩子的女人尖叫着逃到别的车厢，而另一些蒙古人和中国人也加入了群架之中。列车乘务员吹着哨子试图制止斗殴，但无济于事，8号车厢内乱作一团。

杭一意识到，必须出手了，这种打法绝对是要出人命的。但他打开PSV游戏机，打算启动超能力时却迟疑了——他意识到，对于普通人而言，他们的超能力过于强大。无论他变身为哪个游戏人物，只要出手，都能瞬间置人于死地。不只是他，雷傲的“气流”、季凯瑞的“武器”……全是杀招。一旦出手，不但不能阻止这场群殴，反而会造成更严重的后果。

显然雷傲他们也在顾虑这一点，站在一旁干着急；舒菲和孙雨辰不知道应该攻击谁；陆华和辛娜大声喊着“住手，住手”，但丝毫没有作用。

这时，车厢内突然传出两声刺耳的枪响，两派斗殴者都为之一震，停止了打斗。他们鼻青脸肿、满头鲜血地望向开枪的人。杭一等人也震惊了，朝上方开枪的人，正是季凯瑞。火车顶部被射穿了两个孔。

“不管你们听不听得懂我说的话，我只说一遍。”季凯瑞把手枪对准斗殴者们，“所有人停止打斗，谁敢再出手，我就向他开枪。”

有一个蒙古人把季凯瑞的话翻译成了蒙古语。这时米小路也解除了令他们“狂暴”的超能力。双方都感受到了枪口的威慑力，停止打斗。人们恐惧地望着持枪的季凯瑞。

乘务员也惊呆了，他战战兢兢地说：“你……怎么会有手枪？枪械是不可能通过安检的。”

这个问题同样令杭一等人感到困扰。他们也不知道，季凯瑞怎么能携带枪支上火车。火车站有好几道安检，这是不可能的事情。

季凯瑞并未对此进行说明。他说：“在接下来的旅途中，如果谁敢再挑起争端，我的子弹不分国籍，你们记住。”

季凯瑞的气场和乌黑的枪口显示，他俨然掌握了对这辆火车的控制权。车厢里沉默了片刻，一个坐在座位上的外国人神情骇然地问了一句：“You hijack the train, right?”

杭一等人都能听懂这句话的意思——“你们劫持了这辆火车，对吗？”

突然间，杭一意识到他们陷入了巨大的误会中——火车没有停站；季凯瑞持有枪械——这事没法解释。解释了这些人也不可能相信。

季凯瑞把手枪别在腰间，望了那个外国人一眼，一言不发地朝9号车厢走去。

杭一等人也决定返回9号车厢，在过道上韩枫按住米小路的肩膀，表情严肃地问道："这一切是你造成的，对吗？"

米小路睨视了他一眼，冷冷地说："你想再试一次吗？"

韩枫张了张口，按在米小路肩膀上的手垂了下来。

十五、第二个死者

SUPER TABOO GAME

辛娜坐到季凯瑞对面，问道："你是怎么把枪带上火车的？"

季凯瑞看了下周围，在没人注意到的情况下摸出手枪，放在手掌上，启动了超能力。辛娜眼睁睁地看着，一把92式5.8毫米口径的手枪变成了一个烟盒大小的长方形铁盒子。

"我的超能力能改变所有武器的形态。"季凯瑞说。

"真是太神奇了。"辛娜感叹道。

"其实这把枪是给你带的。"季凯瑞说，"我全身都是武器，根本用不着。"

辛娜说："你刚才开枪示警我能理解，但恐怕会惹上麻烦。"

"没关系。"季凯瑞不以为然地说，"这些人能把我怎么样？"

正说着，一个穿着制服、神色威严的老人朝他们走过来，对季凯瑞说："我是这辆列车的列车长，能麻烦你到前面来一趟吗？"

季凯瑞沉默了片刻，站了起来，他望了辛娜一眼，辛娜面带忧虑地冲他微微摇头，示意他不要乱来。

季凯瑞跟着列车长朝车头的驾驶室走去，经过各车厢的过道时，旅客们都睁大眼睛看着这个刚才举枪射击的人。

季凯瑞刚跨进驾驶室，埋伏在两侧的几个男乘务员一拥而上，将他反手抓住了，一个乘务员用手铐迅速把季凯瑞的双手铐在了一根铁管子上。

“我必须这么做。”老列车长说，“你携带了枪支。”

“你确定吗？”季凯瑞问。

“就算你把手枪交给了同伙，但我们肯定会搜出来的。”

“我不是说这个。”季凯瑞说话的同时，背在身后的两只手已经变成了两把细长的利刃，手铐掉落到地上，再伸到面前的时候，已经变回双手了，“我说的是，你确定手铐就能控制住我？”

老列车长和乘务员们都惊呆了，他们不约而同地朝后退了一步。

“放松些，我不会攻击你们，除非你们想要自讨苦吃。”季凯瑞说。

“你到底想干什么？”老列车长问。

季凯瑞靠近他，说道：“我只想乘坐火车前往莫斯科，不想惹任何麻烦。刚才开枪，是为了阻止那场斗殴。接下来的旅途中，只要不发生类似的事情，我不会再把手枪拿出来。”

“我凭什么相信你？”老列车长问。

“你没有选择。”季凯瑞朝车厢走去，走了几步，回过头说，“火车在到达莫斯科之前不会停下来了，你们不必浪费时间试图修复，这并非故障。另外，在接下来的几天中，乘客中还会有人陆续死亡。不管你们相不相信，这不是我们造成的，而是我们的对手。我和我的同伴们要做的，是尽可能地阻止这件事。”

老列车长目瞪口呆地望着季凯瑞。尽管这个面容冷峻的年轻人说出来的话犹如天方夜谭，却让人产生一种不容置疑的感觉。况且，他轻易摆脱手铐、火车无法停止、乘客神秘死亡等一系列怪事已经证实了这趟行程的诡异。老列车长严肃地说道："告诉我应该怎么做。"

季凯瑞想了想，说："在需要你们帮助的时候，给我们提供一些普通乘客没有的特权。"

"比如说？"

"暂时没想好，到时候再说吧。"

季凯瑞回到自己的座位上。辛娜上前询问，他简单讲述了一下事情的经过。

现在的时间是凌晨3点20分，火车上的第二天。到目前为止，没有出现第二个死者。季凯瑞朝冯亚茹睡的上铺看了一眼，这女人竟然像没事一样睡得正酣。

暂时无事可做。大家躺到自己的床上睡觉。

早上9点一过，车厢内再次骚动起来。一个男人惊慌失措地说："又死人了，就在发生过冲突的8号车厢。"

夜里发生了这样的事情，很多人都没能睡得安稳，好些人早都已经起床了。杭一等人迅速走到8号车厢。

这次的死者是参与打架的一个蒙古壮汉的老母亲。这个七尺汉子跪在地上，呼喊着母亲的名字，泪流满面、仰天长啸，悲伤得不能自持。乘务员忐忑不安地站在一旁，其他人也表情复杂。这汉子痛哭流涕之后，突然对"中国帮"的几个男人怒目而视，嘴里咆哮着听不懂的蒙古话。

韩枫赶紧找到那个会蒙古话的中国医生，问道："他说什么？"

中国医生皱着眉头说："他怀疑是昨天跟他们打架的中国人害死了他的母亲。我得过去瞧瞧，也许并非如此。"

中国医生走到蒙古大汉面前，用蒙古话对他说着什么，虽然听不懂，但从动作和语境来判断，应该是在说：让我看一下死者的死亡原因。

蒙古大汉克制着愤怒的情绪，让中国医生检查尸体。几分钟后，中国医生摇着头对他说着什么，但蒙古大汉怒吼了起来。中国医生试图让他相信自己的检查结果，没想到蒙古大汉将他一把推开，凶神恶煞地朝“中国帮”走过来。

“中国帮”的几个男人顿时慌了，在昨天的斗殴中他们已经吃了亏，被打得鼻青脸肿。

现在能阻止这件事的恐怕只有米小路了。但他似乎还没消气，仍在睡觉，根本没到这节车厢来。杭一试图上前阻止，季凯瑞已经提前一步走到了蒙古大汉面前，用手枪对准了他的脑袋。

蒙古大汉并未退缩，他身体朝季凯瑞顶过去，额头碰到枪口，怒吼着。意思大概是“开枪吧，我不怕”之类的。

这个蒙古大汉的同伴们也都是些热血汉子，他们一起站起来，面无惧色地朝季凯瑞走过来，似乎准备跟他拼了。辛娜紧张地喊道：“别……别开枪，季凯瑞！”

气氛剑拔弩张。季凯瑞也不想开枪，但如果这些壮汉一起发起攻击，他只能反击。

最前面的那个蒙古大汉僵持了一阵，猛地一挥手，把季凯瑞持枪的手推开，然后挥舞着拳头朝“中国帮”的一个男人砸去。

这时，令所有人意想不到的事情发生了。蒙古壮汉的拳头快要打到中国男人的脸上时，他整个人升了起来，飞到了离地半米高的空中。

车厢里的人的震惊程度简直无法形容，他们全都尖叫起来。杭一回头一看，孙雨辰双手正在操控着升在半空中的壮汉。

其他人也注意到了使用“巫术”的孙雨辰，他们惊恐地望着他，仿佛看到了魔鬼。孙雨辰对瞪着他的杭一说：“没办法，我也不想展露超能力，是形势所逼。”

孙雨辰对中国医生说：“麻烦你把我说的话翻译给这个蒙古人听，可以吗？”

中国医生哪敢拒绝，他已经被吓呆了，诚惶诚恐地点着头。

孙雨辰对蒙古大汉说：“如果我放你下来，你能保证不再冲动行事吗？”

蒙古大汉显然也受到了极大的惊骇，听了中国医生翻译的内容，他被迫点了点头。

孙雨辰并没有马上把他放下来。他问中国医生：“你刚才检查过尸体了，死亡原因是什么？”

中国医生说：“跟上一个死者一样——猝死。我跟他解释过了，但他执意认为可能是跟他发生过冲突的中国人夜里悄悄捂死了他的母亲。”

孙雨辰问“中国帮”的几个男人：“你们有没有做过这种事情？”

一个中国男人说：“我们都是七尺男儿，跟这些蒙古人发生冲突是事实，但我们不会卑鄙到对一个老妇人下手！”

孙雨辰相信他们说的是实话。他对中国医生说：“把他的话翻译给这些蒙古人听。”

威胁和解释并行之后，这些蒙古人的情绪平复了一些。孙雨辰把空中的壮汉放了下来。车厢里沉寂了片刻，所有人都盯着孙雨辰，眼神中透露着畏惧和疑惑。

孙雨辰意识到自己没法解释这一切。他叹了口气，对乘务员说：“死者的尸体不能一直摆在车厢里，抬到行李车厢去吧。”

乘务员也没有别的主意，他用蒙古语和死者的儿子交流。蒙古大汉却悲愤地拒绝，态度强硬。乘务员无奈地对孙雨辰说：“蒙古人大多有宗教信仰，亲人死去后，应该进行肃穆而隆重的葬礼。把死者放在某处好几天，不管不顾，对他们来说是大不敬。他无论如何都不能接受。”

杭一说：“现在是特殊情况，没办法举行葬礼。如果让他母亲的遗体一直待在有暖气的车厢内，会腐烂得更快，那样不是更为不敬吗？行李车厢的温度好歹要低些。”

乘务员点点头，再次跟蒙古大汉沟通。这汉子表情痛苦地抱起自己母亲的遗体，朝行李车厢走去。

杭一朝9号车厢里的冯亚茹瞥了一眼。他从没如此恨过一个袭击者，包括曾绑架过辛娜的谭瑞希。

陆华问中国医生："你刚才检查了尸体，能知道这老妇人的死亡时间吗？"

中国医生说："车厢里有暖气，会影响对死亡时间的判断。但看起来她应该是刚死去一会儿。"

陆华从上衣口袋里掏出随身携带的笔和小本子，把老妇人死亡的大概时间记录下来。

杭一问道："有眉目吗？"

陆华思考着说："这个车厢凌晨的时候发生了冲突，几个小时后，就有人死去了。我不知道两者间有没有联系。"

杭一说："就算有联系，为什么死者是这个老妇人呢？总不会是随机的吧？况且之前死的那个罗马尼亚人，他的车厢可没发生冲突。"

"是啊，一个年轻的罗马尼亚人、一个蒙古老妇人——他们之间显然不可能有任何关联。真不知道这该死的'死亡规律'是什么。"陆华眉头紧蹙地说。

十六、猜测失败

SUPER TABOO GAME

杭一回到座位时，看到冯亚茹坐在走廊的座位上，转动着一个魔方。小男孩坐在她旁边，看着她玩。

小男孩的母亲走过来，低声问道："又有人死了？"

杭一微微点头。

小男孩的母亲刚才陪着儿子，并没到8号车厢去，她没有看到孙雨辰使用超能力的一幕。但她感觉到了事情不对劲儿，面容忧虑地说："火车停不下来，不断有乘客死去。这列火车到底怎么了，被魔鬼诅咒了吗？"

"魔鬼就在你身后，跟你儿子坐在一起。"杭一心里想，却没有说出来。小男孩母亲叹了口气，朝车厢尽头的洗手间走去了。

韩枫小声对孙雨辰说："你能不能用读心术窥探冯亚茹的思维？"

孙雨辰说："我早就这么做了。但她建立了心理防线，我无法窥探。"

这时，冯亚茹完成了魔方的六面还原。小元拍着手说："大姐姐好厉害！"

雷傲注视冯亚茹片刻，忍不住走到她面前，说道："第一个人死的时候，你在下国际象棋；这次，你在玩魔方。是不是你每拿一个新玩意儿出来，就会有一个人死亡？"

小男孩莫名其妙地望着雷傲。冯亚茹大概怕吓着孩子，对他说："小元，可以帮姐姐接杯水吗？小心不要烫着哦。"

"没问题！"小元拿着太空杯朝接开水的地方跑去。

冯亚茹问雷傲："你认为这是'死亡规律'吗？"

雷傲怒视着她。冯亚茹嫣然一笑："你不说话，我就当你是默认了。那么我告诉你——你猜错了。"

话音刚落，雷傲就像被抽离了灵魂的躯壳，倒向一边，不省人事了。

韩枫和孙雨辰赶紧扶住雷傲。韩枫怒喝道："你对他做了什么？！"

"放心，他没死。只是暂时退出这场'赌博'了。"冯亚茹慢悠悠地说，"我之前说过——每个人只有一次猜'规律'的机会。雷傲已经使用了那次机会并且错了。所以，他会暂时陷入'失魂'状态。"

"他什么时候才会恢复？"孙雨辰问。

"如果你们破解了谜题，就是打败了我，他自然就恢复了。要是你们失败的话，也用不着担心他了——反正你们的结局都一样。"冯亚茹说。

小男孩接水回来了。大家只能把雷傲抬到卧铺上。他的状况看上去就像是一具失去了灵魂的躯壳，类似植物人的状态。

下午，一名乘务员在车厢内挨个儿检查每个人的护照和车票。韩枫帮忙找出了雷傲的；检查到小元时，乘务员发现他没有车票。对于小元的身高有没有达到规定免票的1.2米，乘务员和小男孩的母亲发生了争执。最后，母亲不情愿地帮孩子补了一张票，但不满地说："火车发生了这么多严重的事，你们却纠结于这些小细节，真是本末倒置！"

乘务员恪尽职守地说："火车现在已经进入了蒙古国境内，按规定就应该进行入境检查，请配合。"

杭一望着乘务员的背影，忽然得到启发，他小声对同伴们说：“也许我们应该像这个乘务员一样，分别在各个车厢巡视。不能被动地等待下一个死者出现。说不定‘死亡规律’跟车厢里发生的一些事情有关系。”

韩枫认为有道理：“我们具体该怎么做？”

杭一想了想，部署道：“除了餐车和行李车所在的3号和4号车厢。我们每个人分别负责两节车厢。我负责1号和2号车厢，米小路负责5号和6号车厢，陆华负责7号和8号车厢，孙雨辰负责10号和11号车厢，韩枫负责12号和13号车厢，季凯瑞负责14号和15号车厢，怎么样？”

“我呢？”舒菲和辛娜几乎同时问。

“你们俩就留在9号车厢。雷傲现在不省人事，需要有人看着。另外，你们也多注意一下这节车厢有没有异常情况。若发生什么情况，立刻跟距离最近的人沟通。”杭一说。

大家同意这个安排，当即分头行事。

现在的时间是下午3点，陆华来到7号车厢，挨个儿观察每位乘客。大概是因为火车无法停止，人们都很担忧。他们睡不安稳，也无心欣赏风景，似乎担心这辆发了疯的火车会在下一秒钟出现更加严重的状况。然而，当陆华走进车厢和这些人的目光接触时，他们脸上的表情不只是担忧了，简直就是惶恐。

陆华很明显地感受到了人们对他的敌意。尽管他面相和善，之前也没做过任何具有威胁性的事。但他是之前分别展露了武器和超能力的季凯瑞和孙雨辰的同伴——仅凭这一点，就足以引起人们的畏惧了。

尤其是当他走到8号车厢的时候，这节车厢上午才死了一个人，人们还沉浸在恐惧之中。陆华走进来并打量他们的时候，这些人都充满了戒备。气氛紧张得一触即发。陆华没法继续巡视下去，只好再次来到7号车厢。

然而，一个八九岁的外国小姑娘看到陆华又走到她身边时，把头埋在了母亲的怀里，嘤嘤哭泣。她的母亲一边安抚孩子，一边对陆华说：“Stop!

please?（请你停止，好吗？）”

陆华愕然道：“I did nothing.（我什么都没做呀。）”

“I know you controlled the train, and you have weapons and terrible force. But please release us, especially my daughter, she is only 8 years old.（我知道你们控制了这辆火车，也知道你们拥有武器和恐怖的能力。但是请放过我们，特别是我女儿，她才8岁。）”

陆华呆住了，他这才意识到旅客们对他们的误会有多深。糟糕的是，不管他的英语沟通能力如何，都没法从逻辑上来解释这一切。

季凯瑞走到15号车厢，这是整列火车的尾部。他已经在最后两节车厢内来回走了两遍，并没有发现任何值得注意之处。唯一异常的就是周遭的目光，乘客们俨然把他当成了劫持火车的劫匪，并对其充满了忌惮。

季凯瑞特别注意到，有几个白人，看样子是俄罗斯人，在窃窃私语。实际上，就算他们大声交谈，他也听不懂他们在说什么。看来巡视车厢不是个好主意，不但没能有所发现，反而增加了人们的猜忌和恐惧。

就在季凯瑞准备离开15号车厢往回走的时候。他身后的三个俄罗斯人迅速交换了一下眼色。一个俄罗斯大汉双拳合并，从背后猛地击中了季凯瑞的后颈窝。季凯瑞眼前一黑，昏倒过去。三个俄罗斯人一起上前，将他拖到了车厢末端。一个男乘务员心领神会地用钥匙打开了配电室的门。

三个俄罗斯人用粗绳子把季凯瑞双手反绑，嘴里塞上毛巾。大概是害怕他醒来后会挣脱，乘务员找来一捆牵引货物的钢绳，把他全身结结实实地捆了好几圈，几个人才终于放心地离开了配电室。

舒菲在9号车厢内来回踱步。也许是因为她从一开始就在这节车厢，再加上是女的，人们倒没怎么在意她。不过，舒菲发现了一些端倪。

小元又拿出“大姐姐”给他出的寻找数字规律的题做了起来。一开始，舒菲路过他身边的时候，并未在意。第三次走过的时候，她注意到了摆在小元手边的一页纸，是火车刚刚开动的时候，她和辛娜看到的，小元做过的一道题——

观察下面的数据，找出其中的规律，并根据规律，在括号中填上合适的数字：

1，8，27，64，125，（　），343

小元的母亲此时在上铺睡觉。舒菲盯着这一串数字看了许久，似乎想到了什么，喃喃道："第一个死的人，是1号车厢的；第二个死的人，是8号车厢的，难道……"

辛娜站起来，看了一眼这道题，说："但是火车上不可能有27号车厢，甚至64号车厢。"

"没错，但如果只取个位数呢？"舒菲说。

辛娜微微张开嘴，两人对视了一阵。

杭一在1号和2号车厢待了半个小时，意识到不可能有任何发现。反倒是旅客们敌视的目光令他心悸。于是他叫上米小路和陆华，三个人一起返回9号车厢。

刚走到座位旁，杭一就看到辛娜搂着不省人事的舒菲，焦急而又无奈。他赶紧上前问道："舒菲怎么了？"

辛娜难过地说："她以为自己发现了'死亡规律'，其实不是。"说着就把写着那道题的纸递给了杭一和陆华。

陆华看了一眼，明白了，懊恼地说："不可能这么简单。她怎么不跟我们商量一下？"

"我也劝她别忙着说出来，但她急于向冯亚茹求证，结果……"

"结果就是让你们又损失了一次机会。"冯亚茹半躺在自己的上铺，冷笑道，"我一直以为舒菲是个心细的女人，没想到她居然跟雷傲这种愣小子一样冲动。"

杭一咬牙切齿地瞪着这个可恶的女人，还没来得及发作，孙雨辰和韩枫就急匆匆地走过来，说道："季凯瑞不见了。"

"不见了？什么意思？"辛娜愕然。

"他本来应该在14号和15号车厢，但刚才我们返回的时候，打算去叫他，却没有见到他。而我敢肯定，他没有路过12号和13号这两节车厢，因为我一直守在那里。"韩枫说。

"他不可能凭空消失！"辛娜说。

"没错，但他去哪儿了呢？"韩枫困惑地说。

陆华想起了自己在8号车厢的境遇，揣测道："我怀疑乘客们开始联手对付我们了，他们认为我们是劫匪或者是危险分子。"

米小路和孙雨辰点着头，他们也有同样的感受和体会。

"不管怎么样，季凯瑞肯定还在这列火车上，必须赶快找到他！"杭一当机立断，"这回我们不要分开了，韩枫、陆华，我们一起去找。"

3个人从10号车厢开始找起，挨个儿检查每节车厢的洗手间、座位、床铺，一直来到车尾的配电室，发现需要用钥匙才能打开。

杭一对车尾的乘务员说："我们的一个同伴失踪了，请你打开这道门，让我们看看。"

乘务员说："对不起，配电室关系着整列火车的运行和用电系统，是不允许任何乘客进入的。况且我一直守在这儿，这道门也一直关着，不可能有人在里面。"

"我们只是进去看看，没人就马上出来。"韩枫说。

"我不能违反规定，请不要为难我。"

韩枫还想再说什么，杭一拉了他一下，用眼神示意：乘务员应该是可以信任的，他们不可能绑架乘客。

韩枫只有作罢。乘务员说：“你们的朋友也许到了别的车厢，麻烦你们再找找看吧。如果还是没有找到，我就用广播发布寻人启事。”

杭一点头同意了，三个人离开了这节车厢。男乘务员望着他们的背影，松了口气，和坐在最后排的几个俄罗斯人互看了一眼。

杭一等人回到9号车厢，把搜寻结果告诉同伴们。辛娜突然产生一个可怕的猜测：“该不会有人袭击了季凯瑞，把他丢出了火车吧？”

“不知道。”杭一眉头紧蹙，“希望不是如此。”

“要是舒菲没出事的话，她运用超能力立刻就能感知到季凯瑞在哪里。”陆华叹息道，“可惜她已经……”

杭一望了一眼昏迷不醒的舒菲和雷傲，心中仿佛压上了一块沉重的石头。

一天之内，失去了雷傲和舒菲两个伙伴。

季凯瑞也不知去向。

更糟糕的是，乘客们的误会越来越深，开始联手对付他们。

还有那该死的“死亡规律”，一点儿头绪都没有。

杭一突然恐慌起来：我们该不会将真的全部被消灭在这辆火车上吧？

十七、死神

SUPER TABOO GAME

向北（男13号）是13班一个身材瘦削、貌不出众的男生。旧神降临，让每个人在纸上写下一个概念作为超能力的时候，他选了一个自认为最强的能力——“死亡”。

之所以选择这个超能力，是因为他希望一个人死。

这个人叫秦颢，体育学院大四的学生，男子排球队队长，身高190厘米，长相英俊。他夺走了向北的女友于珊珊。

实际上，这个女友和向北交往都不到两个月，谈不上有多深的感情，但向北不能容忍背叛。更令他痛恨的是，秦颢不但任何方面都比自己优秀，还凭借自身的高大强壮，又有一帮铁哥们队员，根本就没把向北放在眼里。他夺走于珊珊的第一天，就趾高气扬地走到向北面前说了一句话：“于珊珊现在是我的女朋友，你以后不要再跟她联系了。”

就这一句话，甩给他就走了。就像告诉推销劣质洗发水的打工仔，你以后别再来这里卖东西一样。

向北盯着秦颢的背影，下嘴唇咬出了血也浑然不觉。

比起女友的水性杨花、见异思迁，他更仇视给他带来自卑感和耻辱感的秦颢。而且他非常清楚，他们之间没有商量的余地和谈话的必要，他只要他死，最好是碎尸万段。

一个月后，旧神降临在了13班的课堂上。向北丝毫不怀疑，这是上天看不下去了，给了他报仇的机会。

向北不是用笔写下“死亡”两个字的，而是用复仇的利刃在刻。

获得超能力的当天晚上，向北就迫不及待地想去找秦颢。但他并未冲动行事，认为应该试验一下，自己是否真的变成了“死神”，是否能真的让谁死谁就会死。

他不能用人来试，于是在宠物店买了两只活蹦乱跳的仓鼠。他把它们提回家，放在桌子上，盯着它们，心里默念着“死”。

两只踩着滚筒、生气勃勃的小仓鼠直挺挺地倒了下去，几乎都没有抽搐，就死去了。

向北全身的血都涌到了脑门上，他浑身发抖，足足十分钟后才稍微平静下来。

他现在就要秦颢死，就像这两只仓鼠一样，直挺挺地倒下去。最好于珊珊就在旁边，尖叫、惶恐、求饶……

向北拨通了于珊珊的手机，说有事想跟她谈谈。对方冷冰冰地说：“我们好像没什么好谈的吧？”之后便挂了电话。

瞬间，向北认为于珊珊也应该死，他不打算手下留情了。

虽然电话只接通了5秒钟，但向北也通过电话那头的喧闹听出，于珊珊此时正在他们以前常去的那家酒吧，多半跟秦颢在一起。

半个小时后，向北来到这家酒吧，他在闪烁的灯光和摇摆的人群中寻找于珊珊和秦颢的身影。不一会儿，看到了坐在卡座的他们。秦颢搂着于珊珊的肩膀喝酒，于珊珊像温驯的小猫一样依偎在他的胸膛。旁边还有排球队的几个队员和他们的女友在喝酒跳舞。

秦颢和于珊珊的亲密已经无法激怒向北了，反正他们都要死了。这对狗男女紧靠在一起暴毙的感人画面温热着向北的心，让他的头脑里充满复仇的快感。

向北距离他们有四五米，酒吧里乌烟瘴气、灯光闪烁，秦颢一群人根本没注意到他。本来，在这个距离使用超能力把他们干掉，是最稳妥和不露声色的。但向北觉得这样不够，他要让他们死个明白。而且他们不能同时死，先要秦颢死，让于珊珊感受无边的恐惧、经历精神折磨之后，再让她追随她那心爱的男友，岂不快哉？

不过这样一来，所有的人都会知道是他的出现导致这对男女死亡了。向北思考了一下——这有什么关系呢？他根本就不会碰他们一下，法律是无法制裁超能力杀人的。

向北走到了秦颢和于珊珊面前，直视着他们。

这群人都愣了一下，秦颢站起来，问道："你来干什么？"

向北懒得跟他说话，直接启动超能力。一个身高190厘米的人倒下去，一定够壮观的。

然而，出乎意料的是，秦颢根本没有死去。他纳闷地看着向北，不知道这个瘦削的男人死死地盯着自己干吗。他怀疑向北的精神出了问题。

向北慌了，他不明白超能力为何会失效。他反复尝试，毫无作用。

秦颢不耐烦地走过去，使劲儿地推了向北一下，喝道："你望着我干什么？不服气呀！"

向北又急又恼，忘了自己根本不是秦颢的对手，攥紧拳头朝秦颢挥去。

结果是，他被排球队队员们揍得鼻青脸肿地丢了出去。

向北带着一身瘀青和伤痕回到家，神情恍惚。他不知道上天为什么要戏弄他，让他当众出丑，他的身体和精神遭受了双重打击。

这个夜晚，他流着屈辱的泪水，在被子里反复诅咒，无法发泄的愤怒侵占了他的灵魂。他发誓，只要能让他恨的人死去，要他做什么都行。

第二天早上，向北走出家门，发现周围的邻居都陷入一片恐慌之中。打听之后，才得知昨天夜里，周围几家邻居养的宠物——猫、狗、乌龟、小鸟都死了。

他愣了几秒钟，突然明白这是怎么回事了。

旧神说过，每个人的初始超能力都只有1级，还比较弱。

以他目前的超能力，最多只能让一些小动物死亡，还无法做到让人类死亡。

向北冷静了下来。想想也是，如果他的初始超能力就能让人直接死亡，那这个超能力也未免太强了。13班的其他人谁能是他的对手？这场竞争也没有意义了。

发现自己超能力的局限性后，向北感到深深的迷惘，甚至是失落沮丧。本来他以为自己的超能力无比强大，没想到顶多算是个“动物杀手”。这样的超能力有何意义？如何出击？

就在他意志消沉的时候，一个人出现在了他的身边——闻佩儿。

向北一开始是紧张，不知这个竞争对手意欲何为。闻佩儿对他说：“放心吧，我要想对付你，就不会正大光明地出现在你面前了。况且我知道你的超能力是‘死亡’，还知道这个超能力目前根本做不到令人死去。所以你不用紧张，我们互相都不构成威胁。”

向北惊讶：“你怎么知道我的超能力是什么？”

“这不重要，我来找你，是希望跟你合作的。”

“怎么合作？”

“我、赫连柯和另外一些人组成了联盟。如果你加入我们，就不是孤军奋战了。更重要的是，我会让你办到你目前办不到的事情，比如杀死你的情敌。”闻佩儿说。

她怎么什么都知道？向北无比愕然。不过相对于追究这个问题，他更感兴趣的是闻佩儿说的最后一句话。"你的意思是，如果我加入你们的联盟，你们就会帮我杀死那个排球队队长？"

闻佩儿轻轻摇头："不，用不着我们帮，你自己就能办到。"

"我已经试过了。我现阶段的超能力办不到这一点。"

闻佩儿盯着向北的眼睛，放慢语速说道："你现阶段的超能力很弱？不，你错了。你是我知道的初始超能力最强的人，只是你还不懂得如何运用。"

向北狐疑地望着她。

闻佩儿说："只要你加入联盟，我就告诉你正确运用超能力的方法。"

"能让我杀死那该死的家伙？"

"何止。你会成为最强角色之一。"

向北不再犹豫了。

"只要能办到这一点，以后我就是你们的人了，愿听凭调遣。"

闻佩儿嫣然一笑。目的达到了。她又为旧神纳得一员大将。

一个星期后，琮州市的各大报纸和门户网站都刊登了一则本市新闻——体育学院一个24岁的排球队队长离奇死亡。令人震惊的是，他的死法十分恐怖，几乎被撕成了碎片，尸体还有被咬噬的痕迹。警方初步判断，不像是遭到了人类的袭击。具体情况还在进一步调查中。

此事之后，向北消失在了所有人的视野内。

他每天都在研究和锻炼着自己的超能力，几乎上了瘾。

他知道，总有一天，他的超能力会震撼所有人。他期待着这一天的到来。

十八、第五个

SUPER TABOO GAME

火车行驶的第五天，已经路过了平静而透明的贝加尔湖，驶入一片片白桦林的西伯利亚平原。景色撩人，可惜这列车上的人几乎都无暇欣赏风景。他们提心吊胆，每一分钟都活在恐惧之中，并祈祷下一个死去的人不是自己或家人。

目前为止，这列火车上已经有四个不同国家和背景的人猝死了。

第一天：1号车厢，独自旅行的罗马尼亚人，死亡时间为中午11点左右。

第二天：8号车厢，一个和儿子一起返回乌兰巴托的蒙古国老妇人，死亡时间为早上9点左右。

第三天：4号车厢，和朋友一起旅行的中国女孩，死亡时间为下午2点到3点。

第四天：2号车厢，一个40岁左右的英国摄影师，死亡时间为晚上10点左右。

陆华把每一个死者的信息都记录在小本子上，但他找不到任何头绪，要说前面四个死者唯一的共同点，就是他们所在的车厢号都是个位数，但这可能只是巧合，谁能保证下一个死者不会出现在10号车厢以后的车厢呢？

季凯瑞失踪接近三天了，生死未卜。伙伴们来回搜寻了好几遍，最后杭一悲哀地得出结论：季凯瑞可能不在这列火车上了。

在这个问题上，韩枫和他出现了分歧。因为火车上始终有一个地方没有找过——配电室。但杭一认为季凯瑞不可能在里面。况且以季凯瑞的能力，怎么可能被困住长达三天？

下午，韩枫把孙雨辰叫到一边，对他说：“我想来想去，车尾的配电室和那个乘务员，肯定有问题，季凯瑞说不定就是被关在里面，但杭一始终不相信。我要你跟我配合，搞清楚到底是怎么回事。”

孙雨辰说：“具体怎么做，你说吧。”

韩枫说：“我们俩现在到车尾，我再次询问那个乘务员，然后你使用读心术，就能知道他说的是真是假了。”

“我明白了。”孙雨辰点头。

两个人来到15号车厢，他们刚一进来，就引起了几个俄罗斯人的警觉。

乘务员们是轮岗的，现在在车尾的是另一名女乘务员。韩枫走过去说道：“我们的朋友已经失踪三天了，现在我怀疑他被关在了这间配电室里，希望你把门打开，让我们看看。”

“这不可能，乘客不能进入配电室，里面更不可能用来关押任何人。假如配电室里的设备被破坏，将影响整列火车的运行。”女乘务员说。

韩枫想想也有道理，但他始终不甘心，又问：“我朋友真的没在里面？”

“绝对没有。”

韩枫回头望了一眼孙雨辰。孙雨辰微微点头，示意这名女乘务员没有说谎。

韩枫感到纳闷，难道季凯瑞真的已经不在火车上了。他和孙雨辰交换了一下眼色，打算离开这节车厢。

突然，孙雨辰听到女乘务员心里发出的声音：“××（名字没听清楚，估计是之前那名男乘务员）叫我千万别打开配电室，难道里面真的有问题？”

孙雨辰倏然一惊，拉了韩枫一下：“配电室确实有问题！”

韩枫双眼一瞪，转过身去以命令的口吻对女乘务员说道：“把门打开，赶快！”

女乘务员被吓到了，身体直往后缩，护住挂在腰间的钥匙：“不，不……”

韩枫不打算跟她客气了，伸手去抢钥匙，身后却传来孙雨辰的一声惨叫。

韩枫回头一看，一个俄罗斯大汉用一个保温杯重击了孙雨辰的头部，孙雨辰已经被打昏在地了。

韩枫大喝一声，正要发作，身后两个俄罗斯人一起站起来，一个用粗壮的手臂箍住他的脖子，另一个从背后熊抱住他的身体，将他彻底控制住。箍脖子的那个人的力气出奇大，而且没留一点儿余地，看起来是要下死手，想将他活活勒死。

韩枫暴怒之下，启动了超能力“灾难”。随即火车剧烈抖动，车厢里的人都惊叫起来，摇晃的幅度只要再大一些，火车就会脱轨翻车，情况危急到了极点。

“韩枫，停下来！你想引发车祸吗？！”急匆匆赶到15号车厢的杭一和陆华大声呼喊。同时，杭一手中端着的一把STA18手枪（PSV游戏“杀戮地带”中的武器）指向了箍住韩枫的俄罗斯人。

在手枪的威胁下，几个俄罗斯人被迫放开了韩枫，有两个举起了手。韩枫也解除了超能力。

陆华扶起被打昏的孙雨辰，韩枫过了好久才顺过气来，酱紫色的脸庞恢复了血色，他对杭一说："季凯瑞肯定被关在这间配电室里。"

"你确定吗？"

韩枫点头。

杭一对女乘务员说："请你把门打开，如果我的朋友不在里面，我会道歉的。"

面对枪口，女乘务员不敢拒绝，她颤巍巍地打开了配电室的门。

韩枫推开门，一眼就看到了被钢绳缠绕、捆绑着的季凯瑞，他三天没有喝水和进食，已经奄奄一息了。

"季凯瑞！"韩枫冲进去，把塞在他嘴里的毛巾拔了出来，拍了几下他的脸，"你没事吧？"

季凯瑞虚弱地睁开眼睛，说道："还没死。"

杭一和陆华守在门口，杭一一直举枪对着这些俄罗斯人，不敢大意。韩枫把季凯瑞扶出来交给杭一，然后一记重拳挥向了刚才袭击他的那个人。那个俄罗斯人被打得踉跄退后、鼻血直流，却碍于枪口的威胁，不敢还手。

"够了韩枫，别再惹事了！"杭一呵斥道。

韩枫怒气冲冲地说："我惹事？他们把季凯瑞关在这个房间里三天，连口水都没给他喝！他们不是把他抓起来这么简单，根本就是想要他的命！如果我再迟几个小时他就没命了！"

"那你想怎么样？把他们全都打死吗？！"杭一说，"这件事是个误会，语言又不通，根本没法解释。他们也是出于自保才会这样做的！"

韩枫喘着粗气，瞪着这些俄罗斯人。他大概是想警告他们，于是伸手去拿杭一手中的枪。但他忘了，这把枪根本不是实体，他不具备控制"游戏"的超能力，他刚把枪夺过来，这把枪就消失了。

车厢里的人眼睁睁地看着一把手枪像变魔术一样消失了，就连杭一也愣住了，他以前从来没遇到过这样的状况。他还没反应过来，倒被这些俄罗斯人抓住了机会。几个俄罗斯大汉猛扑过来，将他们的拳头挥向杭一等人。

但是，他们的拳头就像是击打在了钢筋水泥上，一个个惨叫着弹开。一个圆形的透明光壁笼罩在了杭一等人的身上，将他们保护起来。

陆华对杭一和韩枫说："别跟他们纠缠了，回我们的车厢吧。"

韩枫狠狠地瞪了那几个俄罗斯人一眼，架着季凯瑞，在防御壁的保护下离开了。一路上，为了防止再遭到偷袭，陆华不敢大意，始终祭起圆形防御壁，直到回到9号车厢，才解除了超能力。

车厢里的其他旅客们，目瞪口呆地看着神奇的光壁。这几天他们目睹并经历的怪事，估计比过去几十年还要多。

辛娜和米小路看着韩枫和陆华分别架着昏厥的孙雨辰和虚弱的季凯瑞回来了，赶紧迎上前去。辛娜又惊又喜地对季凯瑞说："我们还以为你被丢出火车了呢！"

"水。"季凯瑞只吐出一个字。

辛娜赶紧递了一瓶矿泉水给季凯瑞，水被喝得一滴不剩。接着，季凯瑞又吃了一个面包、一根香肠和一包泡面，体力才逐渐恢复了。

孙雨辰也醒了过来，还好没什么大碍，只是头有些发晕。

"这么狼狈，还是第一次吧？"韩枫问季凯瑞。

季凯瑞说："这些人知道我们不是普通人，对付我们的方法也格外谨慎和凶狠。他们用钢绳把我像捆粽子那样捆起来……这次是我大意了。"

杭一有些愧疚地说："抱歉，这么久才把你救出来。我没想到乘务员都跟那些袭击你的人联手了。"

季凯瑞拍了杭一的肩膀一下，示意他不用愧疚。

"那些外国人倒也算了，为什么连乘务员都以为我们是坏人？"陆华叹道。

"这不奇怪，换个角度想——火车像被劫持一样停不下来，每天有一个人离奇死亡，而火车上恰好有一帮持有武器且有各种超能力的家伙存在。除了怀疑是他们在搞鬼，你还能想到什么？”杭一无奈地说。

“现在好了，几乎我们每个人都展露过超能力了。”陆华瞥了下四周，“你们看到车厢里那些人的眼神了吗？简直要把我们当成怪物了。”

“从现在起我们必须更加小心，严加防范。”杭一说，“照这个逻辑分析，想要对付我们的肯定不止那几个俄罗斯人。”

“如果他们联起手来……”

陆华的话还没说完，前面车厢又传来一阵骚动。杭一和同伴们互看一眼，他们知道，第五个死者又出现了。

十九、不明真相的群众

SUPER TABOO GAME

这次的死者是6号车厢的一名俄罗斯人，50岁左右，体重约有150公斤。他的妻子伏在他身上放声痛哭，嘴里说着俄语。根据周围一些中国乘客的描述，杭一等人得知，这个俄罗斯男人两分钟前还好端端地坐在座位上和妻子聊天，突然就倒下去死了。

陆华赶紧看手表——下午4点15分。这是目前为止唯一知道准确死亡时间的死者，他意识到这是一个重要信息。

杭一的心情十分沉重，他们这些超能力者的竞争，却把无辜的人卷了进来。更可怕的是，火车还有两天就要到达终点站了，如果在两天内没能破解冯亚茹的超能力，整列火车的人都会成为陪葬品。

米小路碰了杭一的手肘一下，提醒他注意从15号车厢赶来的那几名俄罗斯人。他们双目圆睁，愤怒地瞪着杭一等人。也许因为这次的死者是俄罗斯人，他们怀疑是之前的冲突导致超能力者开始对俄罗斯人下手了。

乘务员指挥六七个男人把尸体抬到行李车厢，那节车厢都快成殡仪馆了。

回到9号车厢，陆华把迄今为止记录的5名死者的信息仔细对照了一下，渐渐发现了端倪，他对杭一和辛娜说：“我发现‘规律’了。”

“是什么？”杭一赶紧问。

陆华说：“前面几名死者，基本上都是死亡后过了一段时间才被发现的。由于火车上有暖气，所以妨碍了对于死亡时间的准确判断。但这名死者，我们可以知道他准确的死亡时间——下午4点13分或者4点14分。

杭一点头：“所以呢？”

陆华指着记录在本子上的信息说：“假设按照24小时制来算的话，下午4点就是16点，只取个位数，就是‘6’。而这个死者是6号车厢的。”

杭一仔细看了前面几名死者的死亡时间和车厢号，发现基本上都是对应此‘规律’的。他颔首道：“假设估计的死亡时间误差在一个小时内，就全都符合了！1号车厢的死者是‘11’点死的；8号车厢的死者是‘8’点死的；4号车厢的死者是‘14’点死的；2号车厢的死者是‘22’点死的！”

辛娜也明白了：“难怪迄今为止从来没有10号车厢以后的人死亡，因为死亡时间只能对应24小时制中的个位数。”

在一旁听他们谈论的米小路问道：“这就是‘死亡规律’吗？”

陆华迟疑地说：“我不敢肯定……也许没有这么简单。”

杭一不想再看到有人死去了，他说：“我必须试试，如果真的是这个‘规律’，我们就赢了，火车上就不会再有人死去了。”

说着，他向隔了几排座位的冯亚茹走去。但辛娜拉住了杭一，说道：“我赞成试一下，但不是由你来试。”

杭一注视着辛娜的眼睛，懂了她的意思，但他摇头道：“不，我不能让你去冒险。”

辛娜神情坚定地说：“听着杭一，这可不是聚餐后争着埋单，我们的行动必须有策略性。要把有超能力的，或者说强的人留到最后。你在团队中的重要性明显胜过我，所以，别跟我争。”

杭一明白辛娜说的有道理，但他始终不愿失去辛娜，哪怕是暂时的。

辛娜微笑着说：“没关系，反正就算错了，也不会要命，只是暂时退出而已。而且我相信，你会让我们恢复的。”

说着，辛娜走到坐在走廊座椅上看书的冯亚茹面前，杭一和陆华跟在其后。坐在斜对面的小元母子俩望着这几个年轻人。几天时间里，虽然这对母子没有亲眼看到杭一等人施展超能力，但通过各种迹象，也知道他们绝非是普通人。

冯亚茹放下手中的书望着辛娜，大概猜到了她的来意。她对小男孩说：“小元，大姐姐要跟几个朋友说点儿事情，你跟妈妈先到别的车厢去玩一会儿，好吗？”

小男孩不明所以，但他母亲立刻猜到冯亚茹把他们支走，大概是不想让小元看到或听到什么可怕的内容。她牵着孩子的手匆匆地走开了。

辛娜望了一眼这对母子的背影，对冯亚茹说：“你倒是蛮为这孩子着想的嘛，为什么？”

冯亚茹说：“相信不只是我，你们也不希望这个天真可爱的小孩子被我们的谈话内容吓到吧。毕竟在他的心目中，我们都是些和蔼可亲的大哥哥、大姐姐呢。”

“算你还有点儿人性。”辛娜说，“不过我不会原谅你让无辜的人死去，我已经发现你制定的‘规律’了。”

“哦？说来听听。”

辛娜字句清晰地说：“按照24小时制来算的话，每一个人死亡的时间，小时中的个位数对应的就是他所在车厢的号码，没错吧？”

冯亚茹微微露出惊讶的表情，随即却摇头道：“不对。”

话音刚落，辛娜就失去了意识，朝一旁倒去。杭一赶紧扶住她，心往下一沉。陆华摇着头说：“不可能，我不相信前面五次都是巧合！”

冯亚茹说："其实辛娜小姐刚才说的，没错。但遗憾的是，不完全。'11'点的时候，1号车厢出现第一名死者，但这节车厢这么多人，为什么偏偏死的是他呢？还有一个最重要的问题：为什么这个人会在这个时刻死去呢？解开这两个谜，才算是真正找到了'死亡规律'。"

突然，坐在冯亚茹后面一排的一个中国老先生义愤填膺地站了起来，说道："你们到底是些什么人？火车停不下来，不断有人死去，都是你们搞的鬼，对吧？！"

杭一不知该说什么好，冯亚茹则冷冰冰地回了一句："闭嘴，老头儿，如果你不想死的话。"

老先生并未退缩，他瞪着冯亚茹说："我都活到这把年纪了，死有什么好怕的？如果必须有人要死的话，你们就冲我来好了！"

老先生的老伴使劲儿拽着丈夫的衣袖，焦急地说道："你在说什么呀，别说胡话！"然后向杭一等人赔不是："对不起，对不起！请你们不要伤害我老伴！"

韩枫噌的一声站起来，指着冯亚茹说："造成这一切的都是这个女人，和我们无关！别把我们和她混为一谈！"

"是，是，是……对不起！"老妇人连连道歉。杭一看出来了，他们根本不相信，也听不进他们的辩解。在他们眼中，拥有武器和超能力的人都是恶魔。

这个时候，米小路忽然发现情况不对劲儿。他看到小男孩的母亲抱着孩子惊慌失措地从10号车厢跑了回来。他问道："怎么了？"

小元的母亲说："后面几个车厢的人，联合起来……打算跟你们拼了！"

其实不用她说，米小路已经看到了，从10号车厢拥过来几十个人高马大的男人，他们手里拿着一些可以当作武器的东西——餐刀、罐头刀，甚至还有扳手和钳子（估计是乘务员提供的），气势汹汹地打算和超能力者们正面交锋。其中一个不知道是哪个国家的男人用英语喊道：

“Can not let them do whatever they want，resist them desperately!（不能再让他们为所欲为，跟他们拼命！）”

这阵势让冯亚茹都愣住了，显然她之前也没预料到会出现这种情况。9号车厢里的其他乘客更是惊慌失措——一旦打起来，被误伤几乎是肯定的。人们开始躲藏或逃避，乱作一团。

杭一没有犹豫的时间，他迅速把辛娜放在床铺上，喊道：“陆华！”

陆华已经行动了，他的超能力达到了3级，再经过锻炼，已经能根据实际情况进行各种灵活运用了。此刻，他双手向拥过来的人群一推，一面透明的防御壁阻挡住了他们。

几十个壮男并未因此而降低攻击的欲望，他们出奇地团结，除了拼死一斗的决心，好几天待在火车上无处释放的精力和体力也在此刻爆发了。也许在他们看来，与其被动等死，倒不如拼个你死我活——超能力者虽然厉害，但他们胜在人多，携起手来未必会处于劣势。

这些人一边大声吼叫着增加气势，一边奋力撞击着这面像防弹玻璃一样坚固的防御壁。陆华虽然抵挡得住，但他清楚，使用超能力是有时限的，如果这些人一直不退去，他的体力终有耗完的时候，到那时就糟了。

在陆华阻挡住后面车厢的攻击者时，前面车厢的人也受到了鼓舞，爆发了同样的状况。那个在蒙古医院工作的中国医生匆匆忙忙地跑过来告诉杭一等人：“前面车厢的人也打算跟你们拼命了！”

“那你为什么站在我们这边？”孙雨辰问。

“我是医生，从来只负责救人，不可能杀人。他们要我也加入这场混斗，我办不到。”中国医生说，“况且，我相信你们不是坏人。因为你们在调查死者的情况时，我就看出来这根本不是你们干的。”

“没错，是我们的对手干的。”杭一说，并望了一眼冯亚茹。

“她也是超能力者？”中国医生明白了，“也许我能跟大家解释一下……”

“来不及了。”季凯瑞望着从8号车厢拥过来的一群男人，摸出了别在腰间的手枪。

“等等。”杭一按住季凯瑞的手，“你不会是真的要开枪射击这些人吧？他们只是误会了，并不是真正的敌人！”

“但他们想要我们的命，这是真的。”季凯瑞举起手枪，“我尽量不射击他们的要害。”

“别开枪，让我来。”孙雨辰朝前跨出一步，伸出双手，发动意念攻击。冲在最前面的十几个男人被一股强大的、无形的力量掀翻，将身后的人也撞飞了一大片。但他们并未受到实质性的伤害，很快就再次站起来，重组攻势了。

孙雨辰遇到跟陆华一样的困境。他的超能力固然强大，但来者一拨接一拨，毫不退缩。就算他能一次又一次地将他们推回去，但体力总会消耗完的。他不可能永远阻挡得住他们。

杭一的手心已经渗出汗水了，他不知道自己是否应该出手。以他的能力，这些普通人自然不是他的对手，但不管他以哪种形式攻击，伤亡在所难免。出发之前，他曾设想过各种状况，假设遭遇各种袭击，但唯独没料到会出现这样的状况——被一群误解的，同时又是愤怒的普通人堵截。既要保护自己和同伴，又不愿伤害他们，真是陷入了前所未有的困局。

这时，杭一突然想起了米小路。他转身对米小路说：“小米，现在只能靠你了。你能控制他们的情绪，让他们平静下来！”

米小路蹙着眉头，似乎正在思考此事。他说：“没错，但是有两个问题。第一，我做不到同时控制这么多人的情绪；第二，就算我暂时让一些人的情绪平复下来，也只是缓兵之计。我不可能一直使用超能力。”

杭一愣住了。这么说来，和这些人拼死一战，岂不是在所难免？

二十、小元之死

SUPER TABOO GAME

孙雨辰每使用意念力将前一拨人掀翻，后面的人就会像潮水般涌来。后来，这些人甚至紧靠在一起，组成坚固的人墙向前推进。孙雨辰渐感吃力，他的超能力再强，也无法和团结一心的上百人抗衡。

情况紧急，杭一对陆华说："你能同时制造两个防御壁吗？"

"可以，但体力的消耗也会增加一倍。"陆华说。

"孙雨辰快抵挡不住了，你先挡住他那边的人再说！"

陆华站在车厢中间，双手分别撑向两边，建立起两道防御壁，把来自两头的攻击者都阻挡住了。孙雨辰松了口气，对杭一说："我倒不是应付不了，只是如果我用尽全力的话，这些人会出现死伤。"

杭一说："很高兴你没这样做。如果我们当着这么多人的面杀了人，他们给我们施加的罪名，就实至名归了。"

"那你打算怎么办？陆华不可能一直使用超能力。"韩枫说，"这些人看样子是打算耗到底了，他们是不会退却的。"

杭一问陆华："你大概能支撑多久？"

陆华说："最多只能坚持三个小时而已。"

杭一拍了下他的肩膀："三个小时已经很不错了，我会在这期间想到解决办法。"

然而，这节车厢中误会最深的那位中国老先生，一直在倾听着他们的谈话。他像发现了什么敌方情报似的，大义凛然地冲两边的攻击者们喊道："他们没法一直使用超能力，是有极限的！"

这句话像强心剂一样注入了攻击者的血液。他们互相鼓舞、激励着，斗志昂扬，坚定地守候在防御壁外，等待着这两扇打不碎的"玻璃门"自动消失。

"该死的老头儿！"韩枫怒不可遏，想走过去揍那老头儿一顿。被杭一制止了："你想向所有人展示我们真的是恶徒吗？"

韩枫只能环视四周，并瞪着9号车厢里的人，提防本车厢的人也加入对付他们的行列。

杭一注意到，小元此刻紧紧地抱着他的母亲，他显然是被吓坏了，他看了一眼举着手枪的季凯瑞，又看了看两边的攻击者。虽然不明就里，却本能地感受到了死亡的威胁，他小声地说："妈妈，我们会死吗？死了是不是就再也不能玩玩具、吃糖果了？"

母亲把儿子紧拥在怀中："不会的，别说傻话。不管发生什么事，妈妈都会保护你的。"

小元懂事地点了点头。他望向冯亚茹，就突然挣脱母亲的怀抱，跑到冯亚茹面前，用一双无邪的眼睛望着她，问道："大姐姐，你真的是超能力者吗？"

冯亚茹愣愣地望着小男孩，嘴唇翕张，有些说不出话来。

小元说："不管你是不是，我相信大姐姐不是坏人。坏人是不会陪小元玩的，也不会送玩具给小元，对吧，大姐姐？！"

冯亚茹蹲下来，抚摸着小男孩的小脸蛋，说：“小元，有些事情……你不懂。但姐姐向你保证，不管怎样我都不会让你受到伤害。”

“还有妈妈！”小元说。

“嗯，还有妈妈。”

小元伸出小拇指：“咱们拉钩，拉钩了我就相信你。”

冯亚茹迟疑了一下，伸出小拇指跟小元“拉钩、盖章，一百年不变”，然后摸了他的小脑袋一下，让他回到他母亲的身边。

韩枫看到这一幕，不以为然地“哼”了一声，嘴唇做出“假好人”三个字的口型。

杭一却不这样认为，他盯着冯亚茹，似乎看到了她人性中的复杂一面。

现在的时间是傍晚6点20分，杭一必须珍惜陆华能守住的每分每秒。他的任务有两个：第一，让这些打算跟他们拼命的人情绪平复下来；第二，找到“死亡规律”，拯救所有人。

相比之下，解决眼前的麻烦显然是当务之急。杭一思考着，怎样才能既不伤害这些人，又能阻止他们，也许……

他想到了一个办法，但是不到万不得已，他不想用这招。

杭一问陆华：“你能一边使用超能力，一边思考吗？”

“可以。”陆华说。

“目前为止已经有5个人死亡了，你对‘死亡规律’有什么头绪了吗？”

陆华摇着头说：“我没能找到这5名死者的任何共同点，也没能发现什么真正具有价值的信息。”

杭一说：“时间不多了，形势对我们也越来越不利了，我们再这样拖延下去，恐怕真的会全军覆没。”

“那你觉得该怎么办？”陆华问。

其实杭一也没有好主意，只是觉得时间紧迫，必须有所作为。“你把稍微靠谱的想法都告诉我们，就算是瞎猜，我们也该把各种情况都猜几次，说不定误打误撞被我们猜对了呢？”

陆华不赞同：“雷傲、舒菲和辛娜都失败了。我们现在只剩下六次机会了。关键是，每失去一个同伴，我们的力量就削弱一分。要是最后只剩下一两个人，别说战胜冯亚茹，可能连车厢里的这些家伙都对付不了。”

“起码我们还有好几次机会，总不能白白地放弃吧？”

陆华苦笑一声，黯然道：“瞎猜是没用的，别说6次，100次也不可能蒙对。”

杭一望着陆华，低声道：“为什么我感觉你已经丧失了信心，从心底认输了？我们之前曾无数次陷入困境，也没见你如此灰心呀。”

陆华沉默片刻，极不情愿地说：“杭一……有件事，其实我本不打算告诉你的，怕你们知道后，会和我一样绝望。”

杭一疑惑地注视着陆华。

陆华说：“冯亚茹不是普通人，她曾经参加过《××大脑》，在节目中她展示了在寻找规律方面的特殊天赋。她可以发现数字、智力游戏（魔方、数独等）、股票甚至人类行为模式当中潜藏的规律，震惊了那期节目中的专家和嘉宾，而且，这是她获得超能力之前的事。”

杭一愣了半晌，问：“你是怎么知道的？”

陆华说：“我在网上搜索了关于她的信息。”

杭一说：“你的意思是，在‘规律’这个方面，我们怎么都玩不过她？”

“……我不想这么说，但这恐怕是事实。”

杭一沉默片刻，说：“我擅长玩游戏，但我不会设计和制作游戏。同理，冯亚茹擅长寻找规律，但未必善于设置规律。所以，你不要妄自菲薄，一定要尽自己最大的努力破这个局。陆华，你是我们当中最聪明的人，是我们的希望，你明白吗？！”

杭一的话使陆华增强了信心，他点了点头，神情变得坚毅了。

又过了一个多小时，9号车厢内的双方仍处于僵持状态。由于两边都堵满了围攻的人，这节车厢的人没法前往餐厅进餐，人们只好拿出干粮充饥。食物和水无法替代休息，陆华的体力渐感不支了。

围攻者们也察觉到了这一点，他们保持着拼劲儿，等待防御崩溃的那一刻。

小元和母亲吃着面包和火腿肠，面包是昨天买的，已经有些干了，难以下咽。小元好不容易吃完一个面包，对母亲说："妈妈，我想喝水。"

他们的水已经喝完了，现在没法离开车厢去接水，也由于通路的阻断而买不到矿泉水。母亲只有拿着杯子去向其他旅客要水，那位中国老先生的老伴倒了半杯矿泉水给她，小元的母亲道谢之后返回了座位。

然而，她看到了惊骇欲绝的一幕——儿子倒在座位上，闭上了眼睛。

"小元！"母亲丢掉水杯，哭喊着扑过去抱起儿子，试探他的鼻息——已经停止呼吸了。

"啊，啊！"悲痛的母亲发出凄厉的哀号。

所有人都震惊了，8号车厢过来的中国医生赶紧上前去，经过一番检查后，他难过地说："这孩子……也跟之前那几个人一样，猝死了。"

母亲不能接受这样残酷的事实，放声痛哭。她望向目瞪口呆的杭一等人，控诉道："这是你们做的吗？为什么？为什么！这孩子做错了什么，你们要这样对他？！"

"不！这不关我们的事！"韩枫猛烈地摇着头，然后愤怒地瞪向冯亚茹，本想开口大骂的他，却忍了下来，因为他看到，冯亚茹的双眼溢出泪水，神情悲恻，慢慢地朝小元走了过去。

冯亚茹跪在小元的尸体面前，伸出手抚摸了一下小男孩那尚存一丝体温的小脸，泪水止不住地往下掉，喃喃道："不可能……怎么会是你呢？"

陆华也为这可爱小男孩的逝去而心痛不已，但冯亚茹说的这句话，令他为之一怔，仿佛突然获得了某种重要提示。他赶紧看了一眼手表，得知小元的死亡时间应该是19点56分。

没错，19点死亡的人，对应的是“9”号车厢。这一点已经确定无疑了。

但是第6名死者——小元的死亡，明显和之前几个人有所不同。

前面四天，都是每天死一个人。但第五天，却接连死了两个人（16点死亡的俄罗斯人和19点死亡的小元）。陆华隐隐觉得，这不是冯亚茹最初的计划，而是某件事的发生破坏了这一“规律”。

还有最关键的一点，从冯亚茹的表现来看，她似乎对小元的死亡颇感意外。也就是说，她原本认为，小元是肯定不会死的。这是为什么呢？

陆华本能地感觉到，冯亚茹无意中透露出来的信息，也许是破局的关键。直觉告诉他，冯亚茹制定的“死亡规律”，由于某起突发事件的发生，而被改变了。

火车上发生了什么事，是冯亚茹之前没有预料到的呢？也许知道了这一点，就能顺藤摸瓜，找出“死亡规律”……

陆华想得入神，忽略了自己逐渐下降的体能已经无法支撑超能力的使用。9号车厢两边的透明防御壁，一齐消失了。

二十一、车票

SUPER TABOO GAME

守候在车厢两侧，准备围攻超能力者的男人们看到同一天内，又出现了一名死者，还是一个小男孩。他们的理解是，这是超能力者对他们的威胁和报复。这些人的怒火再次被点燃，誓死抗争的勇气也水涨船高。然而就在这时，阻挡住他们的防御壁消失了。随着一声高呼，两边的人同时冲进了9号车厢，打算跟杭一等人拼死一搏。

陆华大惊失色，这才发现防御壁已经消失了，而他的体力也无以为继，没法再次建立防御壁。

季凯瑞和孙雨辰互看一眼，知道再不出手，就只有死路一条了。他俩正要启动超能力，突然怪事发生了。

车厢内仿佛突然断了电，陷入一片黑暗中。再仔细一看，周围场景竟然变成了幽暗的森林，四周还有一些鬼火般的飘浮物。

同伴们略微一怔，立刻明白了情况。但火车上的其他人不明就里，集体陷入恐惧和迷惘之中。那些准备拼命的男人，也停下了脚步，警惕地望着周围。

几秒钟后，有人发出惊骇的尖叫，因为一些恐怖的怪物从两边朝他们靠拢过来。左边的是一只巨大的蜘蛛怪，它有着蜘蛛的身体和狮子的头，八条腿的前端犹如锋利的镰刀；另一边的怪物，看起来就像恐龙和蠕虫的结合体，恶心到了极点。

光是看见这两只面目狰狞的怪物，人们就已经吓得魂飞魄散、斗志全无了。人类始终无法克服对恐怖生物产生的最原始的恐惧感。而这时，场景恢复到车厢，两只怪物却没有消失，分别朝车厢两边的人爬过去。围攻者们怪叫奔逃，分散逃亡到各个车厢，有些甚至吓得双腿发软，几近昏厥。

陆华悄悄地靠近杭一，问道："这是什么游戏里的怪物？真恶心。"

"《讨鬼传》里面的恶鬼。"杭一低声说，"还好我之前就做好了准备。这招果然奏效，把他们全吓跑了。"

"这些怪物不会真的要大开杀戒吧？"

"不会，我升级后不但能把游戏中的事物带到现实中，也能操控它们。我打算让这两只怪物当守卫。"

"但你不可能一直使用超能力，它能持续多久？"

"不知道，尽量拖延吧。这段时间，你趁机恢复体力，以便再次启动防御壁。"

陆华点了点头。季凯瑞走到杭一身边，对他说："这些要跟我们玩命的人已经被吓退了，估计他们一时半会儿也没勇气再来了。我看你最好把这些怪物收起来，不然有些人的心脏病可能就要犯了。"

杭一看了一眼9号车厢里的那对老夫妇，还有另外两三个探身出卧铺包厢观察着事情进展的人，他们的胆似乎快被这两只怪物吓破了。他明白季凯瑞的意思，解除了超能力，怪物消失了。

形势暂时稳定下来。陆华把杭一叫到距离冯亚茹较远的地方，低声说道："小元的死亡启发了我，我大概有点儿眉目了。"

“说来听听。”杭一急迫地说。

陆华已经恢复了冷静的判断和分析能力：“首先，有一点是可以肯定的，冯亚茹定下的这个‘死亡规律’，肯定适用于火车上的所有人。因为在上火车之前，她不可能猜到火车上的乘客会是些什么人，所以这个‘规律’是不可能只针对‘某些人’的。这也就解释了，为什么之前的几名死者，不论在哪个方面都没有丝毫的共同点。”

“没错，接着说。”

“冯亚茹说，这段旅程中一共会死7个人，假如这个‘规律’是适用于所有人的，那么任何一个人死亡，都不值得惊讶，对吧？但是刚才你注意到没有，当小元死去的时候，冯亚茹表现得极为震惊，甚至不自觉地说了一句‘不可能’——似乎按她的设计，小元是绝对不可能死的。但事实是，小元居然死了。你觉得这意味着什么？”

杭一不太能跟上陆华的思路，迷茫地摇了摇头。

“我认为，火车上发生了‘某件事’，这件事是冯亚茹之前没有预料到的。而这事可能跟小元有关系……”

听到这里，杭一倏然明白了：“这件事的发生，让本来‘不可能死’的小元死了。”

“对！也就是说，如果我们能找到‘这件事’是什么，就有可能由此推测出‘死亡规律’是什么！”

杭一连连点头，问：“那你想到是什么事了吗？”

“没有。”陆华遗憾地说，“这几天火车上发生的事太多了，况且我们也没有一直盯着小元，不知道他做了些什么。”

杭一说：“我问问韩枫他们。”他把韩枫、米小路、孙雨辰和季凯瑞都叫过来，把陆华的猜测简单地告诉了他们，并询问他们是否知道小元曾做过什么特殊的事。

“这孩子喜欢做一些规律性很强的事，比如玩魔方和找数字规律，等等。他上车时做的那道题，昨天也做出来了，冯亚茹奖励给他一个飞机模型。不知道这事跟‘死亡规律’有没有关系。”孙雨辰说。

陆华思忖着说：“数字规律也好，魔方也好，都是冯亚茹引导小元做的，而且都是当着我们的面。我怀疑这是冯亚茹在故意误导我们，真正的玄机，可能隐藏在一些不起眼儿的地方……”

“如果真是这样，我们根本就不可能发现。”韩枫丧气地说，“我们谁都没盯着小元看，现在他死了，更不可能了……”

“车票。”米小路突然吐出两个字。

“你说什么，小米？”杭一望向米小路。

米小路抬起头来说道：“如果说火车上发生了什么跟小元有关的事情，而这件事是冯亚茹之前没有预料到的，那就是乘务员让小元补票的事了。”

几个人互看一眼。“对，就是这件事！”杭一眼睛一亮，激动地对同伴们说，“我马上就能证实小米的推测是否正确！”

杭一朝小元的包厢走去，悲伤的母亲仍然抱着儿子的遗体，伤心欲绝。杭一看到这一幕心中十分难过，但为了拯救更多人，他必须得到小元母亲的配合。他蹲下来，说道：“大姐，有件事我们需要你的帮助，能让我们看一下小元的车票吗？”

“走开，不要打扰我儿子睡觉。”

杭一叹了口气，劝说道：“我知道你现在很伤心，但这件事真的非常重要，它关系着整列火车上的人的性命。”

小元的母亲还是低垂着头，一言不发。米小路只有暗暗地使用超能力，驱散她悲伤的情绪。过了好一会儿，小元的母亲默不作声地打开皮包，从里面摸出小元的火车票，递给杭一。

“谢谢，非常感谢。”杭一感动地说。

这张车票上显示的信息是“9号车厢56号下铺”。

杭一和陆华互看一眼，把小元的车票还给了他的母亲，并再次道了谢。

随后，几个人回到自己的座位。

陆华压抑着激动的心情，小声说：“果然如此。小元的死亡时间是19点56分。小时（个位数）对应的是车厢号，分钟对应的是车票上的号码。前面几个人肯定也是如此。”

“这就是‘死亡规律’吗？我们找到了？”韩枫问。

陆华说：“还不完全，最关键的问题还没解决——为什么死的会是这几个人？他们做了什么，触发了死亡机关？还有，他们为什么会在那个时刻死去呢？”

韩枫感到发晕：“这怎么可能知道？这些人都死了，我们问谁去？”

杭一给大家鼓气：“没关系，这个谜我们已经解开一半了，相信能揭开谜底的。时间还有一天半，来得及。”

“不，我们没有那么多时间了。”季凯瑞说。

杭一不解地望着他。季凯瑞说：“这趟列车的旅程，本来是六天半。但是由于火车一路上没在任何站台停下，包括本来要进行的换轮，以及四次出入境检查，全都省去了。我粗略地计算了一下，这些事情加起来一共有10多个小时。所以乐观估计的话，最多还有大半天的时间，火车就会到达终点站莫斯科了。”

杭一和陆华都呆住了。这几天他们一直在思考如何找到“死亡规律”，包括应对那些误解的攻击者，竟然忽略了如此重要的问题。瞬间，他们压力陡增，心情也紧张起来。

韩枫也有些慌了：“我们赶快想想，问题到底出在哪儿？一秒钟都不能浪费了，快想！”

“我们都在想。”杭一说，“你让我越来越紧张了，韩枫。”

韩枫深呼吸一口气，竭力让自己冷静下来。

陆华说：“冯亚茹说一共会死7个人，也就是说，在接下来的半天里，还会再死一个人。”

杭一严肃地说：“从今天开始，死亡速度明显加快了。也许就是火车快到站的原因。我们要随时关注身边发生的一切，尽量在最后一个死者出现之前找到‘死亡规律’。”

二十二、糖果与结束

SUPER TABOO GAME

尽管杭一等人意识到了事情的紧迫性，但在最后一个关键点上，思维却仿佛陷入了瓶颈。不管他们如何绞尽脑汁，始终无法获得进一步的提示。时间无情地流逝，他们在火车上又度过了一个夜晚。随着鱼肚白的出现，车窗外的景致也显示他们已经进入了莫斯科近郊。通过询问乘务员，他们得知距离莫斯科雅罗斯拉夫斯基站，只有一个小时了。

死亡的威胁笼罩在杭一等人头上。冯亚茹则表现得更为冷漠和不可捉摸了，小元死后，她就躺在自己的上铺，几乎没下来过。

韩枫急得在车厢内来回踱步，抓耳挠腮。如果这个时候，那些试图拼命的人再次出现，他可能丧失理智发动一场灾难也说不定。不过自从杭一"召唤"出两个恶鬼之后，那些人就似乎放弃了跟他们拼命的念头。可能是出于恐惧，但最关键的原因是，火车马上要到终点站了，而且自小元死后，列车上就再没有出现过死者。

这一点让杭一感到困惑。冯亚茹说过，这趟旅途一共会死7个人。但火车还有最后一个小时就到站了，最后一个死者还没有出现。难道是小元死后，她受到良心谴责，手下留情了？或者是，最后一个死者要到最后一刻才出现？

距到站只剩40分钟的时候，杭一实在无法保持冷静了，他找到陆华，着急地说："你还没有想出来这是怎么回事吗？"

陆华一夜没睡，加上巨大的精神压力，他眼睛浮肿，眼内布满血丝，带着近乎绝望的口吻说："我实在是想不出来了……没有任何提示，而且之后也没有人死去了。当然我不希望有人死去，但哪怕再出现一点儿提示……"

他烦躁地停了下来，意识到自己因焦急和忧虑已经有些胡言乱语了。

杭一的心绪也跟陆华同样混乱，但听了陆华这番话，他倒像是忽然获得了某种启迪，说道："为什么小元死后，就再没有人死去了呢？"

"我不知道，也许是时间不到。也可能是冯亚茹察觉到我们已经解开了一半的谜，她不打算再让我们获得任何暗示了。"

"听着，我本来也是这样想的。但刚才我突然意识到，距离到站只有40分钟了，也许最后一个死者不会出现了。"

陆华抬起无神的双眼："那又怎么样？"

杭一目光如炬地盯着他："我们之前曾猜测过，冯亚茹定下的这个'规律'，也许跟小元有关系。现在我们做一个更大胆的假设——假如不仅仅是'有关'，而是小元就是'规律'本身呢？"

陆华的眼睛睁大了："什么意思？"

"我的意思是，我们的判断方向可能从一开始就错了。我们一直认为，死去的人是因为他们做了某件事，触碰到了'死亡机关'。但实际上，这些人之所以会死，可能是因为某个人会在每天的某些时间做某件事，而每当他做这件事的时候，火车上就会死一个人。"

陆华坐直了身子："'某个人'指的就是小元？"

"是的。这就解释了，为什么自从小元死后，就没有死者出现，因为

‘规律’本身已经不在了！”

陆华张着嘴愣了半晌，问道：“但是，这仅仅是你的推测吗？有没有什么判断的依据？”

杭一说：“第一，冯亚茹在候车室就跟小元母子接触，我不认为是无目的的。即便上了车后，她也一直跟小元保持着紧密的关系；第二，你有没有注意到，每次有人死亡后，冯亚茹都尽量不让小元知晓。当我们找到她，说出我们猜测的‘规律’时，她也把小元母子支开。本来我以为，可能是她不想让小元接触这些可怕的事情。现在想来，也许另有含义，那就是，她要想方设法避免小元知道，其实这些死去的人跟他做的某件事有关系！”

“嗯，有道理！”陆华有些激动地说，“我明白了，小元每天在做的这件事，就是‘死亡规律’！”他又瞬间陷入困惑，“但是，到底是什么事呢？”

“这就只能问他母亲了。”杭一站了起来，同时看了一眼手表，“要快，还有半个小时。”

两人朝小元的母亲走去。小元的尸体此刻安放在下铺，他的母亲守候在他身边，悲伤而慈爱地看着他的小脸，这画面让人心碎。但时间紧迫，杭一无法多愁善感了。他走过去说道：“大姐，有几个非常关键的问题，请你务必要回答我！不然半个小时后，火车上的人都会死！”

小元的母亲木然地抬起眼帘，望着杭一。

杭一着急地问：“请你好好想想，小元有没有每天坚持做某件事，而且一天当中只做一次？吃饭、睡觉这些除外。”

小元的母亲神情呆滞地摇了摇头。陆华扭头瞥了一眼躺在斜对面上铺的冯亚茹，发现她坐直了身子望向这边。陆华的心攥紧了一下，他本能地感觉到，冯亚茹的注意说明他们找对方向了！

杭一焦急地等待着小元母亲的回答，但失去了孩子的母亲，已万念俱灰，对全车人的性命也不在意了。她俯下身去，用手温柔地抚摸着儿子的小脸，眼泪又夺眶而出："小元，你到那个世界也好。天堂里没有疾病、灾害和死亡，你可以永远幸福快乐地生活在那里，玩玩具、吃糖果和天堂里的小朋友一起玩耍……"

这番话让旁边的每一个人都心酸难受，忍不住黯然泪下。杭一看出来，他没法从小元母亲这里获得什么实质性的信息。他站起来，长叹一口气，打算想别的办法。

突然，他脑子里穿过一丝电流，扭过头望着小元的母亲："刚上火车的时候，你说过，小元现在正在换牙齿，不准他吃糖，对吧？"

小元的母亲抬起头："你不觉得，现在说这些话，太残忍了吗？"

"对不起，对不起……"杭一忙道歉，但他仿佛一下明白了什么，抓着陆华的手臂，把他带到了远一点儿的地方。陆华莫名其妙地问道："怎么了？"

"火车上发生暴乱的时候，小元非常害怕，他曾说了一句'妈妈，是不是死了之后，就不能吃糖果了'，你记得吗？"杭一急促地说。

"嗯。"陆华快速地点头。

杭一的身体不自觉地颤抖起来："糖果！小元在换牙齿，本来就不能吃糖果的。但他为什么要说'就不能吃糖果'了呢？而且在这之后不久，小元就死去了，如果我没猜错的话……"

陆华瞪大眼睛，毛孔一阵阵地收缩："你认为，'糖果'就是'死亡规律'？！"

"对，但我还差一样证据，只要找到了这样东西……"杭一来不及解释了，时间只剩最后15分钟了。

杭一再次走到小元母亲的身边，蹲下来对她说："不管你有多伤心，你一定要帮我拯救这一列车的旅客，还有你自己。现在我没时间解释了，请你把小元的那两样玩具给我！"

"……什么玩具？"

“就是‘大姐姐’奖励给他的那两样东西！”

听到这句话，冯亚茹明显地抽搐了一下，她脸色苍白地从上铺下来，紧张地望着杭一。

小元母亲不清楚这是怎么回事，但她照做了。她的手伸进小元的裤兜，摸出了冯亚茹给他的第二件玩具——一个金属的飞机模型。但是，第一件玩具却找不到了。她说：“那个塑料小汽车，不见了。”

杭一迅速回忆着，刚上车的时候，小元向他们展示过那个玩具小汽车。而另一个细节是，小元死后，冯亚茹跪在他面前，摸了他的小脸和小手……杭一倏然明白了。他最后求证道：“那个塑料小汽车，是什么样的，你还记得吗？”

小元母亲困惑地说：“就是一般的小玩具，超市里都能买到的那种。我没有仔细看过……小元把它当成宝贝一样，一直不让我看。”

说到这里，杭一已经完全明白了。他站起来说道：“原因是，那个塑料小汽车是中空的，里面有7颗糖果！”

这时，趴在窗前的韩枫大叫道：“杭一，火车比预计的时间要早到达了！我几乎都看见站台了！”

杭一转过身，直面冯亚茹，从她惊恐的表情中，他知道对方的心理防线已经崩溃了。在火车即将到站前的最后一两分钟内，他大声说道：“冯亚茹，从一开始，你接近小元，就是想利用喜欢你这个‘大姐姐’的天真单纯的孩子，用他来制定‘死亡规律’！你奖励给小元的小玩具，是所有超市都能买到的‘糖果小汽车’，里面有7颗糖果。因为小元在换牙齿，所以你大概私下叮嘱过他，每天只能吃一颗，而且不能让妈妈和其他人看见，必须偷偷地吃。而他每次吃糖果的时间，小时对应的是车厢号，分钟对应的是车票上的……”

“别说了，杭一。”冯亚茹脸色惨白，嘴唇发乌，她的生命力似乎在杭一说出这番话的同时被吸走了。她吊着最后一口气说：“这场赌局，你赢了。你们的运气实在太好，小元和他妈妈是同一个座位号，二分之一的概率……我败了。但我不是败给了你，而是败给了我自己。我始终无法克制感情，流下的那一滴泪水，成为你们的重要提示。这大概是我无法成为'神'的原因吧。人类始终摆脱不了自身的局限性，会因为感情而让自己送命。而你，迟早也会跟我一样犯同样的错误……真是，愚蠢……"

说完这番话，她倒在地上，死去了。逐渐减速的火车也在雅罗斯拉夫斯基火车站的站台旁停了下来，几乎是同一时间。

杭一擦拭了一下额头上浸出的冷汗，这次的际遇简直是前所未有的惊心动魄。他愣愣地站在冯亚茹面前，还没从这种惊悚中回过神儿来。如果不是一瞬间充盈体内的力量提醒着他，他都没有意识到，自己升到3级了。

女25号，冯亚茹，能力"规律"——死亡。

二十三、美女来袭

SUPER TABOO GAME

火车停稳之后，经历了数个惊心动魄的日夜的乘客们，简直就像从战火纷飞的前线逃亡到了和平之地。他们欣喜若狂、迫不及待地拿上行李准备下车，但是一看窗外却傻眼了。

雅罗斯拉夫斯基火车站的站台上，几十个荷枪实弹的俄国士兵端着枪守在每一节车厢的门口，一个长官模样的人用英语喊道：

“Banning open the door! All the people on the train are not allowed to get off!（禁止打开车门！火车上的所有人，一律不准下车！）”

杭一愣了几秒钟，明白了。这列直接从北京驶到俄罗斯首都莫斯科的火车，没有经过任何入境检查，俄罗斯军方完全有理由怀疑，这辆列车被恐怖分子劫持了。

由于冯亚茹已经死去，之前陷入失魂状态的雷傲、舒菲和辛娜都已经恢复了，除了饿得前胸贴后背之外，没有大碍。看到车窗外这幅光景，刚刚放松的心情又紧张起来。

“不知道他们知不知道火车上死了7个人的事。”陆华忧虑地说，“一旦军方得知这事跟我们有关系，我们肯定会被这些士兵带走，接受严厉盘问，估计不可能把我们放走了。”

季凯瑞说：“我可以控制所有‘武器’，我们现在就下车，也不可能有一颗子弹射中我们。”

“没错，这些普通的士兵，怎么可能是我们的对手？”雷傲“睡”了好几天，正想活动筋骨，他左右晃动脑袋，颈椎骨噼啪作响，看样子准备大干一场。

“你可千万别胡来。”陆华说，“不管我们的超能力有多强，都不可能是整个俄罗斯军队的对手。这是在国外，别惹上不必要的麻烦。”

“陆华说得对。我们在众目睽睽之下展露超能力，太引人注目了。”杭一说，“国际新闻都会报道这件事，我们的超能力也会暴露在全世界人的面前。”

“那怎么办？不会真的束手就擒，让这些士兵把我们带走吧？”韩枫问。

舒菲思考了片刻，说道：“我试试能不能把这些士兵引开。”

她走到车窗前，盯着站台远处一个往相反方向奔跑的俄罗斯年轻人——也许是一个急于登上某列火车的旅客。舒菲暗暗对守在外面的士兵们发动超能力，手指指向那个奔跑的人：“目标，锁定。”

霎时，几十个士兵仿佛收到了某种指令，那个军官手势一挥，喊了一句俄语，大兵们端着枪朝那人跑去。

“我把前面一个奔跑的人设为他们的追踪目标，也许我们能趁此机会赶紧下车。”舒菲说。

“干得好！”韩枫说。

这时，火车上的人发现守在外面的士兵们都跑开了，急于下车的他们，一齐呼喊着要求下车，整列火车上的人闹翻了天。列车长无奈，只得打开车门。

杭一等人赶紧随着人群挤下火车，匆匆离开站台，混入熙熙攘攘的人流中离开了火车站，来到车水马龙的大街上，终于舒了一口气。

杭一有点儿担心那个莫名其妙成为追踪对象的人。他问舒菲："那些士兵抓到那个人会怎么样？"

"那个时候他们已经离开我的能力范围了，估计会茫然一阵，不会把那个人怎么样的。"

杭一放心了："那就好。"

"比起关心不认识的人，还是关心下我们吧，杭一老大，我已经饿得快走不动路了。"雷傲诉苦。

"别说你，我都饿坏了。在火车上就没正经吃过一顿饭！"韩枫说，"赶快找家俄罗斯风味的餐馆，我请大家饱餐一顿！"

"得先把人民币兑换成卢布才行。"陆华提醒道。

莫斯科的建筑和街道充满独具特色的欧式风格，除了少数大酒店，大街小巷都看不到英文标识。对于完全看不懂俄文的杭一等人来说，简直是苦不堪言。好不容易，韩枫终于找到了一家旅行社，这里负责接待的工作人员会说英语。对方明白了他们想要兑换货币，答应帮他们兑换，只是要收取一定的手续费。

这俄罗斯小伙的办事效率挺高，不到半个小时，就到银行将5万元人民币兑换成了43万卢布，韩枫给予他一定的报酬，又咨询了附近的餐厅。俄罗斯小伙给他们推荐了附近一家叫作"Chemodan"的西餐厅。

按他所指的方向走了15分钟，到达了这家餐厅，一行人早已饥肠辘辘了。

负责领位的侍者将他们带到长餐桌旁落座。这家餐厅的服务员都会说流利的英语，沟通不是问题。大家结合菜单上的图片和英文点了一大堆美食：雪松坚果鹿肉、白鲸鱼子酱、金奖猪扒、黄油鸡卷、奶酪煎饼……韩枫还点了俄罗斯人最喜欢喝的伏特加和昊酒。

富有创意的食物和难以置信的美味给每个人带来了愉悦的就餐体验。他们举杯庆祝躲过火车上的一劫，有惊无险地全员到达莫斯科。度过了火车上紧张的六天六夜后，他们需要放松一下。当辛娜了解到在座的所有人都是第一次来俄罗斯之后，提议暂时忘记任务，在莫斯科好好玩上一天。她很想参观克里姆林宫，也期待能漫步于有500年历史的阿尔巴特街。

米小路、舒菲、雷傲和韩枫当即表示同意，杭一和陆华也不反对，只有孙雨辰和季凯瑞两个人没表态。季凯瑞默默地吃完东西，用餐巾抹了下嘴，说道："真不想扫你们的兴，但不知道你们有没有思考一个问题——冯亚茹直言不讳地告诉我们，她是旧神派来刺杀我们的刺客。这意味着什么？旧神已经掌握了我们的行踪，而且知道我们此行的目的。他派人狙杀我们，明显是不希望我们获知他的秘密。

"现在冯亚茹失败了，你们觉得旧神会就此罢休吗？恐怕下一个袭击者已经出动了。这种情况下，你们还想去景点游玩？"

这番话让众人沉默下来。虽然确实扫兴，但不得不承认这是事实。残酷的命运让他们无法停歇，也不可能像普通人一样享受生活。杭一长叹一口气："季凯瑞说的有道理，我们的确不该松懈，最好在下一个袭击者出现之前，找到能揭示旧神秘密的证据或证物！"

说完，他望了舒菲一眼。舒菲明白了。她之前只感应到大概的目的地是莫斯科。现在，则需要更详细、准确的地址。

韩枫把"意念照片"交给舒菲。舒菲启动了超能力，由于距离目的地比较近，她很快就感应出来了："我们要去的地方是莫斯科西南方向37千米的一个小镇。但是……我不知道这个镇的名字。"

"我有办法。"陆华打开手机上的谷歌地图，让舒菲指出这个小镇在地图上的位置。舒菲很快就指出来："这儿。"

陆华询问服务员，男侍者礼貌地告诉他，地图上的这个地方是特罗伊茨克镇，是莫斯科郊区的一个小镇。

知道地名就好办了，陆华使用谷歌地图的路线查询功能，得知从当前位置前往目的地，需要先乘坐地铁，再转乘前往特罗伊茨克镇的定向小巴士，路程大概两个小时。

现在是下午2点多，顺利的话，下午就能到达特罗伊茨克镇。杭一决定立刻出发。

这顿饭居然吃了47000卢布，折合人民币5000多元。同伴们再次感叹和韩枫同行的重要性……

莫斯科地铁是世界上规模最大的地铁之一，并被公认为是全世界最漂亮的地铁。刚走进地铁站，杭一差点儿以为误入了某个艺术殿堂。地铁站的建筑造型各异、华丽典雅。大理石、花岗岩、陶瓷的浮雕和壁画上装饰着五彩玻璃，照明灯具是巨大、奢华的水晶吊灯，整个地铁站看起来就像座富丽堂皇的宫殿。

对于不会讲俄语的他们来说，看似简单的一趟短途旅程实质举步维艰。总之，经历了地铁坐过站、问路受挫和寻找定点班车等一系列事件之后，他们终于坐上了前往特罗伊茨克镇的小巴士，时间比预计的多耗费近2个小时，现在已经是下午4点多了。还好路线上显示，到达特罗伊茨克镇只需要1个小时的路程。

孙雨辰旁边坐着一个俄罗斯男人，他挨着车窗。刚坐下来一会儿，一个十八九岁的亚洲姑娘从后排走过来，她盯着孙雨辰看了几眼，神情中有些让人读不懂的意味。随即，她用俄语跟坐在孙雨辰旁边的俄罗斯男人交谈。孙雨辰完全听不懂他们在说什么，但从他们的表情和手势中，大概猜到意思是，亚洲姑娘说自己有点儿晕车，希望能跟俄罗斯男人换一下座位，坐在靠窗的位置。

这姑娘皮肤白皙，眼睛水灵清澈，有一张樱桃小口，乌黑秀丽的长发——典型的东方美人儿。俄罗斯男人无法拒绝美女的要求，同意跟她换了座位。

亚洲姑娘坐到孙雨辰旁边，微笑着说：“你们是来旅游的吗？”

孙雨辰略有些诧异，没想到在这异国他乡，居然碰到一个会说汉语的年轻、漂亮的姑娘。他问道：“你是中国人？”

“是的。”姑娘大方地伸出手，“海琳。”

孙雨辰和她握了下手：“孙雨辰。”

“你还没回答我的问题呢。”海琳眨着眼睛说。

孙雨辰想了想：“呃……怎么说呢，算吧。对，是来旅游的。”

“没说实话哦。”海琳点着手指，俏皮地说。

“你怎么知道？”

“心理学家说，当一个人回答问题的时间超过1.5秒钟，且明显带有不确定的口吻，他多半是在撒谎。”

孙雨辰哑然失笑，摇了摇头，不想纠缠这个问题。

海琳也没追究下去，她是个典型的自来熟，兀自说道：“不过说实话，近年还有不少到特罗伊茨克镇观光的国外游客。这里虽然没有谢尔盖耶夫镇和托斯泰尔庄园那么有名，却有着纯正的俄罗斯乡村风光。我已经是第二次来这里玩儿了。”

孙雨辰根据她的年龄猜测：“你是在俄罗斯留学的大学生？”

“Bingo（答对了）！”女孩活泼地说，“我在蒙诺索夫大学学习生物学，大二了。”

孙雨辰淡淡地笑了一下，对这可爱的女孩有种说不出来的好感。他长相平平，没有特别之处，以前很少有女孩会主动跟他搭话，令他缺乏和女生相处的经验。面对这位开朗活泼的漂亮姑娘，他竟莫名陷入了尴尬境地。而且令他搞不懂的是，韩枫、季凯瑞旁边的座位同样靠窗，这姑娘怎么不要求坐到他们旁边？客观地说，他们都比自己长得高大、帅气，应该更能吸引女孩子才对……

突然，孙雨辰猛地刹住思绪。我在瞎想什么？只不过是一个小时的车程而已，又不是六天六夜的火车。这姑娘压根儿没考虑这么多好不好，她只是随便挑了一个靠窗的座位，和我闲聊几句而已，没别的意思。

想到这里，孙雨辰不禁为自己的自作多情感到脸红。他把脸扭到一旁，不再继续和海琳聊天。

连番折腾后，一行人都有些累了。车子开动之后，好几个人都靠在椅背上睡着了。

迷迷糊糊中，孙雨辰闻到一阵香气，还有头发挨近脸庞痒酥酥的感觉。他睁开眼睛，这才发现，海琳也睡着了，脑袋自然地倚在他的肩膀上，半侧的身体也紧贴着他。他甚至能感觉到这女孩轻柔的鼻息和温软的胸部。

孙雨辰的心跳倏然加快，他忍不住偷瞄了一下女孩玲珑有致的身体曲线。一些不该有的胡思乱想不可抑制地闪现在他的脑子里，令他的身体燥热起来。他吞咽着唾沫，全身变得僵硬，一动不敢动，生怕稍微改变一下姿势，就会令这女孩从甜美的睡梦中醒来。

坐在孙雨辰斜后方的韩枫蹙额，眯起眼睛，歪着头看着这一幕——刚才他就注意到这女孩儿了。此刻目睹这暧昧的画面，实在忍不住了。他碰了碰坐在前面座位的杭一，示意他看孙雨辰那边，然后小声说道：“什么情况？坐个车都能有艳遇？这小子运气也忒好了吧？”

杭一哑然一笑，说：“羡慕也没用，谁叫你没坐那儿。”

“我怎么知道，之前那座位上坐的是个大胡子俄国佬。”韩枫嘟囔道。

这时，小巴士忽然停了下来。随着刹车，好些睡着的人都醒了，包括海琳。她醒来后，一点儿都没有为自己靠在孙雨辰的肩膀上感到尴尬，只是把搭下来的头发捋到耳后，问道：“怎么停车了？”

杭一和车上的好些人都纷纷把头探到窗外，发现前面的车子排成了长龙，起码有100辆以上，堵车的严重程度，比北京二环有过之而无不及。

“怎么回事，莫斯科也这么堵？”陆华说。

“没见识了吧，莫斯科可是出了名的全球第一‘堵’！”韩枫说，“相比起来北京、上海都算好的了。”

“见识了。”陆华叹了口气，“等吧。”

在车上待了几十分钟，人们发现拥堵的车流毫无向前挪动的迹象，纷纷抱怨起来。而杭一则本能地感觉到，前方路段可能发生了什么事，不是普通堵车这么简单。

二十四、车祸

SUPER TABOO GAME

小巴士是在行驶了半个小时之后遭遇堵车的，现在的路段，已经不在城市，而是郊区的乡间公路了。道路两旁是山和树林。车堵了一个多小时，时间接近傍晚6点，天色开始昏暗起来。

急性子的雷傲早就按捺不住了，对杭一说：“我们到前面瞧瞧吧。”

“行，走吧！”

孙雨辰听到他们的对话，说道：“我也跟你们一起去。”

坐他旁边的海琳立刻跟着说：“我也去。”

孙雨辰望了她一眼，不明白这姑娘怎么老黏着他。海琳说：“你们都不会俄语吧，怎么跟人打听消息呢？我可以给你们当翻译呀。”

孙雨辰和杭一互看一眼，杭一扬了下头，同意这女孩跟他们一起去。

小巴士的司机早就打开了车门，自己下车抽烟去了。好些乘客也出来透气。杭一告诉其他同伴，让他们在车上等候，保持警惕。

杭一、雷傲、孙雨辰和海琳四个人朝前方走去，他们顺着公路走了好几百米，经过上百辆汽车，终于来到堵车的源头——原来是出了车祸。离奇的车祸。

一辆大巴车的前方路面上，横七竖八地躺着五六具尸体，已经被白布盖上了。救护车停在一旁，但并没有将尸体运走，原因是警察正在询问大巴车司机和车上目击此事的乘客，一个女警察做着笔录，叙述者的表情显得惶恐不安，警察则不时露出怀疑的神情。

杭一等人听不懂他们的对话，也看不懂之前发生了什么。从现场来看，似乎是这辆大巴车同时撞死了五六个人。杭一皱起眉头，觉得这事有点儿不合常理。难道这几个人一起横穿马路，结果被同时撞死？或者这些人打算集体自杀？

因为这可能是一起十分严重而诡异的交通事故，警察需要进行多方面取证，所以迟迟未能疏通道路，加上前后车辆已经将本来就狭窄的乡村公路彻底塞满，导致车堵得越来越严重。一时半会儿车流是无法前行了，今天晚上能到达特罗伊茨克镇就算不错了。

这局面令人沮丧，雷傲提议干脆弃车步行，但杭一不同意。第一是不认识路；第二是走路起码要几个小时，还不如待在车里等待疏通。他们一边商量，一边返回小巴士。

孙雨辰也打算跟着返回，但他发现海琳注视着几个警察和法医，捕捉他们对话的内容，问了一声："你要回车上去吗？"

海琳做了一个"别打扰我"的手势，继续仔细聆听那边小得几乎听不到声音的对话。孙雨辰想了想，觉得跟她毕竟不熟，没必要非得同行，就自己走了。

三个人回到车上，杭一把前面的情况简单地告诉了伙伴们，大家感慨运气不好和此行的种种不顺。不一会儿，海琳也回来了，她噘着嘴，面带愠色地对孙雨辰说："你怎么不等我就自己走了？"

孙雨辰和同伴们都愣住了，尤其是辛娜和舒菲。她们望了这女孩一眼，又看了眼孙雨辰，再交换个眼色，两人都露出迷惑不解的神情。这女孩儿说话的口吻和娇嗔的神情，分明是对恋人才会有的。她跟孙雨辰认识不过一两个小时，怎么会产生这种感情？

孙雨辰此时也愕然地张着嘴，看样子大概是想说“姑娘，咱们的关系有这么近吗”，但可能怕伤害了这女孩，始终没说出口。

这女孩倒也神经大条，不是那种纠缠不休的娇蛮个性。她坐到孙雨辰旁边，问道：“这些都是你的朋友吧？”

“嗯。”孙雨辰应了一声，看起来有点儿不在状态。

海琳对杭一等人说道：“在这异国他乡，咱们又都是中国人，能坐一辆车是缘分。我叫海琳，可以跟你们做朋友吗？”

杭一和其他人对望一下，觉得这女孩率真、大方，实在找不到拒绝她的理由。杭一点了点头，说：“好啊。”

海琳看起来很开心，但她的表情很快变得神秘起来，她压低嗓音说道：“你们不会知道前面那起车祸的真正原因是什么。”

孙雨辰望着她：“是什么？”

海琳说：“我刚才偷听了法医和警察的对话，得知了一些惊人的消息。法医说，经过检查，他发现这些人并不是被那辆大巴车撞死的。”

韩枫蹙了下眉头：“什么意思？”

“就是说，他们在被大巴车撞飞之前，其实就已经死了。”

杭一等人花了好一会儿来理解这句话的含意。米小路想起了国内报道过的一些新闻，类似村民故意把死者尸体摆在路边造成是被车子撞死的假象，来讹钱什么的。他说：“你的意思是，有人在车子开过来之前，把几具尸体丢在马路中间，让人以为……”

“不，不是这样。”海琳打断米小路的话，“据大巴车司机和车上的乘客们说，他们亲眼看到几个人突然从路边冲出来，司机来不及刹车，车子朝这几个人撞了过去，把他们撞飞了。”

“但这几个人实际上在被撞之前就已经死了？”辛娜露出难以置信的

表情。

“起码我收集到的信息，显示事实就是如此。”海琳耸了下肩膀，“我知道逻辑上有问题，但我只是告诉你们我听到的一切。”

“你的俄语水平……怎么样？”孙雨辰不得不质疑这个问题。

海琳努起嘴，轻轻捶了孙雨辰的肩膀一下：“跟俄罗斯人交流也没问题啦，讨厌！”

杭一晃了下脑袋，似乎想选择性忽略这女孩和孙雨辰之间看不懂的亲昵举动。他对伙伴们说：“看来这事的确不寻常，从现在开始我们要保持警惕，做好准备。”

同伴们都明白杭一的意思，点了点头。女孩有些兴奋地问道：“做好什么准备？战斗的准备吗？”

杭一为之一怔，问道：“你怎么知道……我是说，你怎么会想到‘战斗’这两个字？”

海琳稍微愣了一下：“呃……我说的‘战斗’只是一种比喻，不一定代表真正的战斗。”

孙雨辰知道她没说实话，正如海琳之前告诉他的——回答问题的时间超过1.5秒钟，且明显带有不确定的口吻，多半是在撒谎。

他暗暗启动超能力，用读心术探索海琳真正的想法。但是很奇怪，也很不合逻辑，这女孩此刻心里居然想的是她最喜欢的一条裙子，花色、款式等是什么样的，和此刻的境遇以及她正在说的话风马牛不相及。

突然间，孙雨辰脑子里冒出一个惊人的想法——难道这女孩知道我正在用读心术窥探她的思想，故意想一些不相关的事，岔开心思？不，不可能。她怎么可能知道我有这种超能力？

然而，不管事实怎样，孙雨辰的心中都埋下了疑惑的种子。他和杭一互看一眼，知道杭一也有同样的怀疑。

二十五、袭击

SUPER TABOO GAME

晚上9点多，堵塞的车辆也没能得到疏通。天彻底黑了，由于这一段是乡村公路，没有路灯，仅靠一些车辆的车灯照亮周围。等待了几个小时的人们都有些灰心丧气。

事故源头的那辆大巴车上，一个俄罗斯女人靠着椅背睡觉。周围是人们说话的声音和交警努力疏通交通的声音。她很疲倦，即便周围一片吵嚷声也能入眠。但不知过了多久，她醒了过来，感觉有点儿不对劲儿。

一开始她并没发现异常之处，十几秒钟后，她才意识到问题出在哪儿。

太安静了，周围几乎没有任何声音。

这女人环顾车上，发现竟然只剩她一个人，司机和其他乘客都不知去向。她紧张起来，不清楚之前发生了什么事。她走到车子前面，通过正前方的挡风玻璃，隐约看到被撞死的那几个人的尸体不见了，而警察和之前等候在路边的那些乘客们，也踪影全无。

女人实在无法判断这是何种状况——堵塞的车辆都在，交通并未疏通，就是人们不见了。她不相信这些人全都选择了弃车步行，很显然在她睡着的那段时间，发生了什么事情。

女人迟疑地从大巴上下来。她走到一辆警车旁，里面没有人。旁边的几辆车亦是如此。她被深深的恐惧笼罩着，身体在寒风中发抖。她环视四周，急切地希望能找到人，哪怕一个也好。

当眼睛逐渐适应周围的黑暗之后，女人隐约看到，大巴车的后方，也就是堵着上百辆车的路上，似乎有人的身影。她赶紧朝这个人跑过去，逐渐靠近之后，才发现那不是一个人，而是很大一群人。他们背对着她，朝着同一个方向行走，步伐缓慢，走路的姿势也有些怪异——所有人都是那么迟缓，而且沉默。

女人完全不明白这些人正默不作声地赶往何处，但此情此景令人骇然。看起来似乎上百个人同时中了什么魔咒一般，她必须询问一下这是怎么回事。

女人气喘吁吁地走到离她最近的一个中年妇女旁边，用俄语问道："您好女士，请问这是……"

话没有说完，她呆住了。

一张毫无生气的脸缓缓转过来，这张脸全无血色，眼睛的瞳孔缩小成一个小点，且毫无焦点。最可怕的是，她的脖子上有血迹和伤口，似乎缺了一块肉。

这种程度的伤，普通人不可能活下来。

当女人意识到这一点的时候，已经迟了。因为中年妇女一把抓住了她，然后咬向了她的颈动脉。这可怜的女人几乎还来不及发出叫声，就一命呜呼了。

把她咬死的中年妇女缓慢地转身，继续行走。仿佛她刚才只不过是和某人打了个招呼。

而几分钟后，倒在地上的女人竟然慢慢爬了起来，加入了这群行尸的队伍……

杭一等人所在的小巴士堵在这段路的中后段。此时车上的人已经连咒骂和抱怨的力气都没有了。一些人有气无力地在座位上玩着手机，一些人睡着了。小巴士的车门是开着的，不时有乘客下车透气，之后又返回车上。司机不断地摇头和叹气，看来他从来没遭遇过如此长久的堵车。

突然，司机连续眨了几下眼睛，又使劲揉了揉眼睛，看到了不寻常的一幕——黑暗中，似乎有一大群人正向这边走来。他赶紧打开车前灯，照亮了前方的道路，惊得他倒吸了一口冷气，大叫起来。

车上的人立刻被惊醒了。杭一本来就保持着警觉。他和季凯瑞，以及几个俄罗斯人快速地走到前面，通过挡风玻璃看到了惊人的画面——上百个身上沾着血的人正在向他们逼近。这些人走路的姿势完全如同僵尸，走在最前面的是一名警察。

所有人都震惊得说不出话来，一时无法判断是怎么回事。小巴士前面一辆小车的车门打开了，小车司机走出来摊着双手问那个警察，大概是“出了什么事”之类。警察二话不说向他扑过去，咬噬他的颈部，那司机倒在了血泊中。

小巴士上起码有十几个人目睹了这一幕，随后发出了惊恐的尖叫，车内顿时一片混乱。司机也乱了方寸，前后都堵满了车，他根本没法驾车离开。季凯瑞大喝一声：“快关车门！”司机却听不懂汉语，愣在那里。迟疑这几秒钟，行尸们已经走过来了，季凯瑞快步上前，一脚把打算上车的行尸踹下去。司机这才反应过来，迅速关闭了车门。

“天哪，这是怎么回事？！”陆华惊恐地喊道。发现小巴士已经被上百个行尸包围了。它们捶打着车身和车窗玻璃，试图将玻璃砸碎。车上的女人和小孩发出惊骇的尖叫声。

“袭击者比我们想象中来得还要快！”季凯瑞做出准确的判断，“这次的超能力者估计是一个能操纵死者进攻的家伙。”

“该死的！”杭一咬牙切齿地说，“从冯亚茹开始，袭击者就开始向普通人下手了！”

“没猜错的话，这些死去的人就是这家伙的武器。”孙雨辰说。

海琳紧紧抱住孙雨辰的胳膊，问道：“你们得罪了什么不得了的人？”

孙雨辰看她一眼，没有解释。

“别分析了，车窗玻璃快被砸破了！”辛娜焦急地说。

杭一对陆华说：“你赶快用防御壁把整辆车保护起来，能做到吧？”

陆华点了下头，启动超能力。小巴士的周围罩上了一层透明光膜。行尸们的攻击无法造成威胁了。

他们刚刚松了一口气，却发现形势不对——这些行尸似乎具有智能，或者是有人躲在暗处操纵它们。发现小巴士被防御壁保护起来后，它们转身开始攻击后面那些车辆中的人。堵在后面车中的人们奔逃不及，好些人都被行尸咬死、咬伤了。

“不行……我们倒是安全了，但后面那些无辜的人就遭殃了。”杭一说，“行尸的目标是我们，必须把它们引走，不然会有更多的人丧命！”

“现在就已经有很多人丧命了！”雷傲通过车子后面的玻璃，看到行尸们正在攻击手无寸铁的妇女和小孩。他性格急躁，此刻更是热血沸腾，再也按捺不住了，打开车子顶部的天窗，“嗖”的一下飞了出去。

“啊——”小巴士里的人惊叫不已。他们先是看到了成群的行尸，接下来发现“超人”就在他们身边。短时间内，各种好莱坞大片里的情景都在身边上演了。接下来就算金刚狼和雷神登场，估计他们也不会感到意外。

杭一等人也意识到，在这种紧要关头，显然不能再做保留了。孙雨辰对海琳说：“你告诉司机，叫他打开车门，让我们下去，然后立刻将车门关闭。”

海琳赶快把孙雨辰的话用俄语告诉司机。司机刚才目睹雷傲像炮弹般飞射出去，料想他的同伴们多半也身怀异能。他不敢迟疑，打开了车门。

孙雨辰走在最前面，他大喝一声，用意念将堵在车门前的十多个行尸尽数掀飞。季凯瑞紧接着跳下车，双臂分别变成剑刃和利斧，牵制靠近的行尸。

海琳抓着孙雨辰的胳膊，紧贴着他，跟着下车。情况紧急，孙雨辰来不及询问她为什么非要跟着他们，只有带着她一起离开。

出人意料的是，车上一些俄罗斯人一边喊着什么，一边跟着跳下车来。杭一不明就里，海琳说道："他们在说'别丢下我们'——大概是他们目睹了你们的超能力，想要待在你们身边寻求保护吧。"

杭一不能肯定这些人跟着他们一起是不是个好主意，他现在也没时间想这么多，只能默许了。围在小巴士旁边的行尸基本上靠孙雨辰和季凯瑞两人已经清理干净。雷傲那边也解救了几个人，正带着他们跑过来跟杭一会合。

"现在怎么办？朝哪边走？快，快，快，那些行尸又过来了！"韩枫着急地说。

"当然是朝前方——特罗伊茨克镇所在的方向。"杭一问海琳，"你不是曾经去过这个镇吗，认不认识路？"

"应该知道。"海琳说。

"那就麻烦你帮我们带路了。"

"这些人呢？我们就把他们丢在这里吗？"舒菲一边问，一边望了一眼小巴士和后面的车辆。

"行尸的攻击目标是我们，我们把它们引开，其他的人就都安全了。"杭一说。

"我、杭一、孙雨辰和雷傲守住前后左右，保护没有攻击力的人。"季凯瑞喝道，"快走！"

二十六、丧尸围城

SUPER TABOO GAME

在夜色中奔逃的一共有二十几个人，除了杭一等一行九人，还有海琳和另外十多个希望待在超能力者身边寻求庇护的普通人。他们沿着公路匆匆前行，身后是上百个行尸。这些行尸的行走速度并不缓慢，但它们似乎也无法像正常人那样撒开腿奔跑。所以要甩掉它们，并不困难。

实际上，以杭一等人的超能力，要干掉这些行尸十分容易。毕竟他们也是身经百战，相对于超能力者的袭击，这些只能进行近身物理攻击的行尸，实在算不上什么强劲的对手。仅凭雷傲的2级“气流”，只需发射几道风刃，就能将这些行尸尽数歼灭。

但他们并没有这样做。彼此之间没有商量，却达到了某种默契。也许是因为每个人心里都清楚，这些看似凶恶狰狞的行尸，其实都是些可怜的受害者。它们在几十分钟前还是鲜活的生命，此刻却沦为地狱的恶鬼。杭一等人无法对它们产生恨意。若非必要，他们不希望它们死无全尸。

在漆黑的公路上连续小跑了几十分钟，身后的行尸已经被甩出很长一段距离了。大家也都跑累了，停下来喘息。庆幸的是，他们果然成功地把行尸引开了。估计堵在路上的那些车辆中的人，应该也朝反方向逃走了吧。

连续跑了这么久，很多人都累得上气不接下气。男人们的体力稍好一些。但杭一意识到一个问题，他们的行李都落在车上了。所幸PSV游戏机和充电器放在裤兜和随身携带的小挎包里。其余的衣物和日常用品等物件，看来只能舍弃了。

孙雨辰问海琳："距离特罗伊茨克镇还有多远，你知道吗？"

"走路的话，估计怎么也得三四个小时吧。"海琳想了想说，"我问问这些俄罗斯人。"

海琳去跟几个俄罗斯人沟通。几分钟后，她带着一个40多岁的俄罗斯男人来到杭一等人的身边，说道："他是特罗伊茨克镇的人，说如果沿着公路走的话，要好几个小时。但他知道一条近路，走这条路的话，不到1个小时就能到镇上。"

"太好了，那可以请他带路吗？"杭一说。

海琳把杭一的话告诉俄罗斯男人，这个中年男人点了下头，指着公路右侧，意思是近路走这个方向。

杭一小声问舒菲："他说的是真的吗？"

舒菲使用超能力感应，很快，她点头道："没错，走这个方向的话，的确要近很多。但这一带是荒山野地，不知道路怎么样。"

"没有选择了，我们如果步行几个小时的话，所有人的体力都会耗尽。如果那时候遭遇袭击，恐怕连超能力都无法启动，那就糟了。"杭一说。

于是，一群人离开公路，进入旁边的野地。这一片是未经开垦的荒袤之地，不但没有田地和农家，甚至连树木都很稀少，全是杂草丛生的土路。不过也好，这样的话便不容易遭到伏击了。

杭一不能确定这段路上是否会遇到行尸，但显然刚才那一波不可能是唯一的袭击。他们必须时刻保持警惕。由于一行人谁都没有带手电筒之类的东西，杭一再次启动《星球大战：原力解放》这个游戏，手中出现一把绝地武士的光剑，当作日光灯管照亮四周。

行走的过程中，孙雨辰和海琳都关注着一对母女。这对俄国母女是被雷傲救下的一家人中的幸存者，母亲高大健壮，比一般男人看上去还要强壮。女儿却恰恰相反，显得娇小玲珑，看上去六七岁，有着一头柔顺的金发。她一直把头埋在母亲的怀里，似乎在嘤嘤哭泣。刚才逃跑的过程中，母亲一直抱着女儿。一般女人根本坚持不了10分钟，但这位强壮的母亲居然凭借自己的体力坚持到了现在。

然而，母亲的体力终于濒临极限了，她的步伐越来越慢，甚至有些跌跌撞撞。海琳看不下去了，走过去跟那位母亲交谈了一会儿。过了几分钟，她摇着头回到孙雨辰的身旁。

孙雨辰问道："你跟她说了些什么？"

海琳说："我劝她把女儿放下来，让小姑娘自己走。但她说，刚才这女孩目睹自己的父亲被咬死了，无比害怕和悲伤。她把女儿抱在怀里，希望能给女儿温暖和安慰。"

孙雨辰为这位母亲的坚强而动容。他走过去，示意那位母亲把孩子交给他来抱，母亲犹豫了一下，对女儿说了一句话。这个小姑娘懂事地扑到了孙雨辰的怀里。

孙雨辰一只手抱着这个小姑娘，另一只手轻轻抚摸着她的头发和后背。他走了几步，发现海琳没有跟上来，回头一望，看到海琳居然泪流满面地望着自己。

孙雨辰觉得自己的所作所为不至于让人感动成这样，他相信换成杭一或季凯瑞他们，也会这样做的。他疑惑地望着海琳，问道："你怎么了？"

海琳迅速把脸上的泪拭干，走了上来："没什么，走吧。"

孙雨辰感觉怪怪的，这女孩越发让他捉摸不透了。

俄罗斯男人带着他们走了大概半个小时，杭一手中的光剑照耀着前方的路，看到前面是一大片碑林。他们似乎来到了乡间墓地。

杭一停下脚步，问带路的男人："必须走这里吗？"

海琳充当翻译的角色，告诉杭一："他说这条路是最近的，而且他只知道这条路。"

杭一迟疑着，直觉告诉他试图穿过这片墓地不是明智之举，但由于之前的行尸并没有对他们造成有效的伤害，他又似乎没有理由惧怕。雷傲更是自负，对杭一说："走吧，杭一老大，再来一波行尸我也不怕。我来开路！"

杭一点头同意了，他和雷傲两人走在最前面。

这片墓地看来是一个规模很大的墓场，放眼望去，视野内尽是墓碑，甚至遍布到了周围的山上。

一群人在墓地中穿行着。突然，季凯瑞驻足说道："等一下，不对劲儿。"

杭一等人停下脚步，朝季凯瑞望着的方向看去。杭一用光剑一照，发现一个墓碑前方的泥土，明显有松动的痕迹。

杭一心里"咯噔"一下，不祥的感觉笼罩在心头。他赶紧举着光剑环顾四周，骇然发现，每个墓碑前方都是如此。

米小路全身抽搐了一下："该不会……"

话音未落，恐怖的事物已经出现了。在他们的四周，突然出现了数不清的行尸。和之前的新鲜行尸不同，这些尸体带着腐烂的躯体和地狱的气息，将他们团团包围。

一时间，尖叫声此起彼伏。且不说和它们搏斗，仅仅看见这些腐尸的恐怖模样，嗅到它们的腐败气味，很多人就已经闻风丧胆了。

季凯瑞对杭一说："不能再心慈手软了，启动最强超能力将它们全部消灭。"

杭一不敢怠慢，对同伴们喊道："做好战斗准备，保护其他人！"

季凯瑞把别在腰间的手枪交给辛娜，辛娜接过手枪，打开保险。

杭一、孙雨辰、雷傲、季凯瑞和辛娜分别守在东、南、西、北四个方向。其他人以陆华为中心，尽量紧靠，处在圆形防御壁的保护范围内。这个阵形无懈可击。行尸们距离他们只有几十米的时候，杭一大喝一声："来了！开始攻击！"

他第一个跳出去，使出游戏中"绝地武士"的招式，光剑翻飞，犹如砍瓜切菜；孙雨辰使用意念将他那个方向的行尸尽数推向远处，令它们互相撞击，溃不成军；雷傲的风刃更是对付大面积敌人的绝佳招数，几道真空刃迅疾射出，瞬间将几十个行尸拦腰斩断；季凯瑞则使出了之前从未展示过的新招，是他升级后研究的成果——将身边的事物变化成具有攻击性的武器。地上的碎石块变成子弹、树上的树叶化为锋利飞镖、掉落在地的树枝形同利箭，随着季凯瑞的指挥手势，一齐飞射出去。

本来这招十分厉害，假如对手是人类的话，估计能将一群人一击必杀。但季凯瑞发现，他的攻击没有对行尸造成致命的伤害。子弹、飞镖和利箭没能阻止它们行进的步伐。

辛娜也发现了这一点，她向最前方的几个行尸连开数枪，却没有倒下一个。她尝试射击它们的头部，但即便被爆头，行尸们也没有倒下。

眼看这群行尸逐渐逼近，辛娜慌了，问季凯瑞："怎么办？"

季凯瑞正要冲过去近身砍杀，身后的韩枫拉了他一下，说："让我来。"

韩枫从裤兜里掏出一个打火机，点燃之后丢向前方，地上的一些枯树叶被点燃了。韩枫启动超能力，喝了一声："火灾！"

霎时，他前方燃起熊熊大火，行尸们身陷火海之中。韩枫正感兴奋，突然发现形势不妙——这些行尸根本没有因为着火而停止脚步，而火焰不可能瞬间将它们烧成灰烬。结果这群被烈火焚身的行尸向他们扑来，威胁比之前更甚。

陆华的圆形防御壁没法把所有人罩住。一些身处防御壁之外的人看见"火焰行尸"朝自己扑过来，吓得拔腿就逃。季凯瑞冲韩枫大吼一声"看你干的好事”，拉着辛娜朝旁边躲去，韩枫自己也朝雷傲那边仓皇逃跑。

这边慌乱的喊叫和四散逃窜的人们让守在另外三个方向的杭一、孙雨辰和雷傲为之一惊。他们扭头一看，发现季凯瑞这边失守了，阵形被破，人们被追赶得四处奔逃。

杭一心中暗叫不好。如果集中在一起，攻击和防御相结合，倒无惧这些行尸。但现在一片混乱，杭一等人这些强者要自保倒是不难，可怎么顾得上帮助其他人？

就在他分神之际，小腿突然被狠咬一口，一阵钻心剧痛袭来。杭一低头一看，一个刚才被他砍成两截的行尸，上半身抱住他的小腿，狠狠地咬着他的小腿。

杭一又急又疼，大喝一声，跳起来甩掉了这个行尸，但小腿却已受伤，无法再像之前那般灵活移动和跳跃了，超能力发挥的效果也打了几分折扣。

情况变得危急之时，新的状况发生了。

一群西伯利亚平原狼以极为迅猛的速度从山上冲下来，猎物显然就是这群惊慌失措的人。一开始，人们并没看清这是什么动物，直到狼群距离他们只有不到100米的距离时，才有人尖叫惊呼起来。俄罗斯人十分熟悉这种平原狼，深知这些属于食物链上层的掠食者有多么可怕。它们体形庞大，强壮、敏捷、狡诈，就连灰熊都不是它们的对手。相比起来，狼群比行尸厉害100倍。

面对扑杀而至的狼群，人在本能的驱使下拔腿逃命。由于他们和超能力者之间缺乏了解和沟通，多数人都做出了错误的选择——逃出了陆华防御壁的保护范围。

陆华急得大叫起来：“别离开我身边，防御壁内是安全的！”

但是俄罗斯人听不懂他说的话，反而在他们眼中，这个年轻人显得慌乱无比，似乎他也无法与狼群对抗。错误判断加上误解，导致了接下来这场惨剧的发生。

局面简直混乱和可怕到了极点，不管是杭一这些超能力者，还是普通人，全都分散开来了，成为行尸和野狼各个击破的目标。韩枫引发的小规模火灾虽然没能击退行尸，却好歹照亮了四野，否则的话，惊慌失措的人们可能连行尸和彼此都分辨不清。

一个接一个的人在惨叫声中被扑倒，杭一从未如此焦急和慌乱过，他既要自保，又担心辛娜和同伴的安危，腿伤没法计较了，他奋力砍杀着行尸和狼群，大声呼喊着辛娜的名字。

辛娜来不及应答，她和季凯瑞背靠背站在一起，季凯瑞用手刀作战，辛娜则用连续不断的枪声回应着杭一。狼群不是行尸，被子弹击中便会死去。辛娜的枪法虽然达不到百发百中，但她击毙了好几只狼，解救了不少险些丧命狼口的俄罗斯人。

现在待在陆华的防御壁内的，就只有米小路和舒菲两个人了。舒菲发动“跟踪”攻击，她锁定目标为行尸或狼，地上的所有石块就齐射过去。这招对行尸作用不大，对狼则颇有威胁。被击中的狼痛得嗷嗷狂叫，逃走了几只。

这次凶险的战斗中唯一无法发挥作用的可能就是米小路了。控制情绪或情感这招，对于没有生命的行尸来说显然毫无意义。对狼而言倒是有用，起码能让它们产生恐惧感而逃走。但狼的速度太快了，米小路几乎捕捉不到它们的身形，超能力也就难以施展。

海琳、孙雨辰和那对俄罗斯母女待在一起，孙雨辰用意念同时操纵几只狼升到几十米的高空，再让其自由落体摔死。但是，孙雨辰一个人无法同时照顾几个方向。当他再次把几只狼升到空中的时候，背后一只狼朝小女孩扑过来。

海琳来不及尖叫，只见那个强壮的母亲为了保护女儿，爆发出巨大的勇气和力量，她暴喝一声，抓住狼的前臂和脖子，而狼也咬住了她的手臂。人和狼翻滚在地，这个英勇的母亲和野狼展开了殊死搏斗。

小女孩哭喊着呼叫妈妈，然而一个行尸伸着手朝小女孩走去。小女孩吓得大声尖叫，朝反方向逃去。

海琳大惊失色。孙雨辰和小女孩的母亲均自顾不暇，而小女孩胡乱逃窜几乎是等于送死。海琳一咬牙，朝小女孩跑了过去。

孙雨辰收拾完几只狼和行尸后，回过头来，发现海琳和小女孩不知去向。而那位母亲再强悍，也不是西伯利亚平原狼的对手，她的脖子被咬了，鲜血汩汩地往外冒，但双手仍然死死地卡住狼的脖子。孙雨辰赶紧用意念把狼抛到远处的高空，然后蹲下去查看小女孩母亲的伤口。她的动脉被咬，估计难以活命了。

孙雨辰站起来，四处寻找海琳和小女孩，但他发现另外几个俄罗斯人也遭遇了险情，顾不上多想，就冲过去帮忙解围。

雷傲这边倒是游刃有余。他飞在空中，看准时机使用风刃攻击，处于绝对的优势。韩枫不敢再乱用超能力，拣了一根粗树枝挥舞拼杀，在雷傲的配合下，倒也干掉了不少行尸。

季凯瑞和杭一达成了默契。杭一用光剑主攻行尸，季凯瑞将身边各种事物变成子弹和利箭，重点攻击西伯利亚平原狼，辛娜也瞄准恶狼开枪，她和季凯瑞的配合，对狼群造成了极大的伤害。陆华、舒菲和米小路同时尽全力对众人进行支援，超能力者们渐渐占据了优势。

一段时间后，这场混乱的恶战终于结束了。行尸几乎被彻底消灭，狼群被击杀大半，剩余的逃走了。

杭一等人开始互相检查同伴和人们的伤亡情况。死里逃生的人们再次聚拢到一起。

杭一和辛娜紧紧地拥抱了一下，代替了所有语言。其他同伴：陆华、雷傲、韩枫、季凯瑞、孙雨辰、舒菲和米小路都没有受伤。俄罗斯人则伤亡惨重，有六七个人都被行尸和野狼咬死了，还有几个受了伤。杭一非常后悔让他们跟着同行，但此时后悔已经晚了。

孙雨辰没有看到海琳和那个小女孩，心里十分着急，担心她们已经丧命了。他一边在周围寻找，一边呼喊着海琳的名字，他难以相信自己竟然这么在乎她。

终于，孙雨辰看到了她们的身影。海琳抱着小姑娘，跨过几只狼的尸体走了过来。孙雨辰赶紧跑过去，惊喜地发现她们都没有受伤。但小女孩的神情却引起了他的注意。

这小姑娘用一种骇异的眼光望着海琳，身体瑟瑟发抖。海琳看到孙雨辰后，把小女孩放到地上，小姑娘立刻朝孙雨辰跑过去，抱住他的腿。似乎之前经历了什么可怕的事情。

当然，刚才发生的一切本身就十分可怕。但孙雨辰有种感觉——这小姑娘惧怕的是另外一件事。

在没有得到任何人保护、手无寸铁的情况下，她们两人居然毫发无损。除了解释为运气好之外，孙雨辰不知道还有没有别的可能性。

孙雨辰还来不及询问，海琳就扑到他身上，跟他紧紧地拥抱在一起。仿佛几分钟不见，已经历了生离死别。孙雨辰对这种莫名其妙的感情实在费解。但他发现，自己竟然有些享受这种感觉。

这时，小女孩哭着询问什么。海琳说："她的母亲在哪里？"

孙雨辰望了一眼躺在不远处的小女孩的母亲。小姑娘冲了过去，摇晃着母亲的尸体号啕大哭。海琳把她抱起来安抚着她，眼泪也跟着淌了下来。

他们跟大家聚拢。杭一此刻坐在地上，挽起了裤管，辛娜和米小路检查着他的伤口。

米小路看过一些行尸电影，他担忧地说："杭一哥，被咬的人不会被感染病毒吧？"

杭一心里也忐忑不安："希望这不是电影。"

"不会的，肯定不会。"辛娜努力说服自己，同时安慰杭一，"电影里的行尸爆头就能被干掉。现实中的则不是这样。所以，也不会被感染的。"

“对，对。”米小路连连点头。

韩枫说：“行尸倒也就罢了，肯定是袭击我们的超能力者安排的一场好戏。这些狼是怎么回事？我不相信有这么巧，它们恰好在我们落难的时候，配合行尸袭击我们。”

这个问题确实引人深思。大家沉默了一阵，季凯瑞说：“首先这些狼肯定是出于某种原因聚集在一起的，我不相信正常情况下郊区会出现这么多狼。另外，我猜肯定有人下令让这些狼袭击我们。”

“你是说，狼群是有主人的？”陆华猜测。

季凯瑞未置可否，思忖着说：“想要置我们于死地的，可能不止一股势力。”

“不管怎么说，此地不可久留。要是再杀出来一批怪物，我们就吃不消了。赶紧到镇上去吧。”舒菲说。

“我来清场。”韩枫说，“现在使用我的超能力应该没问题了。”

韩枫再次引发一场小型火灾，将地上的行尸和狼的尸体一把火烧了。然后，他们继续沿小路朝特罗伊茨克镇走去。

二十七、序曲而已

SUPER TABOO GAME

经过连番折腾和连续赶路，一群人又累又饿又倦。杭一等人都如同强弩之末，体力难以支撑再次使用超能力。此时要是再来一波狼群或行尸，估计他们真要命丧于此了。

所幸的是，后面的这段路程，并未再遭遇袭击。40多分钟后，带路的那个俄罗斯男人指着前方的一座教堂，兴奋地说着什么。海琳告诉杭一，特罗伊茨克镇到了，这座教堂正是镇上最大的东正教教堂。

众人为之振奋，走了这么久，他们早就想找个地方休息一下了。现在的时间已经是晚上11点多了。

然而，当他们再走近一些时，却被眼前的景象震惊得呆若木鸡。

特罗伊茨克镇的街道上，游走着几百个行尸，它们徘徊在教堂和另外一些建筑物外面。整座小镇看上去毫无生气，仿佛已成为死亡之镇。

辛娜倒吸了一口冷气，骇然道："天哪，不会整个镇的人都变成行尸了吧？这太残酷了！"

“希望还有活着的人。”陆华说。

“应该有，教堂的灯光是亮着的。”孙雨辰说。

一群人现在身处树林边缘，距离教堂还有好几百米的距离。目前街道上的行尸还没发现他们，但只要他们一现身，立刻就会成为众矢之的。

米小路问：“我们怎么过去？”

杭一问同伴：“你们还有体力使用超能力吗？”

陆华说：“就算能使用，也只能发挥20%的实力了，而且时间持续不了太久。”

韩枫说：“从这里到教堂也就几百米的距离，我们快速冲过去，超能力只要坚持几分钟就行了。”

“有个问题——你能保证我们冲到教堂门口，里面的人就一定会开门吗？”季凯瑞考虑得比较全面，“假如他们不开门，我们又无处可躲，就会陷入非常危险的境地。”

杭一想了想，对雷傲说：“雷傲，如果不使用风刃，仅仅是飞行的话，你能办到吗？”

雷傲说：“没问题，飞行消耗不了太多的体力。我飞个一二十分钟都不成问题。”

杭一说出了自己的计划：“你们看这样可不可以——雷傲飞过去吸引行尸的注意力，尽量把它们引开一些。然后我们快速跑向教堂。如果里面的人开了门，我们就进去；如果不开门的话，我们就在周围寻找别的能藏身的建筑物。”

雷傲点了下头，走出树林，一个人朝对面的街道走去。他故意走向教堂的反方向，并大声喊道：“嘿，你们想吃夜宵吗？”

果不其然，街道上的行尸都被他吸引了。雷傲径直前行，一个行尸朝他扑了过来，但他并没有飞起来，而是一脚把那个行尸踹翻，挑衅道：“来呀，站起来咬我呀！”

大家的心都缩紧了。只见雷傲又用拳头和飞脚揍翻了两个行尸，接着几十个、上百个行尸都朝他扑了过去。紧急关头，雷傲倏然升空，距离地面大概两米高，行尸们的手伸向空中，几乎能够到他的脚尖。雷傲故意在低空盘旋，并逐渐朝教堂的反方向移动，行尸们几乎都被他引开了。

“快走！”杭一看准时机，低呼一声。一群人猫着腰，趁着夜色朝教堂潜行。他们悄悄地来到教堂门口，似乎没有行尸注意到他们。杭一叩着教堂的大门，带路的俄罗斯男人用俄语说道：“拜托，请放我们进去！”

但教堂内没有回应，门也没有打开。大家都有些急了，杭一加大叩门的力度，海琳也用俄语喊道：“外面有很多行尸，拜托，请开门！”

也许是他们声音变大的缘故，本来被雷傲吸引走的行尸，有一部分注意到了这边。它们放弃了空中无法触及的“夜宵”，朝一群人走来。

“喂……喂，它们过来了！”陆华惊慌地说，“我的防御壁最多只能保护我一个人了！”

韩枫焦急地捶着门，不管对方能不能听懂，用中文吼道：“嘿，你们这也算教堂吗？见死不救！”

“该不会是里面根本就没有人吧？”米小路也慌了，“我们还是寻找别的藏身之处吧，它们离我们越来越近了！”

说话的工夫，最近的几个行尸已经靠近了。季凯瑞迎上前去，将两个行尸踢翻。孙雨辰也使用意念攻击行尸，但他已无法将行尸再升到空中抛下，只能将它们掀翻或推远，应付起来非常吃力。

杭一意识到不能再寄希望于教堂，必须在更多行尸过来之前赶快转移，否则他们的超能力一旦耗尽，就等同于是待宰的羔羊。然而他环视四周，根本没找到别的容身之处。这座教堂建在镇子边缘，附近几乎没有别的房屋。

就在几乎要陷入绝境之时，事情峰回路转。教堂的门终于打开了，两个俄罗斯男人分别守在两扇门的旁边，一边招手一边呼喊着，示意他们赶快进来。一群人大喜过望，赶快跑进教堂。杭一朝不远处的雷傲喊道：“雷傲，快进来！”

雷傲也看到门被打开了，他迅速朝教堂飞过来。几个行尸也张牙舞爪地妄图进入教堂。孙雨辰用尽全力，大喝一声，用意念将那几个行尸掀飞到几米之外。利用这个空当，所有的人都进入了教堂，两个俄罗斯人迅速将门关拢。

杭一等人松了一口气，放眼一看，这座教堂规模中等，有几百平方米，空间很大。各种布置和装饰是典型的拜占庭风格。不过此时他们顾不上端详教堂内部，因为教堂内的十几个人正瞪着眼睛，用充满惊惧和怀疑的目光盯着他们。

杭一意识到，这些人刚才目睹雷傲像超人一样飞进来，以及孙雨辰的“隔山打牛”，当然会无比震惊。他对海琳说：“你跟他们解释一下吧。”

（注：为方便表述，以下俄语对话均用汉语表述）

海琳点了下头，对他们说：“别担心，我们不是坏人。我们只是想寻求庇护。”

一位披着黑袍，头发和胡子都是银白色的老者走过来，看起来他是这座教堂的牧师。相对其他人的惊讶和惶恐，他显得要沉静得多。牧师望了望雷傲和孙雨辰，又望向海琳，说道：“能解释一下吗？”

“我们当中有些人身怀异能，但多数人都是普通人，比如我。”海琳说。

“以你们的能力，似乎不该惧怕外面那些东西。”牧师说。

“正常情况下是这样，但就算是超人，也有体力耗尽的时候。”海琳说，“我们在公路上就遭遇了行尸的袭击，然后是一路走到特罗伊茨克镇的，途中我们又遭到了行尸和野狼的攻击，有一些人丧生了。我们现在饥寒交迫，如果你们再不把门打开，恐怕我们就会被那些行尸撕成碎片了。”

牧师望了刚才开门的那两个俄罗斯男人一眼，说道：“他们担心来者不善，以及会将行尸放进来。和你们不同，我们毫无抵抗能力，如果行尸冲进来，我们只有死路一条。”

海琳点头表示理解：“感谢你们最终还是开了门。”

“上帝不会允许见死不救的事情发生，我为我们刚才的犹豫感到羞愧。”

牧师转过身，对待在教堂里避难的人们说：“他们没有危险，甚至可能是上帝派来帮助和解救我们的天使。”

人们愿意相信牧师——之前雷傲从天而降，也确实很像天使降临。他们对这群新朋友露出友好和善意的目光。

从中午到现在，杭一等人没有吃过任何东西，已经饿得前胸贴后背了。韩枫对海琳说：“你能不能问问他们，有没有食物能让我们填肚子？”

海琳跟牧师交流之后，牧师从后面拿出来一些黑麦面包、饼干和羊肉馅饼，以及瓶装的纯净水，分发给众人。大家道谢之后，大口吃起来。

韩枫只分到了一个小羊肉馅饼，三两下就吃完了。他不好意思地问道：“请问……还有吗？”

海琳对他说：“刚才牧师告诉我，这些食物本是教会每周用来接济流浪者和穷人的食物，储备十分有限。刚才拿出来给我们的已经是他们最后的食物和水了。”

“最后的？”韩枫叹了口气，“好吧，稍微垫垫底儿就行了。”

吃完东西，海琳又跟牧师和教堂里的其他人攀谈了一会儿。然后，她走到杭一等人旁边，对他们说：“糟糕透了，整个特罗伊茨克镇几乎在一夜之间变成了死亡之镇。全镇的人除了躲在教堂避难的这些幸存者之外，几乎都变成行尸了。”

“这是什么时候发生的事？”杭一问道。

“就是今天晚上，准确地说，就是我们被堵在公路上那段时间发生的事。”海琳说，“当时镇上很多人都待在家里。没人会想到，墓地里钻出的行尸在悄无声息中包围了整个小镇。直到窗户被砸烂，行尸闯入他们家中袭击活人，人们才发现身陷地狱、大难临头。很多人被咬死了，而他们之后也加入了行尸的行列……只有十几个人逃脱，来到这座教堂避难。”

“其他的人呢？不会都死了吧？”陆华问。

“不知道，但肯定不乐观。”海琳叹息着说。

大家沉默了片刻。杭一说：“我们乘车前往特罗伊茨克镇，然后遭遇堵车——现在看来，堵车事件显然也是某人策划好的，除了让行尸袭击我们，另一个目的就是利用这段时间，在我们步行到特罗伊茨克镇之前，把这个小镇变成‘死亡之镇’。

“如此看来，肯定有一个超能力者一直在暗中跟踪我们，得知我们的目的地后，就展开了这疯狂的狙杀行动。这家伙完全是个丧心病狂的疯子，为了干掉我们，居然不惜把整个镇的人都变成行尸！”

米小路说：“如果一个人能控制尸体和死人作战，那他的超能力肯定跟‘死亡’有关。”

“我之前也想到了这一点，但我们知道对手的超能力，又有何用呢？这个人隐藏在暗处，根本不与我们正面交锋。”杭一愤恨地说。

大家沉默了几分钟。季凯瑞说：“其实，我在思考另一个问题。”

众人望向他，辛娜问道：“是什么？”

季凯瑞说：“你们不觉得，如果这个袭击者仅仅想通过这些行尸把我们干掉，有些太天真了吗？”

辛娜不解地望着他。季凯瑞解释道：“我们8个超能力者联手的实力，旧神或其他任何袭击者都不该小觑。但是外面这些只会扑过来咬人的行尸，怎么看都对我们构不成多大的威胁。实际上，就连一座教堂的大门都能把它们阻隔在外，要指望这些行尸把我们全部干掉，不是太过天真了吗？”

“可我们刚刚就差点儿被它们逼到绝路了。”辛娜提醒道。

“那是因为我们既没吃饭，又连续赶路和使用超能力战斗，才陷入了困境。但如果我们恢复体力，状态良好的话，一个镇的行尸根本不是我们的对手。”

杭一觉得季凯瑞分析得有道理，问道：“那你觉得对手是在打什么算盘？”

季凯瑞沉吟片刻，说道：“我不可能猜到他的想法，但我有种直觉，目前发生的一切都只是序曲而已，真正的杀手还在后面。”

二十八、SARS

SUPER TABOO GAME

杭一等人躺在教堂的长椅上睡了一晚上。第二天，大家都恢复了体力和精神。舒菲启动超能力，得知最终目的地距离教堂只有2.7千米的直线距离，几乎可以说是近在咫尺。她询问杭一，是否趁每个人都体能充沛的情况下，赶往此地。

杭一和大家商量。孙雨辰看了看失去父母的小女孩，她的眼睛又红又肿，显然昨晚偷偷地哭了一夜，那模样真是可怜极了。跟着他们逃到这里的几个人和之前待在教堂的这些人，则用充满期盼和希冀的目光望着他们。昨晚牧师的一句话，让他们真的把这些超能力者当成了救世主。

陆华说："他们收留了我们，又把仅存的食物分给了我们，甚至把我们当成生存的希望。我们要是就这样走了，会不会太不近人情了？"

"那我们也不能一直待在这里陪着他们。"韩枫说，"彻底拯救他们的方法只有一个，就是尽快找出躲藏在附近、控制'死者'的那个超能力者。"

“话是没错，但谁也没把握能在短时间内就把这个人找出来。要是我们十天半个月都办不到，他们该怎么办？这座教堂里已经没有食物和饮用水了。”孙雨辰说着又补充了一句，“他们当中有老人、妇女和小孩，要是强行冲出去，也是死路一条。”

杭一思忖着，有一点是可以肯定的，不能再让这些普通人跟随他们一起行动了。死在墓地的那些人足以证明，跟“超人”们待在一起只会成为攻击目标，危险性反而更大。

雷傲想了想，说：“这样好吗？我一个人飞出去，在附近的商店或超市拿一些食物和水回来，够他们支撑几天的。然后我们再一起出去，寻找旧神的秘密和那个操纵死者的浑蛋！”

杭一觉得这是一个两者皆顾的好办法。但他不放心雷傲单独行动，说道：“你一个人出去，万一遇到意想不到的危险怎么办？”

雷傲自信地说：“没事，我很灵活。再说我飞在空中，这些行尸根本不可能伤害到我。”

“就怕你遇到行尸之外的其他袭击。”杭一提醒。

陆华说：“我和雷傲一起去吧，好歹有个照应。再说，两个人能拿回来的东西也多些。”

“那我也去。”孙雨辰说，“陆华的防御壁保护我和他绰绰有余。”

海琳立刻说：“那我也……”孙雨辰用手势制止了她：“你去了反而会拖后腿，就待在这里。”

海琳没有坚持，她听话地点了点头，用欣赏的目光注视着孙雨辰。

“好吧，就你们三个人去执行任务。”杭一分别拍了他们的肩膀一下，“一定注意安全。”

海琳向本镇的俄罗斯人询问距离最近的商店，一个妇女告诉她，出教堂后朝西北方向走大概10分钟，就有一家小型超市。海琳把这个信息告诉了雷傲他们。

一行人走到教堂门口。教堂里的人们看到他们打算开门，都有些紧张。海琳告诉他们，三个“超人”只是出去拿些补给品回来，不必担心。

打开门闩后，季凯瑞和韩枫一人一边，将教堂的大门拉开。守在门口的行尸有好几十个，孙雨辰双手向前一推，行尸被掀飞十几米远。雷傲飞了出去，陆华用起圆形防御壁，把自己和孙雨辰罩在其中。三个人出去之后，教堂的门马上合拢了。

陆华和孙雨辰迅速朝西北方向走去，一路上遇到行尸，孙雨辰就用强大的意念将意图靠近的行尸推到远方。两人攻守兼备，配合得珠联璧合。雷傲飞在空中，更是具有绝对优势。他偶尔用风刃帮孙雨辰清一下场，保持着和他俩差不多的移动速度。

三个人一边走向超市，一边寻找着镇上还有没有幸存者。遗憾的是，他们没有发现一个活人。镇子里也静得出奇，除了行尸喉管里发出的像下水道里的水流一般的呻吟声，再没有其他任何声音。

十分钟后，他们看到了那家小型超市，门是开着的，里面似乎没有行尸。雷傲降落下来，在陆华防御壁的保护下，三个人小心谨慎地进入超市。转了一圈，确定没有行尸后，孙雨辰伸出手来一抓，超市的玻璃门关拢了。陆华解除了防御壁，三个人在柜台前拿了十几个大购物袋，火腿肠、饼干、各种鱼肉和猪肉罐头、腌牛肉、矿泉水……所有可以直接食用的食物，都被他们一股脑儿地塞进了购物袋里。

十多分钟后，他们装满了18个购物袋，几乎将小超市里的所有食物和饮用水都席卷一空了。陆华兴奋地说：“这下我们可以满载而归了！”

正要出门，雷傲拿着两瓶透明玻璃瓶装的伏特加酒走过来，咧嘴笑道：“这可是好东西。”

“我们不需要这个，雷傲。”孙雨辰说。

“有什么关系？孙老大，反正你的超能力这么厉害，多两瓶酒就拿不动了吗？算了，我自己拿。”

“不是拿不拿得动的问题。”孙雨辰正色道，“这都什么时候了，你还想着喝酒。伏特加可是烈性酒，你想误事吗，雷傲？”

雷傲想了想，确实有道理，过会儿就要前往旧神秘密的所在地了，这可不是闹着玩的。他惋惜地叹了口气，说道：“好吧，不带。”

陆华再次启动圆形防御壁，推开超市的玻璃门。孙雨辰用意念让18个装满的购物袋悬浮在空中，一只手使用超能力应付行尸。

雷傲走在他们后面，他刚才放了一瓶酒在收银台上，手里拿着另外一瓶，实在是舍不得。昨天中午在莫斯科的高档餐馆喝的一杯伏特加，那口感和滋味令他难忘。他想了想，就算不能把整瓶带回去，喝一两口总可以吧？

此时街道上没有行尸。雷傲拧开瓶盖，站在超市门口，仰起脖子喝了一大口伏特加，感觉真是棒极了，忍不住想再喝一口。

就在这时，一个女行尸突然从超市的侧面冲出来。雷傲仰着脖子喝酒，没注意到那女行尸快速靠近了他。

好在雷傲并没有完全放松警惕，就在女行尸快要扑过来之际，他眼角的余光赫然瞥见，心中一惊，大骂一声“Shit”，赶紧升空，右手手腕却被这个女行尸抓住。雷傲用力一甩，将这女行尸的手甩开，飞到几米高的空中，吐了口气。

陆华和孙雨辰在前方看到了这惊险的一幕。孙雨辰怒道：“你看，我就说酒会误事！你为了贪这口酒，差点儿命都丢了！”

雷傲无言以对，心里有些窝火。

三个人原路返回，空中、地上配合得滴水不漏，倒也没有发生什么险情。

进入教堂之后，人们看见孙雨辰托着十多袋食物和水满载而归，欢呼起来，对救世主的存在更加深信不疑。

最激动的是海琳，只不过分开了几十分钟，她却像等待了几个世纪那么漫长。比较起最开始的“表现出好感”，现在的她已经丝毫不掩饰对孙雨辰的爱慕了。没等孙雨辰把空中的东西放下来，她就欣喜地扑了上去，将他紧紧地抱住。

韩枫在一旁看得羡慕嫉妒恨，自言自语道：“孙雨辰这小子到底走了什么桃花运？他到底哪点吸引这姑娘？”

人们把袋子里的食物和水拿出来，堆积在一起像座小山。这些东西足够他们吃一个月了。牧师满面红光地向三位勇士致谢，人们也把最好的食物敬献给“超人”们。

杭一等人简单地吃了些东西，打算离开这里，前往最终的目的地。临走之前，海琳跟失去双亲的小女孩告别，摸着她的小脸告诉她一定要坚强。小女孩懂事地点着头，露出几分不舍。牧师答应海琳，一定会照顾好这小姑娘。

孙雨辰站在一旁，心情有些纠结。他一直没有忘记昨天晚上这小女孩的眼神。她明显看到了什么惊人的事情，才会露出那种既恐惧又惊愕的神情。他很想去问问这小姑娘，但碍于语言不通，无法交流；加上海琳一直待在自己旁边，他也不能当着海琳的面询问此事。

但即便什么都不问，孙雨辰也清楚，海琳肯定隐藏着什么秘密。特别是她在经历了这么多之后，还毅然决定跟随他们，就足以证明这女孩不是普通人。可怀疑归怀疑，孙雨辰无法抗拒这女孩的魅力，也无法否认自己内心对她的好感……

但不是每个人都对这个神秘的女孩存有依恋的。季凯瑞走到海琳身边，对她说：“你不要再跟我们一路了。”

海琳愕然道：“为什么？我们说好了是同伴的呀。”

“我不知道你跟谁说好了，但是我不同意。”季凯瑞说，“而且，你知道我们要去哪儿吗？知道我们要去干什么吗？”

“不知道，但我不在乎，我只要跟你们在一起。”海琳笃定地说。

季凯瑞盯着她的眼睛看了几秒钟，说：“昨天下午，你并不是‘碰巧’在巴士上遇到我们的，你是专门在那里等我们的，对吗？”

“我不知道你在说什么。”

这时，杭一和辛娜走了过来。季凯瑞对杭一说：“我不相信这女孩，我觉得她有问题，她不能再跟着我们了。”

杭一显得有些迟疑。他也觉得这女孩像个谜，但到目前为止，他没有发现她做出任何对他们不利的事情，反而对他们有所帮助——充当翻译。一时间，他不知该如何是好。

季凯瑞见杭一犹豫不决，直接替他做出决定，对女孩说：“你就留在这座教堂，跟他们待在一起，不要再当我们的拖累了。”

海琳没有搭理季凯瑞，她只是盯着孙雨辰，见他眼帘低垂、一言不发，她心中十分难受，问道：“你也这样想吗？觉得我是个累赘？”

孙雨辰抬起头来，嘴唇微张，却始终没有说出话来。他的心情矛盾、复杂到了极点。

海琳的眼泪涌了出来，执拗地说：“我只说要跟你们一路，没说非要你们保护我，而且你们无权决定我的去留，我要到哪里去，是我的自由。”

她这么一说，倒让辛娜产生了几分共鸣。辛娜跟她一样，都是普通女孩，当初也是“死缠烂打”要求加入同盟。就这一点来说，她们倒是有几分相似。惺惺相惜之下，辛娜对海琳产生了好感，她对季凯瑞说：“让她跟我们一起吧，这姑娘一直当翻译，帮了我们很多忙呢。”

辛娜求情，季凯瑞不好说什么了。他转过身走开了，看样子是默许了。

见没人反对了，海琳立刻破涕为笑，还娇嗔着反手捶了孙雨辰一拳，嘟着嘴做了个鬼脸，然后又朝辛娜露出甜甜的微笑，当作致谢。

孙雨辰揉着胸口，表情有些哭笑不得，心中却暗暗欣喜。

这样一来，海琳算是正式成为了同伴，一行变成了10个人。但杭一在清点人数的时候，却发现少了一个——雷傲。

众人在教堂里找了一下，发现雷傲竟然一个人睡在一张长椅上。杭一走过去，闻到了雷傲身上的酒味，皱了下眉："你喝酒了，雷傲？"

雷傲迷迷糊糊地说："没有，只喝了一点儿……"

"'一点儿'会醉成这样？"杭一问陆华和孙雨辰，"怎么回事？"

陆华说："雷傲本来想拿两瓶伏特加回来，被我们制止了。可能他实在是馋酒了吧，就喝了两口。"

"只喝了两口？"韩枫明显不相信。他和雷傲喝过好几次酒，知道雷傲的酒量，"就算是高度伏特加，他起码也能喝半瓶多。"

"确实只喝了两口。"孙雨辰亲眼所见，并说出遇袭的事，"他正喝着，旁边闪出来一个女行尸，抓住他的手腕。雷傲赶紧飞到空中，挣脱开了。"

"他没被咬吧？"杭一问。

"没有，肯定没有。"孙雨辰说。

米小路观察雷傲一会儿，发现他除了满脸通红，还不时地打着冷战，似乎有些畏寒的表现。他想起以前和杭一偷着下河游泳，结果杭一感冒发烧了，症状就跟雷傲现在差不多。米小路伸手去摸了雷傲的额头一下，叫道："哎呀，他的额头好烫。不是喝醉，是发烧了！"

杭一也摸了雷傲的额头一下，说道："没错。可他之前还好好的，怎么突然就发起高烧了呢？"

"也许是昨晚在长椅上睡了一宿，什么都没盖，感冒了吧。"辛娜猜测。

现在是秋季，气温并不算太低，教堂里门窗关得严严实实的，也比较暖和，按理说不至于感冒。但生病这事谁也说不清。雷傲这种状况，现在显然是不可能出去了。大家打算暂时留在教堂，等他病情好转后再说。

牧师找了一件袍子，给雷傲披上，但雷傲还是冷得直哆嗦。

在教堂避难的人当中，有一个40岁左右的中年男人是镇上医院的医生。

由于教堂里没有药（杭一等人也不可能到外面的药店去把药带回来，因为他们根本就不认识药品说明上的俄文），他只能建议用冷水浸湿毛巾，敷在雷傲的额头上物理降温。另外，就只能寄希望于雷傲自身的体质，把感冒硬扛过去。

过了大半天，晚上的时候，雷傲的病情不但没有好转，反而加重了。除了持续高烧，还开始干咳，咳出的痰中偶尔夹杂着血丝。大家都焦急起来，却又无计可施。

他的状况引起了中年医生的重视，他走到雷傲的面前，观察和判断着他的病情。过了一会儿，他脸色铁青，和海琳小声说了几句。海琳闻言，也脸色大变。

孙雨辰看出不对劲儿，赶紧问海琳："他跟你说什么？"

海琳不安地说："这医生说，看雷傲的症状，不像是普通的感冒发热，倒像是十几年前在全球范围内引起恐慌的一种严重急性呼吸道传染病。"

杭一等人全都走了过来，孙雨辰急促地问道："什么病？"

"SARS。"

孙雨辰和杭一等人惊愕地对视着，几个人同时叫出来："'非典'？！"

二十九、救人

SUPER TABOO GAME

所有人都在祈祷，这个俄罗斯乡镇医生的判断，只是一次误诊，但不妙的是，雷傲的病情真的在朝要人命的方向发展。他的体温烫得惊人，起码有40摄氏度；不停地咳嗽和咳痰，并伴随全身乏力和头痛。经过一夜，新的症状是呼吸困难和腹泻，甚至开始说胡话。这些症状都不妙到了极点，完全跟十多年前感染SARS病毒的人一样。

2002年全球爆发大规模SARS疫情的时候，杭一等人还不到10岁。但即便如此，他们仍然清楚地记得这次灾难带来的恐慌。每个人都宛如惊弓之鸟，身边任何人的一声咳嗽都令人心惊肉跳。随着电视上不断报道的因感染SARS病毒而死亡人数的攀升，人们惶惶不可终日，祈祷自己不要成为这些数字中的一个……这可怕的疫情足足肆虐了一年，才逐渐得到控制。

雷傲被抬到了教堂的祷告室，勉强算作隔离病房。但必须有人照顾他。人们扯下教堂的窗纱，制作成简易口罩。那个俄罗斯医生和杭一、米小路三个人主要负责照顾雷傲。杭一不同意其他人跟雷傲接触，怕更多人被传染。

然而，糟糕的情况还是发生了。在雷傲生病36个小时之后，米小路也出现了同样的症状——高热、咳嗽、全身乏力，一病不起。

杭一几乎崩溃了。同时，他也意识到，不能再留在这座教堂了，否则只会让更多人被感染。季凯瑞抢在他之前说了出来："我们必须离开这里，把他们送到医院去。"

"可医院里还有医生吗？"杭一说。

"我们这里就有一个现成的医生。"季凯瑞说着指了指那名俄罗斯医生。

事不宜迟，众人把雷傲和米小路抬出来。为了避免被感染，孙雨辰建议尽量别直接接触他们。他用意念操纵他们两人悬浮在空中，但这样一来，他几乎不能再使用超能力自保和攻击了，必须依赖同伴的保护。

大家都知道这是场硬仗，做好了奋力一搏的准备。

计划是，离开教堂之后，迅速找到一辆车——最好是辆能装下11个人的巴士或面包车前往医院。

牧师站在门口为他们祈祷和送行，两个俄罗斯男人拉开了教堂大门。行尸们扑面而来。

杭一知道，在雷傲和孙雨辰都无法战斗的情况下，自己和季凯瑞是绝对的主力。他运行PSV上的《三国无双7》，变身为最强角色吕布，手持方天画戟，骑赤兔宝马，一马当先冲了出去，在行尸群中使用360度大范围技能挥砍，迅速杀出了一条血路。

自认识杭一以来，舒菲还是第一次见识杭一的最强实力。她几乎惊呆了。而目睹杭一英勇战姿的海琳，激动得全身冒起了鸡皮疙瘩，赞叹道："太强了，真是太强了！"

孙雨辰一边用意念托着米小路和雷傲，一边悄悄地瞄了海琳一眼。他料想海琳此刻内心没有防备，暗暗使用读心术探索她的心思。

"太棒了，真是大开眼界。果然不虚此行……我之前简直是井底之蛙。”

孙雨辰心中暗暗吃惊，不禁眉头微蹙。但他来不及细细品味海琳的内心思想，季凯瑞喊道：“快走！你们在干吗？散步吗？！”

孙雨辰不敢再分心，快步朝前走去，尽量身处陆华的圆形防御壁内。杭一的大范围砍杀固然厉害，但不可能将每个行尸都照顾到。一些零散的行尸仍在靠近他们。所幸还有季凯瑞，他的超能力“武器”千变万化，且运用娴熟，根据不同的情况，身体和双臂灵活变成剑、枪、锤、盾等武器，将漏网的行尸消灭掉。

就这样，一群人来到前方街道，寻找着能把他们全装进去的汽车。一路上汽车倒是不少，可惜要不就是只能坐四五个人的小汽车，要不就是没有车钥匙，无法开走。步行了好几个街区，终于发现一辆商务车，应该能坐下11个人。司机估计还没停稳车，就遭到行尸的袭击，此刻也是行尸中的一员了。钥匙插在车上，立刻就能开走。

一群人大喜过望，他们赶紧上车，先把雷傲和米小路抬到后排座位躺好，其余的人挤在前面。医生负责开车，海琳坐在副驾驶的位置。杭一解除了超能力，坐在第二排。

十多分钟后，医生把车开到了熟悉的医院——他曾经的工作单位。如今医院附近也成为行尸的天下了，一大群行尸聚集在医院门口，所幸医院的铁门是从里面关闭的，看样子医院内部还没有被行尸入侵。

车门拉开，季凯瑞率先下车。行尸们立刻朝他拥过来，季凯瑞冲辛娜使了个眼色，辛娜深吸口气，跳下车来，举枪瞄准最近的几个行尸并扣动了扳机。

杭一、孙雨辰和陆华各自使用超能力，在默契的配合之下，医院门口的行尸很快就被全灭了。

一群人来到铁门前，季凯瑞示意辛娜用枪轰开门锁。辛娜正要开枪，只见从医院内部跑出来几个穿着白大褂的俄罗斯人，向他们大声挥手呼喊。同行的医生一眼看出这是他的同事们，欣喜地喊叫着他们的名字，庆幸医院里还有人活着。

这几名穿白大褂的医生跑过来，隔着铁门跟那名医生对话。海琳一边听一边简要地翻译。杭一等人得知，这几名医生是这所医院唯一的幸存者。两天前，医院被行尸袭击了，多数医生和病人遇难。这几个人躲在手术室里，才逃过一劫。后来行尸们被外面的活人吸引，全部离开了。幸存者中最年轻的那名男医生，冒着生命危险将铁门锁上，才让医院暂时成为了安全场所。

刚才，他们听到枪声，以为是政府派出的军队来解救他们了，所以欣喜地冲了出来。当得知政府实际上是将整个小镇封锁隔离之后，他们全都沮丧无比。

不过，来的虽然不是政府军，这些人却消灭了聚集在医院周围的所有行尸。这同样给他们带来了安全感和希望。年轻医生将铁门打开，车子开进医院内。

得知两个病人可能感染SARS病毒之后，医生们严阵以待，立刻用小推车把雷傲和米小路分别推进不同的隔离病房。同伴们透过玻璃望着米小路和雷傲，祈祷他们能尽快康复。

三十、死亡的超能力

SUPER TABOO GAME

以为进了医院就意味着病情将得到控制和好转，是杭一等人一厢情愿的想法。海琳告诉他们，同行的那名医生是眼科医生，而医院里的几位，是骨科医生，他们当中没有任何一个人会治疗呼吸道传染病的——况且这不是一般的病，而是SARS。

杭一很着急，让海琳跟医生们沟通。虽然不是内科医生，但好歹作为医务工作者，多少应该知道一些基本的医治手段。好在这几个俄罗斯医生也不是墨守成规之人，在没有选择的情况下，他们只好充当起内科医生。

他们在药剂室找到一些抗生素，为两位患者输液，另外能做的，就只有冰敷、擦拭酒精等常规物理降温法了。

同时，医生也告诉他们实话——这些都是应对普通感冒发烧的治疗方法，SARS是重症急性呼吸综合征，抗生素和各种抗病毒药物，只能起到很有限的作用，能不能挺过去，就要看他们的免疫力和自身的造化了。

挺过去？意思是也有可能挺不过去？杭一没法接受两个好朋友将客死

他乡的事实，特别是米小路。他不仅是杭一从小玩到大的好伙伴，更重要的是，他本来不该参与到这场残酷的竞争中的。那天下午，如果不是杭一一时贪玩，让米小路留在13班上课，他怎么会遭遇旧神，并变成50个竞争者之一呢？

然而直到现在，历经无数次危险，好几次险些命丧黄泉，米小路却从没说过一句抱怨的话。当然，杭一不明白米小路对自己的情感，他只是认为，作为哥们儿，米小路真是义气到了极点。就凭这点，他无论如何都不能让他病死在异国他乡！

可杭一能做的，只有不断进入隔离病房，每隔10分钟就为米小路和雷傲更换冰袋和擦拭酒精。尽管医生劝告他不要频繁进入隔离病房，否则就算戴上口罩也有可能被传染。但杭一还是坚持要照顾两个朋友，因为这是他目前唯一能做的。

虽然高烧不退、神志不清，但米小路知道，杭一一直在他身边，不断喂他喝水、用酒精为他擦拭。因此他即便饱受疾病的折磨，却一点儿都不难受，反而感到从未有过的幸福。唯一令他不安的就是，他怕自己的病传染给杭一。

“杭一哥……不要再进来了，咳咳……”米小路强撑着说，“输了液，我好多了。”

杭一知道米小路在逞强。他的体温和咳嗽程度可没显示他“好多了”。他示意米小路不要说话，不要管别的事，安心睡觉。

米小路听话地闭上眼睛，实际上，他也没法再撑下去了，再次陷入了昏睡之中。

这家医院内设有食堂，食物储备十分丰富，倒是不用担心吃的问题。大家揪心的，就只两个同伴的身体情况。眼科医生告诉他们，根据以前的资料，患上SARS病毒后最快死亡的时间仅为一天半。米小路和雷傲已经感染三天多了，且没有好转的迹象。他希望他们能做好心理准备。

杭一的头发已经被抓成了一堆杂草。这几天他寝食不安，身体免疫力也随之下降了。

第四天，令人恐惧的事情终于还是发生了。杭一咳嗽起来，辛娜摸他的额头，烫得像火。

杭一被送进隔离病房后，仅仅过了四个小时，陆华也开始咳嗽发热。医生说，他们可能是最近被感染的，也可能早就被感染了，现在才过潜伏期。

不管怎么说，恐惧的阴云笼罩着众人。除海琳和俄罗斯医生，现在没被感染，或者说还没发病的，就只有韩枫、季凯瑞、孙雨辰、辛娜和舒菲五个人了。

韩枫眼看着同伴们一个接一个地被送进隔离病房，急得团团转。他想起了“血汗症事件”中，自己也被送进隔离病房的事，不禁骂道：“真是见鬼了，我们怎么老跟‘隔离病房’脱不了干系？！”

大家都心烦意乱，没人接茬儿。韩枫又兀自说道：“不行，上次杭一和米小路他们救了我，我也得救他们才行！”

“你要怎么救？”陆华问。

“……”韩枫说不上来。

这时，孙雨辰却突然从韩枫说的话中获得了某种提示。他自语道：“上次韩枫进隔离病房，是因为跟房琳（女40号，能力“疾病”）接触，才得血汗症的，对吧？”

“没错，但房琳已经死了呀。”韩枫说。

孙雨辰缓缓地从医院走廊的椅子上站起来，说道：“我们不是一直在跟死去的人作战吗？假如这些行尸中，除了普通人，还有以前死去的超能力者呢？”

这番话令每个人的汗毛都竖起来了。陆华脸色煞白地说：“不……不可能吧？这里可是莫斯科呀，他们怎么可能……”

孙雨辰说：“你忘了‘异空间’这件事了吗？这个曾袭击我们的强劲对手，能进行空间转移。他能把自己和其他人像‘瞬移’一样转换到别的场所。到俄罗斯的莫斯科，对他们来说就像是去隔壁邻居家一样！

“设想一下，假如这是一个深谋远虑的计划——房琳死后，‘空间’

就用超能力把她的尸体弄到某处，作为‘秘密武器’备用。而现在，就是这‘秘密武器’派上用场的最佳时机。”

“所以他们才总是能够抢在我们之前行动，比如把这个镇变成行尸镇。”季凯瑞明白了，并清楚地知道自己的担忧绝非多余，“我之前就说过了，这次的袭击绝不是普通行尸这么简单。”

“啊！”陆华忽然大叫起来，因为他想起了一个细节，“雷傲是第一个被感染的！他当时从超市出来，旁边闪出来一个女行尸，接触到了他的身体！难道，那个女行尸就是……”

“假如真是那样的话，它或许还在那里！”陆华激动地说。

“我们现在就出去确认。”孙雨辰对陆华说。

“等等。”季凯瑞不失冷静地说，“你们当时是从教堂步行到那家超市的，我们后来开车到公路，又绕回到这家医院，你们还能找到去那家超市的路吗？”

陆华和孙雨辰互看一眼，确实他们忽略了这个问题。要是贸然走出去迷了路，又被行尸包围，后果将不堪设想。

舒菲说：“其实我们的目的地不是超市，而是‘变成行尸的房琳’，如果有了准确追踪目标的话，我能运用超能力找到它。”

“太好了。我跟你出去找它。”季凯瑞说。

“我也去。”孙雨辰说。

“不行。”季凯瑞考虑全面，“现在具有战斗能力的人就只有我们几个了。你和陆华、韩枫必须守护好这里，以防出现新的袭击。我和舒菲出去就足够了。”

季凯瑞递给舒菲一把枪，说：“走吧，跟紧我，看见行尸只管开枪，我已经启动了超能力，弹药是无限的。”

舒菲点点头。

年轻医生把铁门钥匙交给季凯瑞后两人迅速离开住院大楼，朝外面走去。

三十一、欲望

SUPER TABOO GAME

季凯瑞和舒菲出去之后，大家都有些坐立不安，一方面挂念杭一等人的病情，另一方面又担心季凯瑞和舒菲的安危。这几天大家都没怎么休息好，辛娜劝孙雨辰和陆华他们去别的病房睡一觉、养精蓄锐，千万不能也病倒了。

辛娜自己也躺到了一间单人病房的床上，但她怎么都睡不着。她想到自从米小路染病后，杭一几乎都是每隔一会儿就去照顾他一次。现在杭一也病倒了，照顾病人的任务，必须由自己来承担。

想到这里，辛娜戴上口罩，从医药室里拿上酒精和冰袋。现在其他人都在各自的房间睡觉。她一个人来到米小路所在的隔离病房。

米小路并不知道杭一也被传染了，他只是模糊地觉得，似乎很久都没有见到杭一了。他烧得非常厉害，头昏昏沉沉的，总想吐。潜意识告诉他，他可能挺不过去了，他快死了。

恍惚中，病房的门被推开了。米小路的视线一片模糊，高烧让他看不清来者是谁，只是凭以往的经验，杭一又来照顾自己了。米小路满足了，临死之前能和杭一待在一起，已是他最大的幸福。

“杭一”像往常一样为米小路更换冰袋，并用酒精擦拭他的身体。米小路在感到幸福的同时，脑子里突然冒出一个荒唐而罪恶的念头。

反正都要死了，我还顾忌什么？我选择这个超能力，不就是为了能让杭一哥爱上我吗？就算这不是真爱，但只要能跟他温存一会儿，死了也值得了。

这疯狂的念头像野草一样在米小路的头脑中滋生、蔓延，将他的理性全部覆盖、掩埋。其实在正常情况下，他就算是死也不可能将致命的病毒传染给杭一。但他的头脑被持续几十个小时的高烧烧得不正常了，也失去了判断力和自控力。高烧融化了他所有的道德、理智和是非观，只烧出了火一般的欲望。这把火不但被点燃，还烧得如此旺盛，根本不可能熄灭了。

不管了，我要你。你的拥抱、亲吻、身体和你的全部！我要和你融为一体，然后就算坠入地狱，也永不后悔！

以米小路目前的状况，本来已经没有体力启动超能力了。但欲念喷薄而出的同时，竟令他爆发出回光返照般的惊人力量。他的超能力第一次运用到最高峰，目标直指面前的“杭一”！

辛娜给米小路的身体擦拭着酒精。米小路的上衣之前就已经脱掉了，裸露着火一般烫人的身体。辛娜当然不可能感觉到米小路脑海里的思潮汹涌，她只看到他呼吸急促，胸口剧烈起伏，还以为是病症的表现。没想到的是，米小路倏然抓住她的手，捂到自己的胸前。辛娜一惊，来不及做出反应，“情感”已经被彻底控制了。

辛娜望着米小路的脸庞，只感觉无限的爱意像山洪暴发般喷涌而出，她完全惊呆了，她从没想过这辈子会如此深刻地爱上一个人，甚至不知道人类的爱情会达到如此境界。眼前的这个人，就是她的全部，是她活着的唯一意义。她愿意为他生、为他死，为他轮回转世永不分离。他们必须结合，这是表达爱意最美好而深刻的方式。她当然做梦都想不到，这是超能力的作用。

米小路解开“杭一”的扣子，将“他”的衣服一件一件褪去，露出想象中性感的躯体。对，想象中的，或者说是幻觉中的。他的头脑完全不清醒，当下的一切就像黎明前若即若离的美梦，随时都可能醒来，却正因如此，才必须紧紧抓住！

两具赤裸的躯体缱绻、缠绕、融为一体，不分彼此……

终于，米小路被这种剧烈的、难以承受的幸福感击倒了——“回光返照”的力量也终到尽头。他带着幸福的迷醉昏了过去。这场荒诞而错乱的美梦，终于破碎了。

随着米小路的昏厥，超能力自然而然地解除了。辛娜倏然惊醒，惊恐万状地发现自己紧贴在米小路的身上，身体几近全裸。她全然不明白这是怎么回事，随之而来的耻辱感简直令她想发出声嘶力竭的尖叫。但她最终还是忍住了，她只是一边流泪，一边颤抖，慌乱地穿上衣服，打开隔离病房的门，落荒而逃。

孙雨辰正好打开房门出来，看到辛娜跑回自己房间的身影。他隐约感觉发生了什么事，走到米小路的病房前，透过玻璃，看到米小路赤裸着身体，昏迷不醒。

孙雨辰赶紧戴上口罩走进病房，他试探米小路的鼻息，松了口气，庆幸他还活着。他帮米小路盖好被子，却看到了枕头和被单上辛娜遗留的几根长发，以及被揉乱的床单，还有打碎的酒精瓶子和踢翻的冰桶。他不敢想象之前发生了什么，只觉得脑子里嗡嗡作响。

孙雨辰简单地收拾了一下现场，然后迅速返回自己的房间。他暂时不打算让任何人知道他发现的秘密。

三十二、两个选择

SUPER TABOO GAME

季凯瑞和舒菲开着商务车离开医院。舒菲感应到了变成行尸的房琳的位置所在，告诉季凯瑞正确的行驶方向。行尸们遍布街道，他们无暇清理，一路上撞飞了若干个行尸。车子转过一个街角，舒菲说："就在这条街前面不远的地方！"

季凯瑞停车，拿上枪，对舒菲说："我们步行过去。"

两人跳下车，谨慎地朝前面移动，并注意着周围的动静，以防行尸突然从某个商铺里冲出来。但奇怪的是，这条街安静和"安全"得不正常，之前经过的每条街道上，都有行尸出没，唯独这条街，居然一个行尸都没有。

不，并非如此。他们很快看见，前面一家超市里走出一个女行尸。它慢慢靠近季凯瑞和舒菲，让他们得以看清它的脸。舒菲捂着嘴说："没错，真是房琳。"

季凯瑞注视着昔日在同一个补习班的同学，虽然曾是敌人，但此刻的惨状仍令人触目惊心、惨不忍睹。它用空洞的双眼注视着他们，双手向前伸着，缓缓挪动脚步，试图抓住面前的活人。令人恐惧的是，即便已是这副模样，它仍然拥有从地狱带回来的超能力。季凯瑞相信只要被它的手触碰到，立刻就会被感染SARS病毒。

舒菲看不下去了，她把脸扭过去，对季凯瑞说："让她彻底解脱吧，太可怜了。"

"这条街怎么这么干净？别的行尸的尸体呢？雷傲他们来到这条街的时候，不可能一个行尸都没遇到。他们肯定是杀了一些行尸的。但这条街上干干净净，什么都没有。"季凯瑞察觉到了异常之处，他目光搜索周围警觉地说，"我怀疑在我们到来之前，就有人来过这里。"

舒菲紧张起来："难道对手猜到我们会来这里，布下了陷阱？"

季凯瑞没有说话，仔细环顾周围，查看是否有诈。

舒菲犹豫地说："我们到底该怎么办？"

"都到这里了，总不可能无功而返。"季凯瑞不再迟疑，他退远几步，右手变成榴弹发射器，对准变成行尸的房琳，"轰"的一声巨响，发射出的榴弹将房琳的半截身体炸成了碎片。

然而，这声巨响似乎唤醒了不远处的一些东西。季凯瑞和舒菲听到远处传来低沉的"轰轰"的声音，甚至感觉地面在微微震动。

季凯瑞顿了几秒钟，突然拉住舒菲的手朝商务车的方向快速跑去，嘴里喊道："快跑！"

他们刚刚跑出去50多米，这巨大的轰鸣和震动就已经逼近了。舒菲回头一看，吓得肝胆俱裂——上百头俄罗斯牦牛正从街道的另一头狂冲过来。它们体形庞大，爆发力惊人，头上的尖角和脚下的铁蹄令它们所向披靡。别说是人，就算是一头大象也会被这群发狂的牦牛当场撞死。

季凯瑞清楚，不管再强的武器，都不可能同时干掉这么一大群牦牛。要想活命，唯有奋力奔逃。

"你能不能用超能力改变它们的追踪目标？！"季凯瑞一边狂奔，一边问舒菲。

“不行，我控制不了这么多！”舒菲惊恐地喊叫道。

“那就快跑！上车！”

他们没有别的选择。这种情形下，就算躲进某家商铺，牦牛群也能瞬间将这家店铺踏平。没有任何门或障碍物能抵挡住它们的冲撞。

季凯瑞先一步跑到了商务车旁边，迅速拉开车门，冲舒菲喝道：“快！我们要被撞飞了！”

若舒菲仅仅慢了一秒钟，也将会是致命的。季凯瑞不敢再等了，他伸出手一把拉住舒菲的手，猛地一脚油门，在车子开动的同时将舒菲拉进了车里。

然而这辆商务车不是法拉利跑车，道路也不是F1赛道，即便开到最高速度，也甩不掉后面的牦牛群。还要时刻注意拐弯避免撞墙，否则发生车祸，也是死路一条。这场追逐危机四伏、惊心动魄，驾驶者任何一个小失误都会导致车毁人亡。

舒菲坐在副驾驶的位置，不断地回头看车子和牦牛群的距离。她发现牦牛群跟他们只有不到50米了，而且这个距离还在不断拉近，尖叫道：“快呀！不然我们要被撞飞了！”

“没办法再快了！用枪射击它们！”

舒菲半个身子伸出车窗外，但她发现，要开枪射击这些牦牛，实在是太困难了。车子在不断拐弯和颠簸，她能拿稳这把重武器不脱手掉落，就已经很不错了，根本不可能瞄准牦牛群开火。她焦急地朝季凯瑞喊道：“我瞄不准它们！”

季凯瑞全神贯注地开着车，不敢有丝毫分心，他暴喝一声：“你能办到！”

这声暴喝仿佛醍醐灌顶，舒菲回过神儿来，这才发现自己差点儿忘了运用超能力。她不再试图瞄准牦牛群，而是盯着它们，说道：“目标，锁定。”

随即，她朝空中胡乱开了一枪，子弹却自动拐弯向跑在前面的牦牛腿部射去。“轰”的一阵巨响，由于腿部中弹摔倒的牦牛连续绊倒了许多跟在后面的牦牛。

舒菲找到了属于自己的独特攻击方式，信心大增。她又接连发射了好几颗“跟踪飞弹”，颗颗命中。车后的牦牛群被击倒大片。前面倒下的牦牛阻挡住了后面的那些牦牛，牦牛们跌倒撞翻，乱了方阵，没有再继续追上。

终于解除了危机，舒菲和季凯瑞都松了口气。季凯瑞减慢车速，冲舒菲竖起了大拇指。

刚才那一番夺命逃亡，完全为了逃命，季凯瑞根本不知道自己开到何处了。好在有舒菲导航，车子行驶了20多分钟后，开回了医院。

季凯瑞下车后，锁好铁门。他们正要进入医院大楼，一个人从楼上飞了下来，正是雷傲。他看上去神采奕奕，显然已经完全恢复了。雷傲降落在季凯瑞和舒菲面前，说道：“你们办到了，谢谢！”

舒菲问：“杭一等人呢，也康复了吗？”

“是的。”杭一、陆华和孙雨辰他们也从大楼里走出来。杭一说：“真是多亏你们了。”

舒菲欣慰地舒了口气，对杭一和陆华说：“太好了，我之前还担心你们恢复不了呢。因为你们不是直接跟房琳接触，而是被雷傲传染的。”

“SARS病毒本来是不该存在的，是房琳用超能力制造出来的，她被消灭后，病毒自然也就消失了。”杭一说。

“真的是房琳？”陆华难以置信地问，“她变成了行尸，还能使用超能力？”

“她已经不是她自己了，只是一个具有超能力的特殊行尸。”舒菲说，“有人在操纵和控制她，就像是从地狱召唤来的恶鬼。”

“恶鬼还不止这一只。”季凯瑞说。

孙雨辰注意到季凯瑞和舒菲惊魂未定，问道："你们遇到了什么？"

季凯瑞和舒菲互看一眼。季凯瑞说："记得在墓地里我们遭遇的狼群袭击吗？我们刚才遇到了更猛的，100多头牦牛的攻击，差点儿就没命了。"

"狼、牦牛……"陆华骇然道，"有人在操纵'动物'攻击我们，难道是……"

"阮俊熙。"季凯瑞说，"他也变成行尸了。我们在海岛上遭遇动物袭击的时候，阮俊熙尚有理智。现在，他和那些发狂的动物一样，成为了没有任何感情和思维的怪物，只为把我们一起拖进地狱。"

"该死的！即便死了，也不让他们安宁。我要把这个控制'死亡'的家伙碎尸万段！"雷傲愤恨地说。

"总之形势十分严峻，我们要提防的绝不只是行尸那么简单。必须随时保持警惕，应对各种各样的袭击。"季凯瑞说，"变成行尸的超能力者，可能不只房琳和阮俊熙两个。"

"不管怎么说，你们辛苦了，先进去休息一下吧。"杭一说。

"辛娜和米小路呢？"季凯瑞发现人群中少了他们两个人。

"他们在自己的房间里。"杭一说，"小米刚刚恢复，精神状态还不太好。辛娜一直在照顾病人，也累坏了。"

季凯瑞点了点头，一群人朝住院大楼走去。

米小路坐在房间的病床上，神情惘然。疾病消失后，他发现自己还活着，并想起了一些事情，这让他比死了更恐惧。他隐约记得那个"梦"的内容，并意识到被他用超能力控制情感的人并不是杭一。因为他清醒之后才得知，杭一后来也被送进了隔离病房，根本没有来照顾过他。而做这件事的，是……

正思索着，房门被推开了，辛娜走了进来，并迅速关闭房门。

辛娜一言不发地走向米小路，拔出别在腰间的手枪，对准米小路的额头。

米小路猜到是怎么回事了。此刻解释和申辩都失去了意义。况且即便对象没有弄错，做出这样的事情，也是不可饶恕的。

米小路闭上眼睛，说道：“开枪吧，我死了也好。”

辛娜举着枪的手悬在空中很久，她狠狠地闭上眼睛，再睁开时，泪水涟涟，问道：“你为什么要这样做？”

“对不起。”米小路说，“我烧糊涂了，没想到是你。”

辛娜猜到了他本来想下手的对象是谁，从牙缝里挤出两个字：“卑鄙。”

米小路没有说话，但他在心里说了一句：骂得好。

“不管出于什么原因，我都不可能原谅你。”辛娜举着枪说。

“我知道，请便吧。”米小路再次闭上眼睛。

辛娜却缓缓放下手枪，说：“我给你两个选择。”

米小路抬起眼帘，望着她。

“第一，你自己离开。”辛娜说。

“离开？到哪里去？”米小路问。

“这是你的事，总之你离得远远的，不要再让我们看到你。”辛娜说。

“第二个选择呢？”米小路问。

“我把这件事告诉其他人，让他们决定怎么办。”辛娜说。

米小路苦涩地笑了一下。他当然能想象出后果是什么，杭一暂且不说，光季凯瑞，就不可能饶得了他。

“选吧。”辛娜说，“不要让我帮你选。”

米小路深吸一口气，说：“我会离开的，但不是现在。这次事件之后，如果我还活着，我自然会消失在你们的视线内，你放心吧。”

辛娜盯着他看了十几秒钟，把手枪别到腰间，转身离开了。

三十三、内鬼

SUPER TABOO GAME

随着杭一、雷傲等人的康复，同盟成员们再次成为“满血状态”。对杭一来说，这就如同RPG游戏中，在旅馆住了一夜后，所有受伤和处于各种异常状态的同伴们，都恢复成了HP、MP全满的最强状态。经历了这么多意想不到的事件，终于该进入最终目标了——前往神秘的“藏书阁”所在地。

他们向医生们告别，开车离开医院。除了揭开旧神的秘密，他们还背负着另一个使命——解除这次的“行尸危机”——为了这些曾帮助过他们的善良的俄罗斯人。

舒菲感应到目的地只有几千米的直线距离。她坐在副驾驶的位置，帮开车的季凯瑞导航。车子渐渐向镇外的乡村驶去，映入眼帘的是如诗如画的田园风光，麦田、绿树、野花和农场组成了令人陶醉的绝美风景。更重要的是，进入乡村之后，竟然没看见一个行尸。仿佛就连行尸，也不忍心破坏这纯美的田园风光。

车开了20多分钟，舒菲指着前方山坡上的一座庄园说道：“就是这里了！”

和奢华的、巴洛克式的贵族庄园不同，眼前的这座庄园，显得古朴、沉静而又不失大气，隐隐透露一股不凡的气度。它建在地势较高的山坡之上，可以想象，每天清晨从卧室推开窗户俯瞰这片如梦幻般美好的田园景致，是多么令人陶醉的一件事。

整个庄园的占地面积约有1000平方米，有一个两层楼。而无论庭前树丛，还是屋前花圃，都十分自然地由一个地带过渡到另一个地带，让整个庄园被绿树和鲜花簇拥，却又顺应环境，不显突兀。毫无疑问，这是精心设计的园林艺术，是庄园主人高雅品位的体现。

自从来到俄罗斯，或者说自从启程开始，杭一等人就不断地遭遇各种危险袭击，经历各种艰难险阻。跟野兽搏斗，跟病毒抗争，跟行尸拼杀，几乎忘了世间还有美好事物存在。这个庄园唤起了他们对美的渴望，仿佛一道阳光照进了他们心底。

只是，杭一没有忘记，他们不是来度假的。这个地方，隐藏着旧神的秘密。也就是说，可能隐藏着前所未有的危险。

季凯瑞在庄园前面的草坪上停车。

下车之后，一行10人朝庄园大门走去。花园到大门的这段路，白杨夹道、花香扑鼻，怎么看，庄园主也不像是凶恶之人，这里更不像危机四伏之地。

海琳上前叩门，完全出乎意料的是，开门人几乎没有询问来者何人，就直接打开了大门。一个50岁左右、衣着得体的男人站在门口，打量了这群人一番，用俄语礼貌地说道：“我是这里的管家，请问各位是？”

之前在车上的时候，杭一已经跟海琳商量过该怎么说了。显然他们不可能把如何从中国专门来到此地，以及真实目的进行详细说明。海琳用俄语说道：“我们是从中国来这里旅游的游客，结果遇到了可怕的事情，您知道行尸的事情吧？”

“行尸？”管家倒像是第一次听到这个词，“主人管它们叫‘活死人’。”

“一个意思，就是那些可怕的家伙。”海琳说。

“你们被袭击了？”

“不止一次，然后我们弄到一辆车，开到了乡村来，看样子这里还没成为行尸的天下。”

“确实，不过我们因此而不敢到镇上或其他任何地方去。”

“相信我，这是正确的选择。”

“请进吧。”管家做了个“请”的姿势，“其实主人刚才在二楼就已经看到你们了，猜到你们可能是从镇上逃到这里避难的。主人宅心仁厚，让我请你们进来。”

“真是太感谢了。”海琳说。

海琳把刚才对话的内容告诉同伴们，杭一等人感到幸运和感激。他们跟随管家进入屋内。

室内的装饰和布置是典型的欧洲古典风格，木质地板上铺着地毯，石膏雕像和反映欧洲中世纪生活的古典油画让屋子富含文化气息和历史厚重感，多数家具看起来像是19世纪的产物。这所庄园里里外外都尽显老式建筑的韵味和风格，而且能看出，主人在竭力保持和维护着这一切，显然这份传统和古老是他的骄傲。

孙雨辰内心激动不已，这栋房子给他的感觉，和出现在他脑海里的那个画面完全吻合。他深信这就是意念指引他们来到的地方，其中的一间屋，必然有那排书架，和某本跟旧神关系重大的古书。

杭一等人欣赏屋内陈设的时候，庄园主人从木楼梯上走了下来。一个60岁左右的老人，头发和胡子花白，精神状态良好。杭一等人纷纷向主人点头致意。

除了老庄园主之外，女主人和他们的两个孩子也从二楼下来了，还有从一楼房间里出来的三个家丁。女主人看上去50岁左右，是一个朴素而温和的妇女；两个孩子，大儿子30多岁，小女儿20多岁，都有着很好的仪态和教养；三个家丁中，年纪稍长的是园丁，中年妇女和年轻女孩是用人——这些都是老庄园主依次介绍后，海琳再告诉杭一等人的。

老庄园主名叫普拉东，他邀请客人们坐在壁炉旁的鹿皮沙发上，用人为他们端上咖啡和红茶。看得出来，这个家里的成员对镇上行尸爆发的事情十分关心。他们之前也看到过行尸，但只是在镇子边缘，当时掉转车头就离开了，并没有和行尸直接接触。之后，就只在电视和电台的报道中了解情况，并获得警告，千万不要靠近特罗伊茨克镇。

海琳把从迄今为止的经历选择性地告诉了他们，保留了关于超能力的部分。庄园主对他们的遭遇表示同情，也对镇上的状况感到忧心。同时，男女主人都大方地表示，这所庄园十分安全，且食物丰足，可供住宿的房间更是有十多间，欢迎他们在此居住避难。

杭一等人表示由衷的感谢。戴眼镜的年轻女佣把他们分别带到自己的房间——每人一个单独的房间，都在一楼。老庄园主的大儿子请海琳转告他们，在此不必拘谨，尽管在客厅、餐厅自由活动。

杭一听出，这是话中有话。表面上看，主人不介意他们“自由活动”，但实际上却限制他们的活动范围——除了自己的房间，就只有客厅和餐厅。这是一种礼貌而含蓄的提示，暗示他们不要去往二楼或其他地方。

杭一进入自己房间后，坐在皮椅上出神。这种状况，或者说进入“最终目的地”的顺利程度，是他没有想到的。从踏上前往莫斯科的火车到昨天，他们都在经历各种埋伏和袭击，几乎已经适应这趟危机四伏的旅程了，也做好了“最终一战”的心理准备。他之前猜想过各种可能性，比如藏书室的所在地，是一个阴森恐怖的地下宫殿，或者是一个戒备森严、机关重重的堡垒，甚至是有毒蛇、猛兽守卫的城堡。就算是像这个庄园一样的正常建筑，也起码会有举着枪不准他们靠近的守卫们。但是，和他的预想完全不同。

他们不但被礼貌地请进屋，还被主人视若上宾。受此礼遇，反倒让人心中不安……

正思忖着，传来敲门声。杭一说了声“请进”，孙雨辰和陆华推门进来了，将门关拢。

孙雨辰看来迫不及待，对杭一说：“我用意念感应到的地方，绝对就是这里。错不了！”

杭一说：“就算如此，我们初来乍到，主人家又对我们如此礼貌客气，难道我们立刻就在各间屋子寻找‘藏书室’，未免太失礼了。”

孙雨辰着急地说：“那要怎样呢？难道我们在这里住上个十天半个月，才委婉地提出要求？我们的一举一动都在旧神的掌握之中，他肯定不会让我们轻易达到目的的。我们必须在刺客出手之前，尽快找到‘关键证据’！”

杭一承认孙雨辰说得没错，但这番话也引起了他更深一层的思考。他皱起眉头，道：“我们才上火车，还没来到莫斯科，旧神的刺客就已经出现了，足见他急切想要除掉我们。后来的‘行尸事件’显然也是如此。但现在，我们已经来到最终的目的地，旧神那边反倒风平浪静了……你们不觉得这不合逻辑吗？最后关头，旧神不可能毫不作为，任由我们揭开他的秘密吧？”

陆华思索着说：“会不会是这样，旧神其实并不知道我们要找的是什么。他可能也想不到这座庄园和他的秘密有何联系。所以，他出于好奇，很想知道我们到底想干什么，所以暂时让袭击者们不要出手。”

“有这个可能。”杭一微微颔首。

孙雨辰走近一些，低声说：“你们丝毫不怀疑庄园里的这些人吗？在他们和善的外表下，会不会暗藏杀机？”

“不大可能。首先，他们既不是行尸也不是超能力者；其次，我们是今天上午才找到这个地方的。旧神不可能猜到我们的最终目的地是何处。”杭一摇头，说到这里，他顿了一下，“除非……”

“除非什么？”陆华问。

杭一不愿意说出这句话：“除非我们当中有内鬼。而且如果有的话，这个人只可能是……”

“海琳？”孙雨辰替他说了出来。

杭一对孙雨辰说：“你知道，这女孩从一开始出现，就令人生疑，包括她一直缠着你，并死活要跟我们一起。还有另外一点，我们和俄罗斯人之间的沟通，全靠她翻译，你能保证她告诉我们的每一句话，都是实话吗？”

孙雨辰缄默了，低头不语。

陆华问：“这么久了，她又一直黏着你。难道你就没使用读心术探索她的心思？”

孙雨辰说：“我当然用过，但她似乎在刻意回避，我没能探索到什么……”

陆华为之一怔：“刻意回避？难道她知道你会读心术？这怎么可能？”

孙雨辰再次陷入沉默，看起来十分为难。

杭一盯着孙雨辰，严肃地提醒道：“不要因为一时的感情用事，让我们集体丧命。”

孙雨辰尴尬地说：“我知道，我会加倍注意她的。”

这时，房门再次轻叩。杭一打开门，年轻女佣站在门口，指着餐桌说了句俄语，估计是叫他们吃午饭了。

杭一点头答应。“吃完午饭，你让海琳间接提一下书的事，看主人会不会允许我们进入书房。”女佣离开之后，杭一对孙雨辰说，“虽然我们不能完全信任她，但要跟主人沟通，也只能靠她了。”

孙雨辰点头。

午餐很丰盛，除了俄罗斯人代表欢迎的抹盐的面包，还有烩牛肉、腌鲱鱼、奶酪烤虾、鱼子酱和罗宋汤等传统美食；酒水方面，有伏特加、白兰地和起泡酒三种供客人选择。杭一等人举杯向主人表示感谢，然后礼貌地用餐。两位女佣在一旁为客人加菜和斟酒。

餐后，出于礼节，舒菲和辛娜帮忙收拾餐具。女佣赶紧请她们放下，表示这是她们的工作。但舒菲始终感到过意不去，坚持把一摞盘子拿到厨房。

然而，放好盘子后，舒菲却看到一只小老鼠从橱柜下面探头探脑地钻出脑袋，不禁说道："呀，有老鼠跑进来了。"

这时，正在餐桌旁收拾的那个戴眼镜的年轻女佣吓了一跳，手里的一个盘子也打翻了。可能她十分害怕老鼠，扭头惊恐地望向厨房。

杭一正好在那女佣的旁边，他和舒菲互看了一眼。虽然都没露声色，但两人的眼神都流露出同一个疑问：这个年轻女佣，听得懂中国话？

三十四、集体失踪

SUPER TABOO GAME

下午，老庄园主正好坐在客厅的壁炉前读着一本书，这倒是为搭话提供了一个绝佳的理由。杭一、孙雨辰和海琳三个人走过去，海琳面带微笑，用俄语问道："普拉东先生，您在看什么书？"

老庄园主向他们展示书的封面，是一本俄文版的《时空本性》。

"哇，好高深的书，我可看不懂。"海琳吐了下舌头，"请问您这儿有别的通俗易懂的书吗？能不能让我们看看？"

老庄园主笑着说："可以啊，你们到我的书房来选吧。"

就和他们进入这所庄园一样，这事简直顺利得不可思议。仅仅一两句话，就获得了进入书房的许可。在老庄园主的带领下，三个人走上二楼，进入位于走廊最右侧的书房。

这个房间光线充足，左侧是一个由高档檀木制成的大书柜，一共七八层，每层整整齐齐地码放着各种俄文书籍。老庄园主大方地说："你们自己选吧。"

杭一和孙雨辰靠近书架，假装翻阅书籍，两人用眼神交流了一下，孙雨辰微微摇头，杭一之前也看过那张“意念照片”，他们都非常清楚，这并不是照片里阴暗、古老的“藏书室”。

“你们是中国人吧，都看得懂俄文书籍？”老庄园主问道。

海琳说：“我看得懂，我是蒙诺索夫大学的留学生。”

“那他们俩呢？”

海琳尴尬地笑了笑，摇了摇头。

老庄园主说：“那我这里可能没有适合两位男士看的书，都是俄文的。”

海琳怕引起他的怀疑，对孙雨辰说：“走吧，这些书你们都看不懂。”

孙雨辰迟疑一下，问道：“这个庄园里还有别的书房吗？”

海琳把这句话用俄语问了一遍。老庄园主笑道：“不好意思，只有一间书房。我之前可没想到会迎来中国客人呀。”

海琳告诉孙雨辰和杭一，并向庄园主道谢后离开了书房。

下楼的时候，孙雨辰小声对杭一说：“很明显，这老头儿有所隐瞒，他没带我们进入真正的藏书室。”

杭一压低声音：“你确定那个藏书室就在这所庄园里？”

“百分之百。”孙雨辰肯定地说。

杭一想了想，对孙雨辰说：“我们去问问舒菲，也许她能感应到更具体的位置。”

孙雨辰和杭一来到舒菲的房间门口。孙雨辰突然意识到海琳还跟着他们，他对海琳说：“我们要谈点儿事情，你能先回房间吗？”

海琳看起来有几分不满，不过还是听话地回房了。

杭一轻敲舒菲的房门，门开了，他和孙雨辰进入房间，把门关上。

舒菲问道：“出什么事了？”

杭一把刚才到二楼书房去的事告诉舒菲，然后问道：“你知道我们要找的真正的藏书室在哪里吗？”

“就在这座庄园里。”舒菲回答得跟孙雨辰一样肯定，旋即露出无奈的表情，“但是我没法做出更详细的感应了。我之前就试过了，无法得知具体在哪个房间。可能是我的能力强度还达不到，也可能是……”

“是什么？”杭一问道。

舒菲沉吟一下，说：“这个藏书室根本就没在任何一个房间里。”

“但你刚才还说肯定是在这座庄园内。”

“嗯……我知道这听起来很矛盾，但我的确感应不到进一步的信息。”舒菲露出焦虑的表情，“这种感觉，就像是空气无处不在，但你却怎么也抓不住它一样，简直令人抓狂。”

孙雨辰想起了自己过度使用超能力导致“走火入魔”的事，他不希望舒菲也陷入此种境地，就对她说：“没关系，你不要勉强自己，慢慢来。”

舒菲点了点头。孙雨辰为了岔开话题，说道：“今天中午，那个女佣听到你说厨房有老鼠后，立刻望向相应的方向，这不会是巧合吧？”

舒菲说：“没错，我猜她能听懂我们说的话。”

“但是一个俄罗斯乡村的女佣，居然能听懂中国话，似乎有些不合常理吧？”孙雨辰望向杭一。

杭一沉默了一会儿，说：“非要有个解释的话，也许是这个女佣恰好因为某种原因懂一点儿汉语。就像一个中国人经常看韩剧的话，也多少能听懂一些韩语的意思。”

孙雨辰撇了下嘴：“真牵强。如果真是这样，她干吗不直接告诉我们，她会一点儿汉语？”

杭一也知道自己的说法站不住脚：“总之我们多留意这个女佣吧，看她是不是真的有问题。”

“有问题的也许不只她一个，我觉得……”

这时，叩门的声音打断了孙雨辰的话。

舒菲打开房门，站在门口的是海琳。

“可以进来吗？”海琳问道。

舒菲回头望了杭一一眼，杭一点了点头。

海琳走进来后，将门关上，然后说道：“本来我是打算老实待在房间里，不多过问的。但我实在是觉得，这样有点儿不公平。”

“什么不公平？”孙雨辰问。

海琳说：“我真心把你们当成同伴，并为你们充当翻译。可是一些事情，你们却始终瞒着我。比如说，你们为什么要到这个庄园来，又想在书房里寻找什么？”

孙雨辰说：“这事跟你没有关系，我们一时半会儿也说不清楚，所以你不必知道。”

海琳上前一步，噘嘴望着孙雨辰，抱怨道：“既然跟我没关系，那就不要找我帮忙呀。我成什么了，按照你们教我的话跟这些俄罗斯人沟通，但对自己为什么要说这些话，却一无所知。我对你们来说，仅仅是一个翻译机器吗？”

面对海琳的质问，孙雨辰一时说不出话来，大概心里觉得这样对海琳来说，确实不太公平。但他始终对海琳抱有一丝戒备，不愿透露真实目的。沉寂片刻后，他说道：“别忘了，当初是你硬要跟我们一路的。如果你对我们的做法不满意，可以离开呀。”

海琳张开嘴，眼中噙满泪花，既委屈又气恼地说：“好吧，既然你们都信不过我，我又为什么要把我知道的事情告诉你们呢？”

说完就要转身走出房间，孙雨辰一把拉住她的手，问道：“你知道什么？”

海琳犹豫了一下，说道：“这个家里所谓的家庭成员，其实根本就不是一家人。”

孙雨辰、杭一和舒菲同时一愣，孙雨辰问道：“你怎么知道？”

海琳赌气地把孙雨辰的手甩开，说道：“你们都不把实情告诉我，我又为什么要说出原因呢？”

她朝门口走去，出门之前，还是忍不住提醒了一句：“总之，你们记住我说的这句话就行了。”

三个人互看一眼，同时蹙起眉头，感觉事情越发扑朔迷离了。

吃晚饭的时候，女佣挨着房间敲门叫客人们到餐厅用餐。庄园主一家和杭一等一行人围坐在长餐桌旁，两个女佣把沙拉、汤和主食分配给每个人。然而，孙雨辰发现，海琳没有出现，她的座位是空的。

孙雨辰很想问问为什么海琳不出来吃饭，但碍于语言不通，他只能指着那个空座位，用生硬的英语询问。

老庄园主看懂了他的意思，他用俄语跟年轻女佣交谈，女佣则回答着什么。杭一等人都听不懂，但从他们的表情和神态来看，似乎老庄园主也不知道为何有一个客人缺席，他让女佣再去敲门询问一次。

年轻女佣走到海琳的房间，敲门，又喊了几声，没有回应。她推开屋门，进去找了一下，很快出来了，摇着头向庄园主说着什么，大概是里面没人之类的。

孙雨辰皱了下眉，离开餐桌，走到海琳的房间。果然，海琳没在里面。他又在一楼的卫生间和其他房间寻找了一遍，都没看到海琳，不免有些着急。

杭一也站起来，走到孙雨辰身边，问道：“她没在房间里？”

“一楼的所有房间我都看过了，没人。”孙雨辰说。

“会不会在二楼？”

孙雨辰想了想，就要朝楼梯走去。杭一拉了他一下，说道：“你要到二楼去找人，总要先跟主人家说一声吧？不然太失礼了。”

“我怎么跟他们说？我又不会俄语。”

“那就用英语。”杭一转过身，用英语配合手势说道：“对不起，我们的一个朋友不见了，我们能去二楼找找吗？”

老庄园主的女儿看来会一些英语，她把杭一的话告诉父亲，老庄园主摇头说了句什么。女儿用英语告诉杭一：“我父亲说，你们的朋友不可能在二楼，因为我们才从二楼下来，没有看到她。她也没理由去我们的房间。”

孙雨辰迟疑了片刻，不理会他们，径直朝二楼走去。这个举动明显表示出了对主人家的不信任。老庄园主生气地站起来说了句听不懂的俄语。女儿用英语说道：“请你们不要做出无理的举动，好吗？”

气氛僵持起来，大家都停止了进餐。辛娜和陆华走过来，辛娜说道：“为什么要瞎找呢？可以让舒菲用超能力查探海琳现在的位置呀。”

孙雨辰倏然得到提醒，而舒菲已经启动超能力搜寻了。片刻后，她皱着眉头对孙雨辰和杭一说：“奇怪，我感应到海琳就在附近，却无法得知她的具体位置。这情形……就像我没法准确获取‘藏书室’的位置一样。”

孙雨辰愣了一下，突然冒出一个念头：“难道……海琳就在‘藏书室’里？”

“你是说，她意外地发现了‘藏书室’？”陆华吃了一惊。

舒菲不确定地说：“这我就无从得知了。海琳和藏书室，感觉都在附近，但我就是感应不到具体的位置！”

如果不是海琳失踪，孙雨辰都没有意识到，自己竟然在乎她到了这种程度。细想起来，这女孩从认识到现在，对自己所表现出的关心和爱慕，怎样看都是一份真挚的感情。但他，却始终对海琳刻意保持距离，也许是对方的神秘感导致他无法对其完全信任。但孙雨辰相信，人都是有潜意识的。他的第六感告诉他，海琳即便带着谜团，但她对自己的关爱，却是发自内心的。从这个角度来说，海琳无论如何都不可能是敌人！

孙雨辰责怪自己为什么没有早悟出这一点。他回想起了下午自己对海琳的冷言冷语，突然觉得会不会是自己的话伤了这女孩的心？他甚至对她说了“你可以离开”这样的浑蛋话，难道海琳真的因此而独自离开了？

孙雨辰一秒钟都不愿等了，他必须立刻找到海琳。他对同伴们说：“我想她有可能一个人出去了，我要去找她。”

“你确定她在外面吗？”辛娜问。

“我不知道，但舒菲不是说她就在附近吗？我必须去找找看。”

孙雨辰不想再浪费时间了，他朝门口走去。杭一想了想，说：“我陪你一起去。”

陆华和舒菲几乎一起说：“我也跟你们去吧。”

“不，你们留在这里。”杭一贴近陆华的耳朵，小声对陆华说：“这事有些不寻常，你们要保持警惕。我和孙雨辰就在附近找找，很快就回来。”

陆华严肃地点了下头：“你们也要注意安全。”

孙雨辰和杭一打开大门，走到庄园外。

此时天色已晚，渐暗的暮色像一层透明的黑纱覆盖着山坡和庄园。这里是乡村，没有路灯和店铺的灯光，相信最多再过半个小时，周围将完全被黑幕所笼罩，能见度几乎为零。孙雨辰十分着急，一边围绕着庄园寻找海琳的身影，一边呼喊着她的名字。但是，没有任何回应。

其实这一带视野十分开阔，站在山坡上向下望去，能看到前面很远的地方，如果有人的话，一眼就能看到。孙雨辰判断海琳不可能在庄园附近，他打算朝山坡下方走去。杭一拉住他说道：“天就快黑了，我们现在走远的话，可能会遇到危险！”

孙雨辰指着前方说：“这一带根本就没有行尸，或者危险的事物。”

“现在没有，不等于过会儿也没有。”杭一迟疑一下，说道，“本来我不想这么说的……但是，你有没有想过，这也许是个圈套？”

孙雨辰愣了半晌才明白杭一的意思。他说：“你认为海琳是故意出走，让我们去找她，引诱我们离开庄园？”

“我只能说，不排除这种可能性。”

孙雨辰摇着头说：“不可能，她要想这么做的话，早就这么做了。”

杭一知道孙雨辰因为感情而丧失了判断力。他叹了口气，严肃地说道："你怎么知道她不是早就开始对付我们了？别忘了，我们自从遇到她之后，就遭遇了各种袭击！而且今天下午她询问我们寻找藏书室的真正目的，你觉得她只是单纯的好奇吗？其实我早就想说了，她接近我们，一定是有什么目的的！"

"即便如此，我也不相信她是坏人！"孙雨辰吼道，"就算她是为了什么目的才接近我们，但她为什么要表现出对我特别喜欢？有必要吗？"

杭一突然急了："真是当局者迷！她要不色诱你，又怎么能达到利用你的目的呢？事实上，目的不是已经达到了吗？你看看你，已经色迷心窍、神魂颠倒了！"

孙雨辰心生愤懑，却又无话反驳，只好说："那她为什么没色诱你们，偏偏找我呢？"

"因为你本来就……"

孙雨辰望着杭一："你想说什么，说完呀！"

杭一把头扭过去，嗫嚅道："你电脑里那些色情图片，我又不是没看过……"

虽然声音很小，孙雨辰还是听到了。他突然感觉受到了某种侮辱，而且这种侮辱不单是对自己，还包括海琳。一时间，他怒不可遏，吼道："罢了！你回去吧，我一个人去找！"

杭一有点儿后悔说出这话，确实有点儿人身攻击的意味在里面。实际上海琳究竟是敌是友，他也不能确定。想到这里，他朝孙雨辰走去，一只手搂住他的肩膀，说道："对不起，我……"

没想到的是，孙雨辰倏然转身，伸出一只手，用意念令杭一悬浮起来。他瞪着眼睛，一字一顿地说："你不可能明白我的感受。但我清楚，海琳是我生命中最重要的人！"

说完，他用意念把杭一猛地一推。杭一根本没想到孙雨辰竟然会对自己出手，猝不及防，被一股无形的力量掀飞老远，重重地摔在地上。着地的地方正好是个斜坡，他控制不住自己的身体，从坡上往下滚落。

孙雨辰这才回过神儿来，惊觉自己竟因为情绪失控，对杭一出手。他大叫一声“杭一”，就朝对方滚落的方向跑去。

杭一翻滚到了平地上，才止住滚落。所幸这片山地上都覆盖着野草，倒也没有大碍，只是全身一阵疼痛，估计好些地方都摔青了。杭一第一次吃孙雨辰的招式，龇牙咧嘴地坐起来，狼狈不堪。这时孙雨辰已经急匆匆地跑过来了，忙不迭地道歉：“对不起，我……一时失控了，本来只想把你推开些，没想到……”

杭一倒也发不起火来，只当是扯平了。孙雨辰扶他起来，他揉着摔疼的屁股说：“你小子来真的？出手这么狠！”

孙雨辰正欲再次道歉，神情却凝固了。他的视线直愣愣地望着公路的方向，表情惊恐万分。

杭一察觉不对，倏然回头。此刻的天色已经接近黑夜了，一开始他没看清楚那浩浩荡荡的一片是什么，只感觉远处仿佛有片黑潮在慢慢涌来。等他睁大眼睛看清楚的时候，全身的汗毛都立了起来。

这片“黑潮”是从镇子方向慢慢走过来的起码上千个行尸——这还仅仅是打头阵的，难以估计它们身后还有没有别的恐怖生物。杭一和孙雨辰下意识地缓缓后退。不用细想都知道，他们俩不可能是这么大一批行尸的对手。

“这些行尸，该不会是要发起总攻吧？”孙雨辰战栗着说。

“它们的目标会不会就是山坡上的庄园？”杭一低声道。

他俩互看了一眼，赶紧朝庄园跑去，必须赶紧把这个消息告诉同伴们。

在夜色的掩护下，杭一和孙雨辰往回跑去。他们回到庄园大门口，杭一急促地敲门。

许久都没人开门。杭一和孙雨辰疑惑地互望了一眼。杭一加重了敲门的力度，又等待片刻，还是毫无回应。

他们心头掠过一丝阴影，本能地感觉到出事了。

孙雨辰启动最强超能力，沉声一喝，用意念的力量推开大门。两人迅速跨进门，四处寻找，骇然发现，屋内竟然空无一人。

杭一和孙雨辰呼喊着同伴的名字，分别在一楼和二楼找了个遍。没人，同伴和庄园里的人全都不见了！算起来，他们离开庄园最多半个小时。这半个小时内，到底发生了什么事情？人都到哪里去了？！

这件事情的离奇程度，简直如同遭遇外星人绑架一样不可思议。杭一和孙雨辰焦急万分，却又一筹莫展，陷入深深的迷惘中。

三十五、实验室

SUPER TABOO GAME

杭一和孙雨辰离开庄园之后，庄园主请剩下的客人继续进餐。米小路担心杭一的安危，没什么食欲，只吃了很少一点儿东西。年轻女佣过来好几次，示意要不要添加些别的食物，米小路都谢绝了。他突然有些警觉——为什么他们一直劝我吃东西，难不成食物里下了药？

米小路暗暗启动超能力，查探庄园主等人头上的情绪小球。但他没有看到预示杀机的黑色小球，这些人头上的小球颜色各异，但都属正常。兴许是自己多心了。这些人如果心怀不轨，中午就可以下手了。况且不管中午还是晚上，他们都是一起进餐，吃的食物也是一样，应该没有问题。

但是，他错了。对于有预谋的下药来说，只需要提前服用能中和药效的药物就能骗取信任和麻痹对方了。

十分钟后，米小路发现坐在身边的韩枫和雷傲，动作渐渐变得迟缓，眼神也迷离起来。他赶紧问道：“你们怎么了？”

韩枫用手撑着额头，昏昏沉沉地说：“我觉得……头好重，好想睡觉……”

米小路大吃一惊，意识到食物里果然下了类似安眠药的药物。几乎同一时间，陆华、辛娜、季凯瑞、舒菲……同伴们都趴在了桌子上，或者仰面昏睡在座椅上，不省人事了。

米小路大惊失色，从椅子上站起来，头部也一阵发晕，如同大脑血液流通不畅一般。他知道，自己之所以没有立刻昏迷，是因为他吃的食物较少，令他尚能保持一丝清醒。庄园主一家、管家、用人全都面无表情地注视着他，等待着他昏倒。

米小路紧咬牙关，瞪视着这些卑鄙的浑蛋们。必须做些什么，不能坐以待毙——他告诉自己，于是用尽最后的力量启动了超能力。

庄园主身强体壮的“大儿子”本来面色沉静，突然脸色一变，暴喝一声，一双大手像铁钳般掐住了身边“父亲”的脖子。老庄园主猝不及防，一边用力挣脱，一边用手指着米小路。其余人似乎意识到了是米小路在使用超能力，一齐扑了过去，将米小路按倒在地。米小路自然不是几个人的对手，他正想再次对某个人发动超能力，只见管家从身后掏出一支钢笔大小的电击器，对准米小路的后颈一扎，米小路惨叫一声，被瞬间产生的高压脉冲电晕了。

随着米小路的休克，“大儿子”恢复了常态，他赶紧向“父亲”道歉。庄园主摆了摆手，示意这不是他的错。他用俄语说道：“把他们带到研究所，要快！”

“妻子”问道：“出去那两个人呢，怎么办？”

看起来，杭一和孙雨辰会在晚餐时分外出，是他们之前没有想到的意外事件。原计划是将这一群人一网打尽的。庄园主说：“管不了他们了。但他们必然很快就会回来，发现这旦空无一人。不过没有关系，他们无论如何都不可能猜到研究所的通道在哪里。”

“妻子”点了下头，招呼同伴将昏迷的人带到某个秘密场所。

米小路苏醒过来的时候，发现自己就像是穿越到了外星球一般。这是一个巨大的研究基地，以冷光照明。自己居然像小白鼠一样被关在一间玻璃房内，而同样的玻璃房，还有十几个。同伴们都被分别囚禁其中，他们都已经醒过来了。玻璃房的四周，是各种从未见过也不认识的高科技精密仪器，穿着白色大褂的学者们看起来就像即将进行手术的外科医生。

有几名工作人员隔着玻璃，像观察动物一样盯着他。其中有庄园里的那个年轻"女佣"。此刻她仍然戴着黑框眼镜，衣着却换成了科研服，表情更是跟之前唯唯诺诺的女佣大相径庭，俨然一副冷漠、知性的女学者模样。

看到米小路醒了过来，"女佣"通过别在衣领上的微型通话器跟他说话，玻璃房顶部的扩音器中，竟传出一口流利的汉语："请听好，你和你的同伴现在都在我们的掌控中。这里是位于地下50米的秘密地下研究所。我们已经知道了你们都是超能力者的事实。我还知道，你的能力是可以进行精神控制的。但我奉劝你一句，不要试图用超能力攻击我们任何人。因为那将会导致你瞬间丧命。不相信的话，你可以看一眼玻璃室后方的顶部。"

米小路转身仰视，看到了顶部有一个绿色的圆形小盒子，就像一个便当盒。米小路不知道那是什么东西，但可以肯定里面装的不是便当。

"这是小型脉冲热压炸弹，每个玻璃室内都装有一枚。正如我刚才所说，一旦发现你们隔着强化玻璃用超能力攻击我们，我们会立刻引爆炸弹。就算'钢铁侠'在里面也会被炸成碎片，你不会有兴趣想要试试的。"她撇嘴一笑，介绍完炸弹又介绍自己，"对了，我叫瓦连京娜，是这里的负责人之一。生物学和化学双博士，精通四国外语，厨艺也不错。希望我之前做的菜合你们的口味。"

对于这女人的戏谑和嘲讽，米小路没有一点儿反应。他冷冷地望着她，问道："你们为什么要把我们抓到这里来，有什么目的？"

瓦连京娜说："这地方本来是个秘密的古生物研究所，但你们的出现，引起了我们更大的兴趣。很显然，研究超能力的意义远胜古生物。"

“你把我们当成动物来研究？”

“从广义上来说，人本来就是动物。不过把你们关起来确实有些得罪，但这也是没办法的事。如果我们要求你们自愿献身于研究，你们会同意吗？”

米小路还想开口问什么，但是忍住了。他在思考一个问题——为什么这些研究人员知道他们是超能力者？他们来到庄园后，可从没展示过超能力。而另一个疑问是，这些假扮成庄园主、女佣、管家的研究员们，显然在他们到来之前就做好了准备，包括怎样在晚餐中下药并把他们秘密带到这个场所，都是一开始就设计好的。但这怎么可能？他们来这座庄园，是早上才发生的事，不可能有人会提前猜到。难道这些人有预知能力？

突然，米小路想到了一种可能性，心中猛地一抖，难道……

瓦连京娜打断了他，问道：“你具有怎样的超能力，可以直接告诉我吗？”

米小路缄口不语。瓦连京娜说：“你不告诉我们，我们也能测试出来，只不过费事一些。其实你之前已经施展过一次了，我也大概能猜到。”

米小路懒得跟她耗，说道：“我的能力是可以控制人类的‘情绪’。”

瓦连京娜颔首道：“和我想的基本一样。鉴于我已经目睹过一次了，就不劳烦你再表演了。”

说完，她带着轻轻的笑意走开了，去了另一间玻璃室。米小路看见，关在里面的是雷傲。

他又环视了一下四周，看到陆华、韩枫等人都被关在玻璃室中，甚至包括辛娜，似乎她也被当成超能力者对待了。看来这些人的情报并不准确，以为他们这一行人每个都是超能力者。

被关在玻璃室中的，还有早于他们失踪的海琳。这倒令米小路有些费解。海琳并不是超能力者，为什么这些人会先把她抓起来呢？他没有心思仔细思量，因为他最关心的还是一件事，而这是令他感到欣慰和庆幸的一点——他没有看到杭一和孙雨辰。从眼下的状况来看，这是令他们获救的唯一希望了。米小路在心中默默祈祷。

瓦连京娜博士走到雷傲的玻璃房前面，负责观察和记录这个"实验体"的几个工作人员中，还有庄园主的"大儿子"，看样子这"一家子"全都是由顶级科研人员组成的。"大儿子"用俄语跟瓦连京娜交谈了几句，瓦连京娜点了点头，通过微型通话器用中文说道："请展示一下你的超能力，可以吗？"

"展示个屁！"雷傲怒吼道。

瓦连京娜脸上没有丝毫反应，她平静地对旁边的工作人员说了些什么，那个人则记录在一个本子上，大概是这个"试验对象"性格暴躁什么的。这种漠视和冷血的态度，简直是最大的侮辱。仿佛对象只是一个不值得计较的低等动物或疯子一般。脾气火暴的雷傲从没受过这种恶气，他怒不可遏，发狂地朝面前的人射出数道风刃。但四周的玻璃墙是某种新型的高科技产物，坚固程度匪夷所思，雷傲的风刃居然连个划痕都没能留下。

不过，他的攻击倒等于展示了自己的超能力，庄园主的"大儿子"兴奋地记录着，和瓦连京娜不住地交谈。之后，瓦连京娜走向关着陆华的玻璃室。

陆华心里非常清楚，他们已经落到了这些人的手里，除了配合，别无选择。所以当瓦连京娜问到自己的超能力时，他坦言道："我的能力是可以抵御一切攻击。"

"哦？"瓦连京娜显得兴趣十足，"可否展示一下？"

陆华忍辱负重，启动圆形防御壁。瓦连京娜和身边的几位工作人员像观看马戏一般，神情亢奋、评头论足。陆华默默地忍受着这种屈辱。

"这层像肥皂泡一样的光壁，能抵御任何攻击？"瓦连京娜质疑道。

"不会比这一圈强化玻璃差。"陆华想让这女人知道自己的厉害，令她的嚣张气焰有所收敛，"就算你启动顶部的脉冲热压炸弹，也伤不了我半分。”

“我还真想试试。”瓦连京娜捏着下巴想了一会儿，笑道，“不过要是真把你给炸死了，就可惜了，我还是用温和一点儿的方式来试验吧。”

她掏出上衣口袋里的一个小型对讲机，用俄语跟控制室的人说了些什么。很快，陆华发现玻璃室的顶端，有一个圆柱形的小型电梯缓缓降下。他退开一些，瞪大眼睛看着电梯门打开。

一只小马般大小、凶猛无比的高加索犬冲了出来，直接扑向陆华。陆华吃了一惊，不过他有防御壁护身，倒不惧怕。这只恶犬撞在防御壁上，弹开了，又迅速起身，扑击、撕咬着透明光壁——丝毫没有意义。

陆华虽然不可能受到伤害，但怒火中烧。眼下的情形，简直就像古罗马斗兽场一样粗暴、野蛮，令人反感。这些人把他们当作怪物来研究的同时，显然也满足着自身娱乐和看戏的心理。

几分钟后，瓦连京娜看出恶犬无法对陆华形成任何伤害了，记录试验结果的同时，她用对讲机跟控制室的人通话。这只高加索犬接到命令后，放弃了攻击，进入中间的圆形舱门，电梯缓缓回升上去。

“你的能力很厉害，我们还会进行下一步试验。现在，请休息一下。如果要进食或喝水的话，只管示意工作人员就是。”瓦连京娜对陆华说。陆华咬牙切齿地瞪着这个把他们当成试验动物的可恶女人。

瓦连京娜走到囚禁辛娜的玻璃室，忍不住赞叹道：“好漂亮的东方女孩，你的超能力是什么？”

辛娜冷言道：“你搞错了，我不是超能力者。”

瓦连京娜明显不相信：“是吗？或者是你不愿展示自己的超能力？”

辛娜把头扭过去了，懒得理她。

这时，一位工作人员用俄语对瓦连京娜说：“博士，我已经观察她很久了。她确实没有使用过超能力，也许真的是个普通人。”

瓦连京娜说：“不要凭主观臆断下结论。你知道，我们需要的是绝对准确的信息。倘若他们其中的某一个谎称是普通人，然后抓住机会使用超能力攻击我们，你想过后果吗？”她严厉地提醒道，“别忘了，他们当中有些人可以进行精神攻击。”

那位工作人员低头表示认同。瓦连京娜对辛娜说：“抱歉，我们必须试验一下，才能判断你到底是不是超能力者。”

刚才隔着玻璃，辛娜看到了陆华那边放出猛犬来进行试验的过程。她倏然紧张起来：“你想干什么？我没有骗你，我真的不是超能力者！”

瓦连京娜不听她解释，她用对讲机和控制室里的人对话。辛娜惊恐地看到，如同刚才陆华那边一样，一个圆形电梯从顶部缓缓降下。她下意识地去摸之前别在腰间的手枪，但是什么也没摸到。

电梯的门打开了，一只比刚才还健壮的高加索犬冲出来，向这间玻璃室中唯一的目标扑去。辛娜惊叫一声，双手护住脸和脖子，被猛犬扑倒在地。这只经过训练的恶犬比野狼更为凶悍残暴，它一口咬向辛娜的手臂，两排尖牙深深地扎进肉里，一阵钻心的疼痛向辛娜袭来，鲜血不断涌出。

陆华和季凯瑞的玻璃室分别在辛娜的左右。陆华捶打着玻璃，狂吼道：“你们干什么？！她没有超能力！你们想杀了她吗？凶手！刽子手！”

而另一边的季凯瑞看到这一幕，两眼发红，一向沉着冷静的他此刻爆发了。季凯瑞启动超能力，右手变成一把重型铁锤，他暴喝一声，用尽全力锤击玻璃墙。然而，这种超级强化玻璃实在是太坚固了，无论季凯瑞怎样撼击也无法将其砸碎。但这一声声剧烈的敲击声，仍令研究所的人心惊肉跳、为之胆寒。

猛犬还在持续咬噬着辛娜，辛娜身体蜷曲，尽量护住头部和脖子等要害部位，但手臂、腿部和后背都被咬得遍体鳞伤，起码有二三十处伤口，鲜血将她整个人都染红了，眼看就要被活活咬死了。

这时，“庄园主”——实际上是这里的另一位负责人——快步朝瓦连京娜走来，说道：“快阻止这只狗！我们是科研人员，不是杀人犯！你这都看不出来，她的确不是超能力者吗？”

瓦连京娜让控制室的人下令撤回猛犬，不料这只狗尝到血腥味后，兽性大发，竟然对控制室下达的口令置若罔闻，一副不把猎物咬死不罢休的样子。

“庄园主”用对讲机对控制室的人下令，一位工作人员乘坐电梯下来，用电击枪击晕了高加索犬。而躺在地上的辛娜已经血肉模糊、奄奄一息了。

工作人员把狗拖上电梯，之后又下来了几名医护人员，对辛娜进行了简单的止血处理，并帮她包扎伤口。然而，即便辛娜受此重伤，他们也没有将她带离玻璃室。辛娜虚弱地靠在玻璃上，气息奄奄地望着季凯瑞，眼泪倾泻而下。季凯瑞和辛娜互看着，继而望向瓦连京娜，双眼仿佛闪着寒光的尖刀。

当瓦连京娜走向海琳的时候，玻璃室中的海琳脸色煞白，浑身发抖。不等瓦连京娜开口，她就主动求饶道：“我也跟她一样，只是普通人，不是超能力者！我是莫斯科蒙诺索夫大学的留学生，是在开往特罗伊茨克镇的车子上才认识他们，跟他们结伴而行的。请你相信我，我跟他们一起，只是觉得他们的超能力很酷，仅此而已！求你……不要放狗咬我，求你！”

陆华等人望着迅速跟他们撇清关系的海琳，虽感心中悲凉，但也无从责怪。毕竟，一般人看到刚才辛娜的惨状，怎么可能不被吓得心胆俱裂呢？况且海琳说的都是实话，她本来就不是他们的同伴，跟着遭到监禁，其实是连累了她。

然而，瓦连京娜看起来仍在怀疑海琳所说这番话的真实性。但刚才对辛娜做的事，如果再上演一次，未免太没人性……就在她犹豫不决的时候，“庄园主”走过来说道：“她说的应该是实话，不用再试验了。”

瓦连京娜用俄语小声说道：“但您之前也说了，必须严格查明他们是不是超能力者，以及拥有何种超能力，不可大意。如果仅凭她一两句话，就相信她。万一她有所隐藏，伺机攻击我们……”

“庄园主”摆了下手，说：“这个女孩是最早被我们控制的，进入玻璃室到现在已经好几个小时了。如果她真的具有能隔着强化玻璃攻击到我们的超能力，早就出手了。”

“但我们从安装在房间里的窃听器得知，她发现了我们是假扮的一家人。这难道不能说明她也具有某种特殊的能力？”

“可能只是她的直觉，或者是我们露出了某些破绽，毕竟我们不是专业演员。”

看到瓦连京娜还是不放心，“庄园主”低声说道：“做事不要太绝，要留点儿后路。别忘了，他们还有两个同伴在外面。万一被他们找到这里……”

“不可能。”瓦连京娜笃定地说，“首先，他们不会想到客厅有机关能打开通往地下研究所的暗道。其次，就算他们找到这个机关，也没法得知那个7位数的密码。这个密码只在我和你的头脑里，谁都不可能知晓。”

“希望如此，但是别忘了，他们是超能力者。而且我们不知道另外两个人的超能力是什么，所以别把事情做绝了。”

瓦连京娜思索片刻，默默颔首道：“好吧。”她和“庄园主”走向另一边。海琳如释重负，长长地舒了一口气。

由于之前季凯瑞发怒的时候已经展现了身体能变成各种武器的能力，工作人员进行了详细记录。而舒菲也被迫展现了“跟踪攻击”的能力。瓦连京娜十分兴奋，认为这些能力如果能用于军事，将大大提高军队的作战能力。她和几位博士兴奋地探讨着下一步研究该如何进行。

三十六、读心术

SUPER TABOO GAME

杭一和孙雨辰几乎要崩溃了，他们把整个庄园找了个遍，也没有发现关于失踪同伴的蛛丝马迹。已经几个小时过去了，最大的问题就是他们的束手无策和无所适从——继续找下去，似乎只是浪费时间和精力；离开庄园、放弃寻找，也不可能。眼下的情况简直是种煎熬。他们迫切地需要哪怕是一丁点儿的微妙暗示，可惜事与愿违。

孙雨辰不时地观察着窗外——之前看到的行尸大军并没有直接攻上来，但可以肯定它们没有离开。最大的可能性就是这些家伙已经从四面八方包围了庄园。而它们为何按兵不动，令人恐惧的猜测是，操控者正在汇聚一切可以调动的力量，准备发动迄今为止最猛烈的攻击。

孙雨辰焦急地问杭一：“我们到底该怎么办？如果山坡下的行尸一起攻过来，我们就死定了！”

杭一心乱如麻，从未如此失去主张过。当初被困在异空间，他都能保持信心，找到破局的方法。但这次，他竟然有些绝望了。倒不是因为被无数的行尸包围，而是目前的状况令他产生了一种无力感。当初在异空间中与变异鼠群战斗，好歹有求生的欲望在支撑着他。可现在呢？就算他们从行尸大军中杀出重围，但失踪的伙伴们呢？如果失去了辛娜，还有陆华、韩枫、米小路他们这些好友，活下来又有什么意义？

孙雨辰感觉到了杭一的悲观情绪，说道："你不能放弃希望，也许同伴们此刻正等待我们去救他们！"

"你能保证……他们现在都还活着吗？"

孙雨辰愣了半晌，摇着头说："你别这么想，千万别这么想。他们不会有事的……我们一起经历了这么多，不是每次都化险为夷了吗？"

杭一沉默片刻，望向孙雨辰："你能不能用意念感应一下，他们现在在哪里？"

孙雨辰为难地说："我不是舒菲，恐怕做不到。"

"但你能感应到跟旧神相关的事物，也许也能感应到他们目前的状况呢？"

孙雨辰心有余悸地说："上次感应旧神，我用了六七个小时，而且因为多次启动超能力，差点儿走火入魔……可见我的能力要感应跟某人相关的事物，相当困难。'意念'包含的范围虽广，但也不是万能的。"

杭一想不出别的办法了，只有说："你尽量试试吧，感觉不对劲儿就立刻解除超能力。"

孙雨辰只能试试。之前为了保存体力，以便应对随时可能到来的战斗，他并未使用超能力。现在管不了这么多了，他启动"意念"，希望能搜寻到跟同伴相关的信息。

但是，这事果然如他设想般困难。几分钟、十分钟过去了，孙雨辰的额头上已经浸出了汗水，也毫无所获。他担心自己因此耗完了体能，外面的行尸又发起进攻，该如何是好呢？正打算和杭一商量，一个熟悉的声音突然出现在他的脑海里——

“救救我们，我们被抓到了主园下面的地下研究所了。”

孙雨辰低呼一声，全身倏然绷紧了。杭一察觉到他似有所发现，仿佛看到了希望的曙光，赶紧问道：“你感觉到什么了？”

孙雨辰用手势示意杭一暂时别干扰自己。他仔细判断着，这并不是他感应到了什么，而是使用超能力之后，无意间用读心术听到了某个人心里面的声音。而这个声音……是海琳！

孙雨辰激动地抓住杭一的手，说道：“我没感应到他们，但是却用读心术听到了海琳内心的声音！”

杭一的眼睛骤然睁大了：“你既然能听到她内心的声音，可见她现在就在距离我们不远的地方？”

“对，她在求救！她告诉我，他们被抓到了庄园下方的地下研究所了。”

“辛娜、陆华他们都在那里？！”

“肯定是！”

“地下研究所？怎么才能去那个地方？”杭一急切地问。

“不知道，她心里面没想这个。”孙雨辰焦急万分地说。他心中暗暗着急：“海琳，我能听到你心里在想什么，再告诉我们更多有用的信息吧！”

这时，孙雨辰再次听到了海琳心中的声音。但听到这句话后，他整个人都僵住了。

“太好了！现在听我说，庄园的客厅里，有某个机关，这个机关中可能隐藏着某个密码锁。只要解开密码，就能到地下研究所。”

杭一发现孙雨辰整个人都呆住了，拽了他一下，问道：“你怎么了，又用读心术听到什么了？”

孙雨辰错愕地扭头望向杭一，说：“海琳怎么知道我会读心术？我从来没在她面前展示过。而且，她好像也能听到我心里面的声音。”

“……什么？”杭一用了好一会儿来理解孙雨辰这句话的意思，“你是说，她跟你一样，也会读心术？怎么可能？”

孙雨辰待了半晌，意识到情况紧急，没有时间细想。无论如何，应该先找到同伴们。其余的问题，以后再去深究。

杭一和孙雨辰跑到庄园客厅，由于海琳并没有透露“机关”究竟藏在何处，他们只能挨个儿搜寻客厅的每一个角落，甚至把墙壁都挨个儿摸了一遍，试图像电影中那样，摸到某个凸起的部分，暗室的门就随之打开。但他们把客厅翻了个底朝天，也没发现任何像“机关”的东西。两个人都焦急万分。

“我们没有找到机关。你说的这个机关到底藏在哪里？”孙雨辰用思维跟海琳沟通。

“别着急，仔细找。我也不知道机关是什么，到底藏在何处。但我敢肯定，客厅里有某个机关，而且它跟数字密码有关系，密码是7位数。”海琳回应道。

“数字，数字……”孙雨辰焦急地四处寻找，“哪里有跟数字有关的东西？”

这时，杭一的目光停留在沙发旁边的一个精致的方凳上，上面放着一台座机电话。他走过去，自言自语道：“也许，这个‘机关’根本就没有被藏起来，它一直在我们眼前。”

孙雨辰快步走过来，说道：“你怀疑这台电话就是‘机关’？”他拿起电话听筒，听到了里面传出的拨号前的声音：“这是台真的电话呀！”

“或许只是伪装得很像而已。”杭一说，“你知道密码是多少吗？”

“密码是多少，你知道吗？”孙雨辰在心中发问。

“听好了，密码是5899461。”海琳回应道。

孙雨辰迅速在数字键盘上按下这几个数字，但是，什么都没有发生。电话听筒里传出一串俄语的提示音，仿佛这是个空号。

孙雨辰失落地放下电话听筒：“‘机关’不是这台电话。”

他起身寻找别的物件。杭一盯着电话座机看了几秒钟，在没有拿起电话听筒的情况下，再次输入了刚才那7个数字。

突然，客厅中间的地板发出沉闷的轰鸣声。孙雨辰大吃一惊，转身一看——中间的木地板像魔术一样折叠、后退着，露出隐藏在下面的金属门。木地板全部退开后，金属大门随之缓缓打开，露出向下的阶梯。

杭一和孙雨辰互看一眼，两人毫不犹豫地朝地下阶梯走去。下了几步之后，孙雨辰问道："这个门怎么关闭？"

"不知道，管不了了！"杭一救人心切，没工夫仔细研究。孙雨辰也不再追究，紧跟着杭一。

三十七、B区

SUPER TABOO GAME

步行向下的阶梯只有一小段，出现在杭一和孙雨辰面前的，是一道3米多高的金属门。走近之后，金属门自动朝两边展开了，露出一个偌大的圆形大厅。杭一和孙雨辰进入这个足有150平方米的圆形大厅，金属门又自动合拢了。“大厅”开始下降。他们这才明白，其实这是一个超大型的圆形电梯，运行机制类似热感应系统，显然是某种高科技产物。

但是如此大型的电梯，他们还是头一次见到，不免猜想——为何需要修建一个如此巨大的地下电梯？如果仅仅是为了一次性运输数量众多的人，显然是不必要的浪费。唯一合理的解释是，这个电梯需要承担运送某些大型物件，或者大型动物的任务。他们启动超能力，进入戒备状态，随时准备应战。

十秒钟后，电梯到达了底端，金属门打开。

大型圆形电梯位于地下研究所的正中间。瓦连京娜和工作人员们正在探讨什么，听到电梯门打开的声音，倏然回头，看到了杭一和孙雨辰，他们都大惊失色。

杭一和孙雨辰也看到了被囚禁在各个玻璃室中的同伴们，他们跨出电梯，怒目圆睁，杭一之前就启动了PSV上的《忍者龙剑传·2》，几乎想立刻出手。

瓦连京娜方寸未乱，看来她对于这一状况显然早有准备。她迅速从上衣口袋中掏出一个小型控制器，威胁道："警告你们，不要试图用超能力攻击我们。否则我会立刻启动这些玻璃室里的热压炸弹，你们的同伴将会被炸得灰飞烟灭。"

杭一瞪着这个之前庄园里的"女佣"，对于她能用一口流利的中文跟他们交谈，没有感到丝毫诧异。他注意到了每个玻璃室顶端的绿色盒子，猜想这女人所言不虚。于是不敢轻举妄动。

瓦连京娜补充道："除了我之外，控制室的人也能引爆炸弹。一旦我受到攻击，他们会毫不犹豫地按下按钮。"

杭一没有理睬这个女人，他的目光在搜寻辛娜在哪里。而这时，辛娜艰难地从地上站起来，隔着玻璃望向杭一，泪水夺眶而出。杭一看到辛娜遍体鳞伤，全身的血液都涌到了头顶。如果不是同伴们的性命掌握在这些人手里，他可能会丧失理智，召唤出游戏中的可怕事物，将这里的人和物彻底摧毁。此刻，他强行遏制着自己的怒火，一字一顿地问道："你们把辛娜怎么了？"

瓦连京娜猜到杭一和辛娜关系不一般，她不敢说出之前发生的一切，只有避重就轻地说道："没什么，她只是在反抗的过程中受了些伤，我们的医护人员已经帮她处理了伤口，包扎好了。"

杭一望向瓦连京娜："你们到底是什么人？为什么要陷害我们？"

"我叫瓦连京娜，是个科研人员。没错，之前庄园里的每一个人，也都是这个地下研究所的工作者。不过，我们并不想加害你们，只是对你们的超能力感兴趣，想要……研究一下。"

"把我们当成小白鼠一样来研究？"孙雨辰愤恨地说道，"你们怎么知道我们是超能力者？"

这个问题确实非常关键。杭一暗忖，他们是在离开特罗伊茨克镇的医院之后，才开始寻找到这个庄园并前往的。不可能有人事先就猜到他们的下一步行动，从而提前做好一系列的准备，并实施这个"绑架计划"。这些研究人员，究竟是怎样办到这一点的？

瓦连京娜缄口不语，看来这个问题涉及某个重要隐秘，她不能透露。孙雨辰喝道："告诉我们，这一切到底是怎么回事？！"

瓦连京娜逐渐恢复了冷静，意识到在现在这种情况下，处于被动的其实是这两个超能力者。她恢复了底气，说道："抱歉，无可奉告，我也没有义务回答你们。倒是你们，该好好思考一下自己的立场，如果不想让你们的同伴都被炸死的话，就按我说的办。"

"马上把他们从那该死的玻璃屋中放出来。"孙雨辰勒令道。

"不可能。"瓦连京娜毫不退让，并直言道，"我不是傻瓜，我能猜到，如果把你们的同伴都放出来，你们一定不会放过我们的——那等于自杀。"

"那你要我们怎么做？"

瓦连京娜试图进一步掌握主动权，指着两个空的玻璃室说道："你们分别进入那两个玻璃屋，我向你们保证，我们只会取一些你们的血液样本和头发来进行研究，不会伤害到你们。之后，我们会将你们安全地送回地面，让你们回国。"

"不要相信她的鬼话！"孙雨辰用读心术听到了瓦连京娜内心的声音后说，"我们一旦进入那个玻璃屋，就别想再活着出来了！"

其实不用孙雨辰提醒，杭一也不可能答应她这种要求。仅仅通过辛娜身上的伤，他也能判断出这些人绝非善类了。况且，既然季凯瑞都无法脱困，说明这种强化玻璃的坚固程度，他自然不可能傻到自投罗网。

“不可能。”杭一也同样坚定地说道。

既不能贸然开战，双方也都拒绝了对方提出的要求。一时间，两边都想不出解决的方法，陷入了僵局。

杭一不知道辛娜究竟伤得如何，不敢跟这些人耗下去，他打算使用缓兵之计，再谋策略。他对瓦连京娜说道：“在我对你们的计划一无所知的情况下，我是不会同意你的建议的。不过，如果你愿意告诉我这一切究竟是怎么回事，说不定我会考虑配合你们的研究。”

瓦连京娜跟“庄园主”交换了一下眼神，又迟疑了几秒钟，同意了：“好吧，我就把你们想知道的事都告诉你们。不过，你们别想要什么花招。我说过，一旦我受到攻击，控制室的人会立刻引爆玻璃屋中的炸弹。”

“我不会用同伴的性命来冒险的。”杭一说。

瓦连京娜盯着他看了几秒钟，脑袋向右边扬了一下：“跟我来吧。”

杭一和孙雨辰互看了一眼，跟着瓦连京娜走去，一路上保持着警惕，以防这些人搞鬼。

他们走到一道关闭的大门面前，这道门上方用俄文写着一行字，估计是“B区”的意思。瓦连京娜把右手拇指按在一个扫描区上，并说了一句口令，大门打开了。

他们穿过一个像水族馆海底隧道那样的环形通道，来到地下研究所的B区。这里和刚才的A区看起来没有太大的区别，只是略小一些。同样由各种精密仪器和数个玻璃室组成。每个玻璃室面前都有几个工作人员在进行观察记录。杭一的目光接触到离他最近的一个玻璃室中的“人”时，全身的肌肉都僵硬了，震惊得忘了呼吸。

被关在里面的，是他认识的一个人。不仅认识，还是他曾经的伙伴。杭一根本没有想到，还能再次见到她。

井小冉（女28号，能力“治疗”）。但她已不是一个活人，而是行尸了。她的脸像其他行尸一样苍白腐败、惨不忍睹，但那清秀的五官和脸庞仍然让人辨识出来。杭一想起井小冉活着时的模样，以及她舍己救人的一幕，心口被涌上来的情感堵住了，说不出的难受，他一把揪住瓦连京娜的衣领，喝道：“浑蛋，你们做了什么？！”

“冷静些，又不是我们把她变成行尸的。我们找到她的时候，她就已经是这样了。”

杭一缓缓地放开了瓦连京娜的衣领。瓦连京娜整理了一下衣服，示意旁边的工作人员不要紧张。

杭一和孙雨辰注视着井小冉，这时玻璃室中的小型电梯慢慢降下，一些受伤的动物被工作人员丢了出来——折断翅膀的公鸡、断腿的猫、被猎枪打伤的兔子。

井小冉木然地向这些动物挪动脚步，她先抓起那只快要死了的兔子，一只手按在它的伤口上。很快，兔子被超能力治疗好了，恢复了生气。这只可爱的小动物仿佛具有灵性，用嘴亲吻着井小冉的手，向她致谢。

这一幕令杭一感慨万千——没想到即使变成了行尸，井小冉也在使用超能力对“伤者”进行治疗，保持着她善良、温柔的本性。杭一感动得几乎要落下泪来。

但是，接下来的一幕，却令杭一和孙雨辰惊骇万分、肝胆俱裂。

井小冉治疗好兔子后，突然张开口，猛地向兔子的脖子咬去，并撕咬下一大块肉来。刚刚被治好的兔子，转眼又悬在死亡边缘。然而，井小冉的手再次伸向它的脖子，很快，兔子又活过来了。接着……

天使变成魔鬼，魔鬼变成天使，周而复始。

孙雨辰看不下去了，对瓦连京娜吼道：“够了，不要再折磨它们了！”

瓦连京娜说：“她已经不是你们的朋友了，而是一个具有超能力的特殊行尸。她具有复杂的两面性：一方面，她的超能力是‘治疗’；另一方面，行尸的本能是攻击活着的生物。所以，才会出现你们看到的这一幕。我们研究的目的，就是为了发现这些特质，并加以控制。”

她略微顿了一下，指着另外两个玻璃室中的行尸说：“这边的两个行尸，不知道是否也是你们的朋友。但其中一个的存在能说明我们这样做的合理性。你们如果了解他的超能力的话，也该知道，如果任由他在外面活动，将是怎样的后果。”

杭一和孙雨辰朝另外两个玻璃室望去，脚步也随之不由自主地移了过去。

蒋立轩（男42号，能力“重力”）。杭一想起了他，也想起了几个月前在停车场发生的惊险的一幕。但他一点儿都不恨他。此刻，杭一透过玻璃，再次见识了蒋立轩令人畏惧的超能力——“重力”。

这间玻璃室的面积是井小冉那边的两倍，大概是研究所的人试探出了蒋立轩的能力范围后，对其“特殊照顾”的缘故。杭一承受过蒋立轩的攻击，知道他的能力属于范围攻击，并且极为可怕，能够把自身周围的重力增加数倍。此刻他和孙雨辰看到的，是玻璃室中的一张木桌，在重力增强数倍之后，被向下牵引拉扯的强大力量硬生生地折成了两段。

杭一和孙雨辰都感到后背发冷。他们能想到，如果对象换成人类会是何等可怕的后果。很显然，人的脊柱和骨骼，是不可能承受这种强大重力的拉扯的。事实上，杭一现在都没能忘记，当时他和米小路差点儿丧命于这股强大重力时的可怕感受。

他们的注意力又集中在了旁边的玻璃室中。被关在其中的也是“守护者同盟”曾经的伙伴——刘雨嘉（女30号，能力“预知”）。杭一看到她后，突然有些明白他们所经历的是怎么回事了。

刘雨嘉的超能力和井小冉一样，都是属于辅助型的，不具备任何杀伤性。变成行尸后的她，站在玻璃面前，手指在玻璃上画着什么。杭一悲哀地看着她，心情无比沉重。

良久之后，他问道：“你们是怎么抓到他们的？”

瓦连京娜说：“我们现在所在的地方，本来是一个秘密的远古生物研究所。特罗伊茨克镇表面上只是莫斯科郊区的一个普通小镇，实际上是诸多俄罗斯秘密研究所的所在地。这个远古生物研究所，只是若干个研究中心之一而已。”

孙雨辰说：“为什么我们在这里没有看到任何远古动物？只看到了被你们囚禁的同伴和超能力行尸。”

瓦连京娜说：“因为这些动物都被转移到别的地方去了。你们肯定能想到，近段时间出现的行尸，比远古生物更能激起科研人员的兴趣。它们是如何产生的，具有何种特性？我们打算抓一些行尸回来进行研究。

“一开始，我们根本没想到行尸中还有更为特别的‘超能力行尸’。发现这件事，其实就是因为她——”瓦连京娜指着刘雨嘉说道，“她和几个普通行尸一起被我们抓回来。但很快，我们就发现了她的特别之处。她总是在玻璃上不停地画着什么，这引起了我们极大的兴趣。

“工作人员把她画的图案用电脑进行记录，再进行分析，并转换成我们能看清楚的图像。结果，我们发现了一个十分惊人的事实——这个女行尸画的图案，全是一些‘预知画面’。经过多次验证，我们丝毫不怀疑，她画的这些内容，都是不久之后将会发生的事情。”

杭一和孙雨辰表情凝重地互看了一眼。

瓦连京娜继续说道：“通过她的预知，我们得知具有超能力的特殊行尸还有另外四个。而且他们都是亚洲人——当然现在我们知道，实际上是中国人。于是，我们又抓住了她（井小冉）和他（蒋立轩）。”

孙雨辰刚才见识了蒋立轩那可怕的能力，指着他问道：“他的‘重力’这么厉害，你们怎么可能抓到他？”

“一开始我们确实吃了亏。不过后来我们发现，即便是超能力行尸，也不是无敌的。除了将他们直接炸成碎片之外，如果用高压电击枪对其进行持续攻击的话，会在一定时间内令它们产生痉挛，从而无法使用超能力，就可以趁机将其抓获了。”瓦连京娜说。

杭一关心的是另一点："你刚才说，你们通过刘雨嘉的'预知'获悉，除了她之外，还有另外四个超能力行尸？"

瓦连京娜顿了一下，说："是的，实际上，我们几乎抓到了四个。但另一个过于难缠，危险性也太大，而且没有任何物体能关住她。所以，我们最后放弃了。"

"什么意思？"

"那个女行尸的能力貌似可以改变周围事物的'密度'。她能让靠近她的所有人无法呼吸，因为空气密度降为零了；而且，不管我们用什么东西将其束缚，她都能通过改变密度的方式轻易逃脱。即便这些比精钢还坚固的强化玻璃，也能被她变成一张薄纸。所以，我们只能被迫放弃了。"

魏薇。她也变成行尸了。杭一明白了，问道："你说的'放弃'是什么意思？"

瓦连京娜沉吟一下，说："放弃研究她。但是也不能任由她使用那恐怖的超能力杀人。所以，我们只有将其彻底消灭了。"

对于这个做法，杭一无从反驳。他心里清楚，这些行尸，包括超能力行尸，其实都是控制"死亡"的那个袭击者从地狱召唤出来的狙杀他们的武器。只是可能连袭击者都没有想到，俄罗斯的秘密研究所竟然抓获并消灭了一些。从这个角度来说，研究所等于间接地帮了他们的忙。不然的话，试想一大群行尸，其中还混杂着"重力"和"密度"这种可怕的超能力行尸，恐怕他们已经全军覆没了。

杭一暗自思忖的时候，孙雨辰问道："这么说，你们知道我们会来到这座庄园，而且来的都是超能力者，也是因为刘雨嘉的'预知'？所以，你们才提前假扮成'庄园主人'，迎接我们的到来，并设计将我们弄到研究所，进行活体研究？"

"……很抱歉，正是如此。"瓦连京娜停了一拍，继续说道，"不过这件事说来奇怪。我们也没想到——'预知画'显示你们这些超能力者将会到来的地方，恰好就是位于这所地下研究所上方的庄园。我不知道这是不是巧合。”

杭一和孙雨辰互看了一眼，也感到诧异。确实，他们来到这个庄园的目的，本来是寻找“藏书室”，没想到居然发现了隐藏在其下方的地下研究所。不知道这两件事，是否具有关联？

他们都陷入了各自的沉思，而这时，孙雨辰注意到玻璃室中的刘雨嘉表现异常。她的手指本来一直在玻璃上画着什么，但此刻速度越来越快，快得就像抽筋一般，仿佛她接下来预示的事情十分严重，是某种危机到来前的信号。

瓦连京娜也看到了刘雨嘉的反常。她正发愣，一位工作人员急匆匆地拿着一沓由电脑分析并转制的图案走过来，展示给瓦连京娜看。杭一和孙雨辰也看到了图画上的内容——无数行尸，似乎还有一些动物，在攻击着人类。而仔细一看，这个场所正是他们所在的地下研究所！

瓦连京娜大惊失色，问那位工作人员：“你说什么？她从刚才就一直在画这些内容……”

话没说完，他们骇然听到A区那边传来惊骇欲绝的哀号和尖叫，看来“预知”的事情已经发生了。

三十八、混战结束

SUPER TABOO GAME

杭一、孙雨辰、瓦连京娜和另外几个研究人员快速跑到A区，看到了无比震惊和恐怖的一幕——数百个人类行尸和行尸狼从大型圆形电梯中如潮水般涌出，扑向研究所的工作人员，已经有好些人被撕咬致死，另外的仓皇逃窜，但电梯是唯一的通路，行尸们还在源源不断地拥入，根本无处可逃。

杭一突然想起，他们下来的时候十分心急，没有关闭客厅地下的那道金属门（实际上也不知道该怎么关闭），导致聚集在外的行尸大军拥了进来。虽然这些把同伴们抓来的研究所的工作人员十分可恶，但杭一也做不到眼睁睁地看着他们被行尸咬死。这时，一些变成行尸的灰狼已经朝他们冲过来了。

瓦连京娜想要赶紧关闭连接A区和B区的通道，但还没来得及把手伸过去进行指纹扫描认证，行尸狼已经向她扑了过来。孙雨辰没法见死不救，用意念将几只行尸狼掀飞，而杭一也启动了超能力，变成《忍者龙剑传·2》中的超级忍者。

然而，行尸实在太多了，一波又一波的行尸源源不断地随着大型电梯的升降，被运送下来。杭一和孙雨辰再强，也不是对手，而且狼变成行尸后，比活狼要难缠100倍。以往一击必杀的招式，现在却无法发挥威力。杭一和孙雨辰渐渐地抵挡不住了，研究所的工作人员更如同砧板上的鱼，毫无反抗能力，被咬死、咬伤一大片。更糟糕的是，行尸和行尸狼已经拥进了B区，展开屠杀了。

相比起来，最安全的反倒是被关在强化玻璃室中的同伴们。但他们看到这场惨剧，也按捺不住自己的心情。而且他们也看出来了，仅凭杭一和孙雨辰两个人，是不可能对付如此数量的行尸的。雷傲敲打着玻璃，嘶喊道："放我出来战斗，否则所有人都会死！"

这句话提醒了杭一。确实，虽然把同伴们放出来，意味着他们也会陷入危险，但如果不这样，最后大家的结局恐怕都是死路一条。与其如此，不如放手一搏。

杭一把瓦连京娜扯过来，急促地说道："把我的同伴们从玻璃室中放出来！只有这样，才能对付这些行尸！"

瓦连京娜迟疑着，并未行动。情况越来越紧急，孙雨辰一边用意念推飞了一群行尸，一边吼道："我刚才要是不救你，你已经死了！"

瓦连京娜别无选择，她用通话器对位于控制室的人说道："把玻璃室里的超能力者都放出来！"

瓦连京娜的本意，是把A区的这些超能力者放出来。但可能是慌乱之下，导致表述不清，也可能是控制室的人被吓破了胆，丧失了冷静的判断。结果是，A区和B区所有玻璃室的强化玻璃都向上升起来了。同伴们被放出来的同时，另一边的超能力行尸也随之解放。

与此同时，A区中间的圆形电梯将新的一波战斗力输送下来，竟然是20多只凶猛强壮的西伯利亚虎。和行尸狼不同，这些猛虎都是活的。研究所的普通人看到这些猛虎，都吓得双腿发软，几乎连逃走的勇气都丧失了。

接下来，是迄今为止最为混乱的大乱斗。

雷傲被囚禁在玻璃室中多时，早就想大干一场了。看到众多的行尸、行尸狼和西伯利亚虎一起袭来，他非但未生惧意，反而热血沸腾，大喝一声："哈哈，来呀！"他嗖地一下飞到空中，看准时机使用风刃攻击，将行尸和行尸狼斩成数截。

杭一变身忍者，灵活无比，各种敌人无法伤他半分。他跳跃翻飞，用忍刀砍杀了数只行尸狼，同时喊道："陆华，保护好辛娜他们！"

不用提醒，陆华已经这样做了，他首先跑过去扶起受伤的辛娜，并呼喊舒菲等其他同伴集中在自己身边，圆形防御壁固若金汤，和他待在一起的人绝对安全。

米小路的能力"情感"对于行尸没有作用，却能控制活着的西伯利亚虎。这些体形庞大的野兽本来凶残无比，米小路使用超能力让它们变成了温驯的小猫，一只只趴了下来，舔着爪子。但是，猛虎是分散行动的，米小路没法同时控制每一只虎。有一些仍然在向人类发动攻击。

季凯瑞此刻化身战神。他将超能力"武器"发挥到最强程度，全身都化作了武器——右手是剑，左手是锤，身躯是盾，双腿也能在踢出去的瞬间变成利刃。行尸们完全无法近身，被一一击杀。

韩枫躲在陆华的防御壁中，恨自己无法参与战斗，只能干着急。他很少使用超能力，对怎样运用"灾难"进行攻击缺乏研究。眼下研究所遭到毁灭性的破坏，各种仪器、电器和电脑皆被打烂砸碎，火花迸射。韩枫忽然获得启发，想起以前电视上介绍过的一种较为罕见，但是威力巨大的神秘灾难。他启动超能力，对着防御壁周围的行尸大喝一声："球状闪电！"

一时间，遭到破坏的电路、电线中的电流和研究所中的微波辐射、金属纳米粒子等复杂物质联系，产生出15～40厘米不等的数个"球状闪电"，像蓝色幽魂一般游弋而至。被击中的行尸和行尸狼发生剧烈爆炸，当即化为灰烬。

连番巨响震惊了杭一等人，就连待在防御壁中的陆华，看到瞬间变成焦灰的行尸，也感到心悸胆寒。他从没想过韩枫的能力（在特定情况下）竟然如此厉害，喊道：“别用这招了！击中同伴怎么办！”

韩枫自己也吓傻了。他本来只想试试，没想到效果如此惊人。陆华提醒得有道理，无论是谁，被这威力巨大的“球状闪电”击中，都会瞬间化成灰烬。韩枫冷汗直冒，知道自己的超能力“灾难”确实难以控制，不敢再贸然使用。

海琳从玻璃室出来之后，直接向孙雨辰奔去，将他紧紧抱住，俨然一副久别重逢的样子。孙雨辰内心也是欣喜感动，但他知道此刻情况危急，说道：“海琳，你到陆华那边更安全一些！”

“不，我就在你身边，哪儿也不去！”

孙雨辰心中涌起的暖流化为了力量。他双手伸开，左右开弓，将所有意图靠近的敌人用意念震飞，倒也守得滴水不漏，无一能近其身。

行尸、行尸狼和西伯利亚虎虽然数量众多，但超能力者们攻防兼备、配合得当，渐渐占据优势。看来要将这些恐怖生物尽数消灭，只是时间问题。

然而，新的危机到来了。

最先感觉到不对的是飞在空中的雷傲，他本来处于相对安全的境地，突然受到一股垂直向下的引力的拉扯，竟把他硬生生地从空中拖了下来。惊愕之际，他看到越战越勇的杭一和季凯瑞等人，也仿佛被压上了千斤重担，伏下身体，直至贴在地上，动弹不得。还好不只他们，一定范围内，行尸、猛兽也都受到这股强大重力的影响，全都压垮在地。

杭一吃过这一招，立刻意识到B区的超能力行尸也过来了，而能制造出这种数倍重力的，自然是变成了行尸的蒋立轩。它此刻已没有了活人的意识，发动的也是大范围的无差别攻击，但这更为可怕，如不及时制止，结果只会玉石俱焚。行尸们本就已经死了，被这股重力拖下地狱的，只会是他们这些活人！

眼看着，雷傲、杭一、季凯瑞、孙雨辰和海琳都跟行尸一起，被压趴在地了。目前只有离得稍远一些的陆华等人还没有受到重力的影响。他们不断后退着，陆华估计，防御壁也不能抵挡这股特殊的重力攻击。

季凯瑞的右手变成手枪，发射子弹击中了蒋立轩的头部和身体。但蒋立轩已是行尸，根本不惧任何攻击。孙雨辰勉强能使用意念将蒋立轩推远一些，但起不了根本作用。蒋立轩很快又带着那股恐怖的重力靠近了。

现在还能正常活动的，就只有处于陆华防御壁中的韩枫和舒菲了。他们眼睁睁地看着前面被压垮一大片，料想等蒋立轩过来，他们的结果也是一样。蒋立轩现在是行尸，没有本能限制，可以无限使用超能力。如此一来，就算这股重力不至于将人活活拉扯而死，但一直被压在地上，始终是死路一条！

危急时刻，舒菲只有冒险一搏。她对韩枫说："你再制造一次'球状闪电'，快！"

"不行，太危险了！我没法保证不击中同伴！"

"别废话了，快！"舒菲眼看蒋立轩就要过来了，他们也快要处于"重力"的超能力范围，焦急地说道，"要是我们也无法行动了，大家都会死！"

韩枫不敢犹豫了，再次使用超能力制造出几个球状闪电。舒菲在"球状闪电"形成的瞬间启动"追踪"，对着蒋立轩喊道："目标，锁定！"

几个"球状闪电"一齐向行尸蒋立轩飞去。只听一声巨爆，蒋立轩被炸成齑粉。与此同时，所有人（包括行尸）都从多倍重力的状态中解除了。

刚才贴在地上的时候，孙雨辰观察到海琳的表情痛苦不堪，现在恢复常态，他立刻将她扶起，关心地问道："海琳，怎么样，你没事吧？"

"没事，你……"海琳正要关心地询问孙雨辰，突然发现一只行尸狼朝孙雨辰扑过来。她这才想起，虽然从重力状态中解放出来了，但是危机并未解除，他们仍然处于非常危险的境况。海琳想提醒孙雨辰回头或躲避，却已经迟了。

这只跃起的行尸狼将孙雨辰扑倒在地，一口咬向他的脖子，准确无误地咬中了颈部大动脉。孙雨辰来不及喊叫，鲜血就狂涌而出。

海琳的眼前出现一层红幕，她失控地大叫了一声："爸爸！"

此时，化身忍者战斗的杭一是距离孙雨辰和海琳最近的人。他被这一声撕心裂肺的呼喊所震惊，回过头来，看到孙雨辰鲜血淋漓地躺在地上，一只行尸狼撕咬着他。杭一大惊失色，正要赶过来帮忙，令他始料未及，甚至骇然呆立的一幕发生了。

海琳怒吼一声，双眼圆睁。她左手指向那只行尸狼，竟然跟孙雨辰一样，用意念将它升到空中，而更惊人的是，她右手向空中一挥，一团凭空产生的火球向行尸狼射去。而且这团火球的温度显然高于普通火焰数倍，竟然在短短数秒钟内，就将空中的行尸狼烧成了灰烬。

这一幕陆华等人也看到了。他们全都呆若木鸡。而距离海琳最近的杭一更是呼吸都暂停了。他简直不敢相信自己看到了什么，而这又意味着什么。

海琳刚才的确对着孙雨辰喊了一声"爸爸"，杭一坚信自己不会听错。

而海琳使出的招数，起码有一半跟孙雨辰一样。这说明她也是个超能力者，而且可能拥有不止一种超能力。

她到底是什么人？

这个世界上的超能力者，并不止我们50个人？

这些突然涌现在脑中的疑问仅仅占据了一秒钟，眼下的情况容不得杭一继续思考。他挥刀斩杀了几个行尸，奔向孙雨辰，将他扛在背上，并朝陆华喊道："陆华，快过来！"

陆华和韩枫扶着虚弱的辛娜，和舒菲一起跑到杭一身边，他们看到颈部动脉受重伤的孙雨辰，都心一沉。陆华悲哀地说："这种程度的伤，救不了了……"

一旁的海琳听到这句话，仰天大叫一声，像丧失了理智般，双手同时射出数团高热火球，击中了一堆行尸和行尸狼，她发疯般地要将这些怪物杀光泄愤。

杭一没有时间为此震惊了，他对陆华说：“现在要想救他，就只有一个办法了！”

“什么办法？”陆华急促地问。

杭一环视四周，眼睛一亮，指着混乱中的一个女行尸喊道：“井小冉！”

陆华等人扭头看去，果然看到了变成行尸的井小冉。孙雨辰颈动脉伤口血如泉涌，杭一来不及多做解释，对韩枫说道：“韩枫，陆华的防御壁挤不进这么多人，你先出去撑一阵子！”

韩枫、舒菲二话不说就离开了陆华的防御壁，将有限的空间让给身受重伤的孙雨辰。韩枫大声喊道：“我们俩能撑住，快去救他们！”

杭一抱着失血过半，已经昏迷不醒的孙雨辰，陆华扶着遍体鳞伤的辛娜，在圆形防御壁的保护下，朝变成行尸的井小冉快步走去。然而，当他们来到井小冉身边时，却看到井小冉像其他普通行尸一样向他们扑来。

有防御壁的保护，井小冉自然伤不了他们。但看起来她根本没有用超能力治疗孙雨辰的可能。但杭一之前亲眼见到井小冉治疗了受伤的兔子，知道这是唯一的希望。他将孙雨辰放到井小冉面前，几乎是哀求道：“求求你，小冉！救救他！”

但是，井小冉已是一具没有灵魂和感情的行尸，她伏下身来，打算朝孙雨辰的伤口再咬下去。杭一赶紧按住她的头，不让她咬。

此情此景简直是种煎熬和折磨。行尸井小冉是救活孙雨辰的唯一希望，但她却只想用牙齿把他撕碎。杭一虽然用力按住井小冉的头，不让她咬到孙雨辰，但孙雨辰已经脸色蜡白，快要失血而亡了。辛娜看到这一幕，不禁悲从中来，眼泪扑簌扑簌地掉下来，她抓住井小冉冰冷的手，哭着说道：“小冉，小冉！你忘了我们一起经历的事情了吗？你忘了你当初舍命救我的事了吗？如今你虽然变成了行尸，但你还拥有超能力，那你也该拥有哪怕一丝的记忆和感情吧？我们都是你的同伴呀！求你快想起来吧！”

辛娜的哭诉和眼泪仿佛产生了奇妙的作用。井小冉缓缓抬起头来，那双惨白无神的双眼和辛娜互看了一下，似乎露出一丝悲恻的神色。接着，她把一只手按在孙雨辰脖子的伤口上，几分钟后，孙雨辰睁开眼睛，脸上恢复了血色。

更神奇的是，由于辛娜一直拉着井小冉的手，她也同时接受了“治疗”，身上被恶犬咬伤的痕迹都消失殆尽了。

杭一和陆华大喜过望，但杭一仍提防着——刚才他亲眼看着井小冉把治疗好的兔子再次咬成重伤。然而，没有发生这样的事。井小冉把辛娜和孙雨辰都治疗好之后，就放开了手，静静地站在那里，注视着他们。

辛娜捂着嘴，悲哀而感动的泪水像开了闸的洪水般不断涌出。杭一、孙雨辰和陆华心中也充满了感动，但他们回头一看，却骇然看到，几分钟过去，形势已和之前大为不同，同伴们都快支撑不住了：

雷傲仍然飞在空中，但高度已经下降到距离地面不到两米。他发射的风刃弱了许多，显然已经体力不支了；

季凯瑞还孤军奋战着，但他已是强弩之末了，动作明显没有之前那么迅猛。他已多处挂彩，行尸狼和行尸已将他包围；

米小路、韩枫和舒菲三个人聚在一起，他们各自用仅存的体力使用着超能力。但米小路的能力只对西伯利亚虎有效，而舒菲的超能力无法对行尸造成致命的打击，至于韩枫，他只能跟行尸肉搏；

海琳，这个神秘的超能力者。她也无法像之前那样发出多个火球了。看来她跟他们一样，超能力的使用是有体力限制的。

而就在此时，大厅中间的圆形电梯再次降下，一大波行尸和行尸狼又蜂拥而出……

杭一看出来了，这次的袭击者，是打算用消耗战将他们全部消灭在这所地下研究所内。不管他们的超能力再厉害，总有体力耗尽的时候，而一波一波的行尸却源源不断而来……这里终将成为他们的坟墓。

杭一目前唯一能想到的，就是乘坐电梯升到地面上去。但前提是要将电梯周围和里面的行尸全都清空。杭一不知道以他们目前的状况，还能不能做到这一点。但他必须一试，不能放弃！

然而，就在杭一和陆华等人正准备迎战行尸大军的时候，出乎所有人意料的事情发生了。

一群行尸狼竟然绕过他们，扑向了他们身后的一个人。杭一等人倏然回头，骇然看到，井小冉竟然被这群行尸狼疯狂撕咬着。虽然井小冉已经变成了行尸，但他们仍然悲愤不已，辛娜大喊着“不要”，杭一和孙雨辰冲过去，用各自的超能力与行尸狼作战。但又有数十只行尸狼一齐扑向井小冉，似乎不把她撕碎不罢休。

陆华、辛娜和舒菲在圆形防御壁内目瞪口呆地看着这一幕，辛娜浑身颤抖，泪如雨下：“为什么……它们会攻击井小冉？”

这句话一下提醒了陆华。

是呀，井小冉已经变成了行尸，按理说是“死亡军团”的一部分。而且这些行尸狼之前都无视她，怎么现在却群起而攻之呢？

唯一的解释是，井小冉刚才用超能力救治了孙雨辰和辛娜。

想到这里，陆华骤然清醒。他意识到了一个无比重要的问题。一个因为危急和混乱而被他们忽略的最关键的问题！

我们一直在跟行尸、行尸狼等怪物战斗，为什么没有想到，直接攻击操纵它们的这个人呢？

井小冉刚刚救活了孙雨辰，就遭到了行尸狼的攻击，只说明一个事实——这个人就在这里！他看到了这一幕，所以才要将“碍事”的井小冉消灭！

陆华的身体颤抖起来，他想到了一个结束这场混战的方法，但不敢确定是否有效。他把舒菲拉到身边，贴近她耳朵说道：“舒菲，你照我说的做……”

舒菲睁大了眼睛，和陆华短暂地互看一下，点头。

海琳的体力已经快到极限了，她现在只能发出一团火球。她并不知道孙雨辰已经被救活了，大概心里想的是，用尽最后一分力气，然后和孙雨辰死在一起。

然而，就在她拼命射出一团火球的时候，舒菲倏然启动超能力，盯着这团火球，大喝一声：“目标锁定——操控‘死亡’的超能力者！”

这团火球本来是要射向一群行尸，却在舒菲超能力的作用下，骤然转向，向研究所的一个角落飞去。只听一声惨叫，火球击中一个处于隐形状态的人，令他瞬间由“透明人”变成“火人”。这个人因剧痛而嘶喊、狂奔、翻滚。季凯瑞看准时机，一颗子弹发射出去，将“火人”击杀。

与此同时，研究所内的所有行尸和行尸狼，全都倒了下去，他们失去了超能力的操控，摆脱了怪物的身份，变回了普通的尸体。

此刻，研究所内的所有工作人员，已经被行尸和猛兽尽数咬死了，包括瓦连京娜和“庄园主”。

目前剩下的，就只有几只西伯利亚虎。但在米小路的超能力作用下，它们已经不具备威胁性了，像安静的小猫一样趴在地上。

地下研究所内，是堆积如山的尸体。看上去令人触目惊心。不过，这场恐惧而混乱的战斗，总算是结束了。

三十九、谜底即将揭开

SUPER TABOO GAME

杭一等人刚刚停歇下来喘一口气。大厅中间的圆形电梯突然关上了门，升了上去。杭一猛然想起，控制“死亡”的这个人既然能处于隐形状态，说明还有另外的超能力者和他配合。最起码就是那个该死的“隐形”！他已经不止一次想要狙杀他们了。杭一愤怒地冲向电梯，身后的季凯瑞喊道：“不用追了。我早就料到我们的对手不止一个。但是现在就算追到他们，我们也没体力再战斗了。况且能干掉控制‘死亡’的这个家伙，已经解除目前大患了。”

杭一想想也是，只好任由另外的超能力者逃之夭夭。

此时，季凯瑞已经用泡沫灭火器扑灭了这具尸体上的火，虽然这个人被火烧烂了皮肤，但仍旧可以通过五官轮廓依稀辨认出其身份——向北。

大家聚拢过来，地上这具尸体，就是跟他们周旋了十多天的控制“死亡”的超能力者向北。他是目前为止，最不值得同情的一个对手。为了达到狙杀对手的目的，竟将死者作为武器，甚至不惜将更多无辜的人和动物变成

"行尸"。简直丧失人性。此种下场，是他咎由自取、罪有应得。

季凯瑞的身体内涌起一股力量，这熟悉的感觉提醒他，自己再次"升级"了。这倒是他没有想到的事，他当时射出那颗子弹，只是想在这个人烧焦之前，辨认他的身份。没想到反倒令自己升级了。

此时的焦点人物，自然是海琳了。众人都望着她，希望她能对自己的神秘身份和为何拥有超能力做出解释。杭一不知道他是不是唯一一个听到海琳叫孙雨辰"爸爸"的人，他暂时没有询问，等待海琳自己给出解释。

海琳当然也清楚，不可能再继续伪装下去。但她紧抿嘴唇，似乎有所顾虑，许久之后，嗫嚅道："没错，我跟你们一样，也是超能力者。但是，关于我的身世，我暂时不想说。请你们给我一些时间，思考自己究竟该何去何从。只是有一点，你们尽可放心，我肯定不是你们的敌人，而是你们的同伴。"

这一点，众人倒不怀疑。否则以海琳的能力，早就可以趁机将他们一举歼灭了。杭一和孙雨辰互看了一眼，两人眼神交流，达成共识。杭一对海琳说："我相信你，也不会逼你。等你考虑好了，自然会告诉我们的，是吗？"

海琳感激地望着杭一，点了点头。

舒菲望着周围成群的尸体，提议："我们找一下还有没有幸存者吧。"

大家在行尸和死者中搜寻是否有一息尚存的人。结果，韩枫在行尸中发现了阮俊熙。

这是他们意料之中的事，之前的几次动物袭击和这回的西伯利亚虎，都显示对手中有一个能控制动物的超能力者。活着和死了都被人所利用。大家为13班班长的悲惨命运扼腕。

搜寻的另一结果，是发现了研究所内活着的最后一个人，正是躲藏在封闭的控制室中的"管家"。通过控制室窗口，他目睹了整个战况的惨烈，此刻已经吓得呆若木鸡了。

季凯瑞站在门口，示意“管家”把门打开。对方哪敢不从，赶紧开门，并哆哆嗦嗦地走出来，用英语说道：“求你们……别杀我，要我做什么都行。”

杭一没有忘记他们来到此处的本来目的，他用英语说道：“现在你老实告诉我们，这座庄园，或者这个地下研究所内，有没有一个古老的藏书室？”

“管家”不敢再作隐瞒，颔首道：“有。”

众人为之振奋。杭一说：“马上带我们去。别耍花招，你知道我们的厉害。”

“管家”赶紧应承，他把杭一等人带到一道相对陈旧的金属门前，掏出一把钥匙开门。

自从来到这座地下研究所，杭一等人所接触到的都是各种高科技产物，倒是第一次看到用传统钥匙开门，料想门后的事物，固然有其特别之处。

果不其然，展现在他们眼前的是一部老式电梯。和大厅中间的高科技感应电梯相比，这部电梯就跟一般居民楼里的电梯类似，甚至更小，一次只能站上去五六个人，于是只能分两批乘坐。

杭一、陆华、韩枫和辛娜跟“管家”先行乘坐。电梯是上升的，没有楼层选择，直达一处，且时间很短，仅仅10秒钟就到了。

走出电梯，杭一看到的是一条仅有十几米长的简易通道。通道的尽头是一扇古旧的门。他们并不急于前行，等其余伙伴也乘坐电梯到达之后，才向那扇雕刻着某种图案的古门走去。

门是关着的，但并没有上锁。“管家”一推，门就开了。展现在他们眼前的，正是孙雨辰用意念感应到的那个古老的“藏书室”。这里的面积比想象中更大，足有两三百平方米。一排排木质书架，一本本古老的书籍整齐地摆放在书架上。室内的天花板上悬吊着数盏橙黄色的老式吊灯，更显此处的古朴气质。

孙雨辰激动不已，第一个跨进去，急切地想在书架上找寻关键的那本书。突然，一个老人从某个书架的后面出来，用俄语说了一句话，把孙雨辰吓了一大跳。

这个俄罗斯老人鹤发银须，衣着素净，看上去有70多岁的高龄，但精神矍铄，且颇有学者之风。最不可思议的是，他在打量杭一等人之后，竟用中文问道：“你们是中国人？”

杭一没想到老人竟会说汉语，应道：“是的，老先生，您会说汉语？”

老人淡然道：“我研究了一辈子学问，几国外语总是会的。”

杭一看出这老人跟研究所那些人分明不是一路，礼貌地问道：“请问您是？”

老人乜了“管家”一眼，“管家”惭愧地埋下头去。老人指了指天花板，说道：“我是上面这座庄园的主人。20年前，这些自称科学家的人，发现我这座古老庄园的下面，竟然有一间隐秘的地下藏书室。他们以政府要修建秘密研究所的名义，希望买下这座庄园，被我断然拒绝。

“没想到，这些人居然来硬的。对庄园的地下进行秘密改造，修建成一座远古生物研究所。所幸的是，他们保留了这间藏书室，并把我一直软禁在此，至今已过去20年了。”

老人的话令人震惊，也引起大家对这些所谓的科研者们的愤慨。杭一说道：“老先生，您不用再待在这封闭而枯燥的地下了。一会儿您就可以跟我们一起上去，回到自己的阔别已久的庄园。”

老人淡然一笑，以一种难以置信的平静的口吻说道：“谢谢，年轻人。其实我本来就是个嗜书如命之人，被他们软禁在此，每天提供吃喝，让我清静看书、专心研学，也非坏事。况且我已到耄耋之年，即便回到现实世界，也难再有作为。在此老死，寿终正寝，虽然孤单，但也避开了尘世间的诸多琐碎烦恼……不过，能在有生之年再看看外面的世界，也算是了无遗憾了。”

杭一等人面面相觑，感叹这老学者超脱、大度的人生哲学。看他神采、态度，竟感觉与传说中得道成仙的神人有几分相似。不知是多年修身养性所致，还是众多书籍给予的非凡智慧。20年地下生活的心路历程，岂是常人所能参透？

老学者问道："下面研究所的人呢？"

这事一时半会儿根本没法说完，杭一也不知道该如何回答。季凯瑞说道："都死了。"

老学者略微点头，既不表示惊叹，也不追问缘由，仿佛一切皆有定数，无须多问。

老学者又问："你们找到这里，所为何事？"

孙雨辰说："老先生，我们只是想来找一本书。而且我们不拿走，只在这里看就行。"

老学者说："这间藏书室跟上面的庄园一样古老，有200多年的历史，而书籍的古老程度更甚，有些甚至不是'书'，而是在纸张还未发明之前，记录在羊皮上的珍贵手抄本，世上绝无仅有，是我祖父和曾祖父从世界各地通过各种途径得来的。"

他指了"管家"一下："你们知道他们当初为什么想要建造这座地下研究所？就是因为在我这里的其中一本古书中，得知了一些远古生物其实存在于世界某些隐秘之处，并未灭绝。"

杭一等人感到惊叹。老学者问道："不知道你们从中国远道而来，是想要找寻哪一本书？"

大家望向孙雨辰。孙雨辰闭上眼睛，启动了超能力。由于目标已近在眼前，他毫不费力，就感应到了"那本书"的位置所在，朝某一排书架走去，驻足片刻，盯视书架，在最上一层中间靠右的位置，抽出了一本羊皮书卷。

从进入这件藏书室，老学者脸上第一次露出惊异神色，不禁说道："你找的这本，正好是这里最古老也是最珍贵的一本书。是上千年前的手抄孤本，且全世界只此一本。”

老学者的话似乎印证了孙雨辰的感应不会出错。大家都怀着激动的心情走过来，盯着这本边缘残破的棕黄色羊皮书卷。可惜上面印的文字别说看懂，连是哪国文字都不知道，更别说得知书名了。

孙雨辰心里怦怦乱跳，有种难以抑制的兴奋感，似乎翻开这本书，就能立刻揭开所有的秘密，包括得知旧神是谁。他急切地问道：“老先生，您能看懂这本书吧。”

“我自己的藏书室，当然没有我看不懂的书。不过，这本书是用古希腊文字写成的，即便我能看懂，要全部翻译一次，也得花上不少的时间。”老学者异常聪慧，不用对方提出要求，已经猜出他们会拜托自己翻译此书。

陆华现在急于想知道这究竟是本什么书，问道：“老先生，您能先告诉我，这本书的名字吗？”

老学者用铿锵有力的声音说道：“《荷马史诗》。”

“什么，《荷马史诗》，我看过！”陆华叫道。

老学者哈哈大笑：“年轻人，你该不会以为这本《荷马史诗》，跟你在书店里花40元钱买到的去年才印刷的《荷马史诗》，是同一个版本吧？”

见陆华张口结舌，老学者凝视他说：“世人都不知道，《荷马史诗》其实有两个版本。世人也都只看过其中一个版本。而另一个版本，是手抄本的。几千年来，世界上看过它的人，不会超过五个。”

他顿了一下，接着说：“也许，很快就会变成十几个了。”

孙雨辰兴奋不已：“那么，老先生，请您现在就翻译给我们听一下，可以吗？”

“可以。但我多年来习惯安静看书，你们这么多人把我围住，恐怕会影响我的思维。”老学者短暂思考了一下，“这样吧，你们留三个人在这里，其他人先暂时出去，怎么样？”

大家商量了一下，最后决定，由杭一、陆华和孙雨辰三个人留在藏书室。其他人乘坐电梯回到地面上的庄园。

和韩枫、季凯瑞他们一起离去之前，米小路走到杭一身边，和他拥抱了一下，深情地说了一声：“杭一哥，再见。”

杭一不知米小路为何会在此时说“再见”，感觉有些怪异。不过他目前的心思都放在这本手抄本的《荷马史诗》上，也无暇感到困惑，只是说：“我一会儿就上来。”

米小路最后深情地看了杭一一眼，和其他同伴一起走了。

其余7人带着“管家”一起下到研究所。几只被米小路变成温驯小猫的西伯利亚虎还在原处。韩枫提议炸毁这个地下研究所，也算是让井小冉、阮俊熙和刘雨嘉他们长眠于此，就此安息。但这样做，总要等到杭一等人回到庄园才行。现在，只能把几只西伯利亚虎送回大自然，其他人在庄园内等候翻译结果。

大型圆形电梯将一行人和4只老虎一起载了上去。走出通道，阶梯上行，众人终于回到了地面世界。

其余人在客厅休息，补充水分和食物，一场大战后，他们都累坏了。雷傲和韩枫甚至回房间睡觉去了。其他人则躺在沙发上，闭目养神。季凯瑞看管着“管家”，不过料想他不敢造次。

米小路带着4只老虎走出庄园大门。众人只当他把老虎送归山林，就会回来，不会想到，这是他们最后一次见到米小路了。

米小路直到走出大门，眼泪才夺眶而出。

他答应的，他会离开。

而且，只有他自己知道，他离开的理由，并不仅仅是因为跟辛娜发生“那件事”。

他有另一个必须离开的理由。因为这个理由，他不会后悔自己现在做出的决定，也不会后悔自己接下来要做的事，甚至不后悔他和杭一再次见面的时候，他已经变成了谁。

如果他和杭一能再见面的话。

米小路深吸一口气，擦干眼泪，义无反顾地走了，和4只老虎一起，结伴同行（杭一得知米小路离去的事实，已经是若干个小时之后了）。

庄园内。

韩枫和雷傲睡了一大觉醒来，看到客厅中还是之前那几个人。他们煮了些东西吃，又等了几个小时。

终于，大概在11个小时后，杭一、陆华和孙雨辰以及老学者，一起上来了。

同伴们全都站了起来，因为他们分明看到，杭一、陆华和孙雨辰面色苍白，神情骇然。

没等众人发问，杭一说道："你们不可能知道，那本古羊皮卷上写了些什么……而且，我知道旧神是谁了。"

男13号，向北，能力"死亡"——死亡。

四十、荷马史诗

SUPER TABOO GAME

（注：以下是记录在古羊皮卷上的手抄本《荷马史诗》的大致内容。为便于理解，将公元前12世纪的一些人名和地名，表述为众所周知的名称）

一个月明星稀的夜晚，年轻工匠普罗米修斯从睡梦中醒来。他惊讶地发现，自己居然不在家中，而是置身荒野。四周树影幢幢，冷风飕飕，令人不寒而栗。

普罗米修斯不明白自己为何会出现在这片黑暗森林中。他只是密克奈（注：古希腊时期的一个小国。公元前12世纪的时候，并没有“希腊人”这一称呼，但为了方便表述，以下会用到这一称谓）一个极为普通的手工艺人，平日靠制作雕塑和陶罐维生，居住在伯罗奔尼撒半岛南部的海边，但眼前景致，却仿佛北方遥远的奥林匹斯山。

迷惘之际，普罗米修斯看到前方忽现隐隐火光，似乎有一些人聚集在那里。他朝火光的方向走去。

这是森林中的一块空地，一堆篝火在空地中间燃烧。围聚在篝火旁边的，有好几十个人。这些人看上去跟普罗米修斯一样迷茫和惊恐，显然他们也是莫名其妙地出现在此地，全然不知发生何事。这些人有男有女，年龄不等。他们互不相识，但从衣着打扮上来看，似乎来自不同国家，甚至还有大海另一边的特洛伊人。

普罗米修斯很快注意到，一个50岁左右的老人站在空地中间，在那堆篝火的旁边。他的神情态度和周围这些人有着明显区别。看来他分明知道这一状况究竟是怎么回事。普罗米修斯猜想，看来是这个老者将他们召唤至此的。

果不其然，又陆续有几个人聚拢后，空地中间的老人开口说话了："诸位，你们现在所在的地方是奥林匹斯山。而你们50个人，分别来自希腊各部落和特洛伊各盟国。选择你们50个人，是上天的旨意。至于我的身份，相信你们通过这一不可思议的事件，已然能猜到，我正是天上的神。"

老人的话令人震惊，但他神态中透露出的威严和庄重，显示其身份不容置疑。50个人纷纷下跪，向神叩首以表尊重。

"诸位请起，无须多礼。你们所叩拜的，并非我的本体。我只是暂时附身在一个吟游诗人身上，但目前，他代表的是我。"神告诉众人。

50个人站起来后，神切入正题，严肃地说道："我接下来要说的事，请你们仔细听好，这是我将你们召唤至此的原因。而这件事，将决定你们自身乃至全世界的命运。"

50个人屏声敛息，洗耳恭听。

神说："世界毁灭之前，上天会给人类一个机会。在人类中选出若干代表，让他们拥有超凡的能力，这些能力足以改变全世界的命运。你们，就是被上天选中的，即将拥有超凡能力的50个人。"

听到这话，众人都露出兴奋的神色，为他们即将成为不凡之人而感到欣喜。唯有普罗米修斯面露忧色，因为他留意到了神说的第一句话，不免问道："尊敬的天神，您说世界即将毁灭？这是怎么一回事？"

神注意到了这个年轻人，说道："没错，在不久之后，世界将迎来一系列大灾难，包括战乱、瘟疫和天灾。如果不予以制止，你们所建立起来的文明，将毁于一旦。上天怜悯，将人类本来不该拥有的50种超能力赋予你们，希望你们能施展各自的能力，团结互助，共同克服灾难，守卫文明。"

一个特洛伊人问道："那么，我们将拥有怎样的能力？"

神说："你们每个人的超能力，由你们自己决定。我会给你们思考的时间，然后，你们每个人分别说出自己希望拥有的能力。相信这些能力足以代表这个时代的文明。"

众人陷入沉思。普罗米修斯从小就是一个聪慧的人，他的头脑迅速转动，想道，先选择能力的人，自然拥有最大的选择权。越到后面，可供选择的能力越少。这意味着，先选的人可能比后面的人能力强大。但反过来说，万事万物都是相生相克的，先选的人，也可能被后面的人所克制……

此刻，每个人都在思考着自己想要拥有的超能力，只有普罗米修斯例外。他想的是，怎样成为50个超能力中最强的一个，或者说，最有利的一个。神要求他们团结互助，但他却通过聪明的头脑预感到，获得超能力的这50个人，早晚会成为互相对抗的敌人。

一段时间后，神要求众人分别说出自己希望获得的能力。一个叫赫淮斯托斯的铁匠望着篝火，率先说道："火是人类文明的象征，也是人类赖以生存的事物。神啊，请赐予我控制'火'的能力吧！"

神点头应允了。一个叫阿波罗的英俊青年说道："哎呀，我也想选择'火'作为能力，但是既然被你抢先，我无话可说。那么，尊敬的天神，请赐予我类似的能力，让我能控制'光和热'，行吗？"

神同样答应了。接下来，众人纷纷说出自己想要获得的能力。

一个叫阿尔忒弥斯的年轻姑娘说道："既然他们都选择了跟光和热有关的能力，那我就选择恰好相反的吧，我希望以'月光'作为能力，每当夜晚来临，皓月当空，我就能凝聚月光，将其变为利箭，守护我爱的人。”

一个叫宙斯的强壮男人说道：“天地间威力最为强大的事物，并非火焰，而是威力巨大的雷电。我希望拥有能控制‘雷电’的能力。”

一个叫波塞冬的男人说道：“非也，雷电的力量固然强悍，但比起浩瀚无边的海洋，始终狭隘了些。如果我能拥有控制‘海洋’的能力，必将无可匹敌。”

一个叫阿瑞斯的男人看样子争勇好斗，他说：“依我看，月光、雷电、海洋，这些都跟我们关系不大。天神不是说未来将爆发战争吗，能在战争中掌控战局，才是最实际的事。而战争必然依靠武器，所以，我希望拥有控制‘武器’的能力。”

一个叫雅典娜的女人赞同道：“没错，在战乱中生存并获得胜利，是最为关键的事。更重要的是，能引导和阻止战争。要做到这一点，就必须拥有强大的‘力量’！”

另一个叫阿弗洛狄忒的美丽女人说道：“不是只有力量和武器才能令人屈服，爱和情谊更能征服人心。我希望拥有能控制‘情感’的能力。”

一个同样拥有过人美貌和高贵气质，叫作赫拉的女人附和道：“我赞同爱情的伟大，但我更看重忠贞。如果我爱的人胆敢背叛我，我要让他受到严厉的惩戒。神啊，请允许我惩罚天下所有背叛者和恣意妄为者，赐予我‘惩戒’的能力。”

一个叫赫尔墨斯的年轻人笑道：“哈哈，我只是做小生意的商人，想的可没你们这么复杂。我经常为往返遥远的两地而发愁，要是能让我拥有快速行走的能力，那真是太好了。神啊，请让我掌控‘速度’吧。”

一个叫德墨忒耳的农妇说道：“你们好像都忽略了最重要的事情。人们得以生存，必须依赖万物的母亲土地。植物、谷物和各种农作物，提供给我们丰富的物产。而大地一旦震怒，对人们也是灭顶之灾。所以，我希望能获得控制‘大地’的能力。”

接着，众人纷纷说出各自希望拥有的能力，只有普罗米修斯一言不发，暗自思索。

最后，其余49个人都说完了，神望向普罗米修斯，问道：“年轻人，只剩你了，告诉我你希望拥有的能力吧。”

普罗米修斯考虑再三，说道：“我相信世上最强大的事物，就是‘人类’本身。而人类的强大，并不在于体格和力量，若论这些，人类远远比不上狮、虎、熊、豹。”

神问道：“那么，你认为人类为何强大呢？”

“人类强大是因为拥有‘智慧’，智慧能让人进步、发展，改变命运，让人类变成宇宙中最强大的生命体。”普罗米修斯说，“神啊，请您赐予我全人类最‘智慧’的头脑吧！”

神点头应允。于是，50个人全都拥有了各自的超能力，成为世界上最特殊和最强大的50个人。

神再次告诫他们：“上天赐予你们非凡的能力，是希望你们用这些能力保护同胞，守护家园，让生命和文明得以延续。你们不能为了一己私利，互相争斗。到头来不但未能阻止战乱，反而成为战祸的源头。切记，人类的命运掌握在你们手中。”

说完这番话，老人的身体摇晃了一下，仿佛一些东西抽离出身体，飘然而去。

众人询问得知，这个老吟游诗人的名字，叫作荷马。他并不知道神附身在自己身上的事。众人也不明白神为什么会选择荷马作为代言人。他们告诉荷马先前发生的事，荷马十分震惊，打算将此事记录下来。

普罗米修斯再次从睡梦中醒来，发现自己已经回到了熟悉的家中。梦中的一切历历在目，令人印象深刻。他感觉不到自身的变化，怀疑这一切只是一个十分难忘的梦罢了。

但很快，普罗米修斯欣喜地发现，这不是梦，他果然获得了非凡的“智慧”。最直接的证据就是，他能通过观察一个人的眼神，就猜到此人心中所想；他还能分析出所有事情发生的缘由和万物之间存在的联系；他明白了很多之前想不明白的道理，并进行具有哲学意义的归纳。

然而，这些都不是最重要的。

普罗米修斯非凡的智慧，令他拥有了“预知”的能力。不管人或物，他都能看到其发展的趋势，以及未来的结果。

他预知到了战乱来临的日子，并十分清楚其原因。这场为期十年的鏖战，是由特洛伊王子帕里斯出航引发的。这个好色的王子，拐走了希腊斯巴达国王墨涅拉俄斯美丽的王后海伦，从而引起双方长达十年的战争。

尽管普罗米修斯预知到了战乱的来临，但他并未试图阻止。相反，他期待着战争发生。

原因是，他意识到，这是自己的机会。通过这场战争，他能除掉那些已经被人们尊称为“神”的超能力者们。然后，他会成为这个世界的主宰。

自从天神降临之后，50个超能力者分别回到自己的国家和部落，他们展现出了非凡的能力，被人们奉若神明。当初选择“火”的赫淮斯托斯，被称为“火神和锻造之神”；选择“光和热”的阿波罗，被当作“太阳神”崇拜；阿尔忒弥斯被称为“月亮女神”；宙斯成为了“雷神”；波塞冬则是“海皇”；甚至连那个农妇，也成为“大地女神”；而当初那个做小生意的商人赫尔墨斯，则成了商人和旅行者的庇护神，俨然是“指引之神”……

几乎每一个超能力者，都化身为神，享受着人类的尊敬和崇拜。人们甚至为他们修建神庙，并送上供奉。

只有一个人除外，那就是普罗米修斯。

人们几乎不知道他的存在，更遑论将他视为“神”。因为普罗米修斯从来没有展示过自己的超能力。他只是默默地等待，等待机会的来临。

他心中非常清楚，战争爆发是他命运的转折点。他将因此成为最后的赢家。

帕里斯王子果然如普罗米修斯预测的那样，从希腊劫走了美丽的王后海伦。这对希腊人来说是奇耻大辱。战争爆发了。

普罗米修斯以普通士兵的身份加入了攻打特洛伊的希腊联军。运用预知能力，他帮助希腊军队连续打赢了数场胜仗，迅速被提拔为希腊联军的将领之一。

一次，希腊军的大将阿喀琉斯在普罗米修斯的帮助下，洗劫了克律塞城，掳来了阿波罗神庙老祭司的女儿，这姑娘长得很美。普罗米修斯有意将其作为战利品献给了希腊军统帅阿伽门农。

阿伽门农占有老祭司的女儿后，老祭司持着象征和平的金杖，顶着代表“太阳神”阿波罗的花冠，带着巨额赎金，来到希腊军中乞求放回女儿。

众人都尊重这年老的祭司，也愿得到赎金，打算同意他的请求。但普罗米修斯却暗中对阿伽门农说：“您是全希腊军的最高统帅，却连自己的一份战利品也保不住，传出去的话，您威严何在呢？”

因此，阿伽门农改变了主意，他指着老祭司骂道：“老家伙，快滚！不管你是什么祭司，等我攻下特洛伊，我要带你的女儿回希腊去，做我的妻子。”

老祭司胆战心惊，满心忧愁。他伤心地来到神庙，向阿波罗哭诉：“尊敬的太阳神呀，希腊人无礼地欺辱我这孤苦的老人，请您为我主持公道吧！”

阿波罗得知有人竟敢对他的祭司如此无礼，大为愤怒。本来，超能力者们受到天神告诫，都不敢参与战争，但阿波罗年轻气盛，并自恃是50个超能力中最强的几个之一，他不顾神的告诫，来到希腊军前，将太阳的光芒凝聚成无数光箭，射向希腊战士。

阿波罗的神箭一连射了九天，普通士兵根本无法与具有神力的阿波罗对抗。希腊将士死伤无数，节节败退。

然而，阿波罗没想到的是，他射死的希腊将士中，有一位叫作狄俄墨得斯的将军，是希腊军中最勇敢的将领之一，同时，他也是另一位“女神”的亲弟弟。这位女神，正是后来和宙斯结婚，被尊称为“天后”的赫拉。

赫拉得知弟弟被太阳神的神箭射死，勃然大怒。她也将神的告诫抛到脑后，发誓要向阿波罗复仇。

赫拉的能力十分可怕，被她接近并施以“惩戒”的人，都会陷入极端痛苦后死于非命。一向自负的阿波罗也惧她三分，暂时撤走了。

赫拉没能为弟弟报仇，便迁怒于其他跟太阳神有关的人，一些无辜的人惨死于她的恐怖能力之下。人们十分害怕她，称其为“复仇女神”。

阿波罗和赫拉的行为公然违背了神的指示，但其他超能力者们发现，神并没有再次出现施加惩罚。他们也纷纷按捺不住了，因为他们也分别是希腊人或特洛伊人，互相仇视已久。一旦有人率先出手，其余超能力者们一个个都投入了战争。

太阳神阿波罗、战神阿瑞斯、爱情女神阿弗洛狄忒、彩虹女神伊丽斯支持特洛伊人，复仇女神赫拉、海皇波塞冬、女战神雅典娜、睡神修普诺斯等人则站在希腊人一边。

人和“神”的大混战令战争白热化。这场旷日持久的战争持续了近十年。在此期间，超能力者们战死、战伤，最后只剩下十余人。

“众神”参与战争之际，普罗米修斯却悄然离开了。因为他的目的已经达到，只需隔岸观火、收拾残局即可。这场著名的特洛伊战争中，几乎没有留下普罗米修斯的名字。更不会有人知道，将战火升级的，正是这个日后被称为“先知之神”的人。

战争的最后阶段，情况十分惨烈。一场战斗中，特洛伊王子帕里斯和希腊军大将阿喀琉斯纷纷战死，双方死伤惨重。希腊人又攻了几次，均未能得手。特洛伊城高大坚固的城墙，保护了特洛伊人。他们坚守城池，再也不出战了。

这个时候，普罗米修斯再次现身了。他清楚，战争必须有一个结果，不能就此不了了之。“众神”之间，也必须做出进一步了断。

利用非凡的智慧，普罗米修斯想到了一个妙计。他将此计献给希腊军中一个叫西农的人。正是因为这条“伟大”的木马计，希腊人反败为胜，获得了特洛伊战争的最终胜利。

漫长的战争结束后，人和“神”皆疲惫不堪。本以为终于可以过上安定的日子，但瘟疫和天灾又在不久后接踵而至。

人世间再次陷入恐惧和混乱，人们此时可以依靠的，就只有战争后剩下的十多位“神”了。而事实上，“大地女神”德墨忒尔、“女灶神”赫斯提亚、“酒神”狄俄尼索斯、“风神”埃奥洛等善良正义的超能力者，也确实为人类带来了福祉。他们帮助人类战胜瘟疫、克服灾难、重建家园，得到了人们的景仰和崇敬。

然而，普罗米修斯却在盘算着别的事情。他认为，世界上不需要这么多“神”，只要一个足矣。这个最伟大的神明，就是他自己。唯有他，才能最终统领和指引人类。

就像当初发现战争带来的契机一样，普罗米修斯再次找到了令众神不和的切入点。这个时候，能呼风唤雨的“雷神”宙斯（被人们尊称为“天父”）和“复仇女神”赫拉结婚了。强强组合，使他们成为“众神”的领袖。但在普罗米修斯看来，这正是上天赐予他的又一次良机。

普罗米修斯非常清楚宙斯好色的本性，更清楚赫拉善妒的个性。要挑起他们互相争斗简直太容易了。

各种关于宙斯和其他女神有染的谣言开始流传，这些被夸大其词的谣言传到了赫拉的耳朵里。赫拉嫉妒心极强，且善猜忌。即使没有这些谣言，她也时常怀疑丈夫不忠。听到这些传言后，她找到丈夫兴师问罪，两人为此争吵不休，关系出现了裂痕。

同时，妒火中烧的赫拉利用她的权力和能力惩罚每一个传言中跟丈夫关系亲密的女人。但雅典娜、阿尔忒弥斯和被称为“纠纷女神”的厄里斯可不是好惹的，她们同样拥有着强大的超能力。于是，女神之间的争斗爆发了。

这还不算完，普罗米修斯也想好了对付宙斯的方法。他以“先知”之名散布谣言，声称自己看到了宙斯未来的结局——宙斯的统治地位将被另一个“神”推翻，而宙斯将命丧此人之手。

宙斯知道普罗米修斯是所有超能力者中最具智慧的人，丝毫不怀疑他拥有预知的能力。他没有想到这是一个阴谋。

宙斯找到普罗米修斯，希望他说出未来会推翻自己的这个人的名字，以及告诉自己他预知到的一切。但普罗米修斯故意做出为难的样子，表示如果他说出了这个秘密，必然将引起争端，坚持不肯告之。宙斯无奈，只得放弃。

然而，这样一来，就如同普罗米修斯期望的那样，宙斯几乎把每一个威胁到他地位的人都当成了敌人。

此时，狡猾的普罗米修斯又散布出新的谣言——宙斯即将调动一切力量对付所有对他形成威胁的人。

如此一来，当时的强者们，特别是实力和宙斯不相上下的海皇波塞冬、冥王哈迪斯，和宙斯展开了一场激烈的混战。最后的结果是，三人皆身负重伤，几近丧命。波塞冬躲到大海中的一个小岛上疗伤；哈迪斯逃到像冥府一样幽暗的山谷；元气大伤的宙斯，也隐藏在奥林匹斯山休养生息。他们都退出了统治阶层，也无力再管人间之事。

普罗米修斯眼看目标即将达成，心潮澎湃。但此时，一件出乎他意料的事情发生了。人类中出现了对自己不利的声音。

本来，普罗米修斯以为自己的所作所为都极为隐蔽，无人知晓。没想到的是，人类中的一个吟游诗人，却洞悉了他的所有阴谋。这个人试图拯救尚活着的超能力者，并告诉他们事情的真相。

这个吟游诗人正是当初被真正的天神附身的荷马。从特洛伊战争刚刚爆发的时候，他就注意到了普罗米修斯的野心和阴谋，并通过各种途径收集到了他挑唆众神争斗的事实。荷马不想眼睁睁看着被神赋予使命的超能力者们蒙蔽了眼睛。他写下了一本《荷马史诗》，传布真相。

普罗米修斯将荷马视为大敌。此时的他，已不再像当初那样默默无闻，而是利用预知能力建立威望，获得人们崇拜和信任。他也拥有了自己的神庙，并被人们尊称为“先知之神”。普罗米修斯命人搜寻荷马行踪，终于将荷马抓到了自己神庙的地牢中。

普罗米修斯看到荷马所写的《荷马史诗》，他并没有像缺乏心智的人那样勃然大怒，而是冷静地反思自己的失误和大意，并思考怎样弥补此事。

普罗米修斯烧毁了这卷《荷马史诗》，然后对荷马说：“你既然热衷于记录和抒写，我就允许你为后世留下一本《荷马史诗》。不过，其中内容，你必须按照我的意思来写。你仍然要以特洛伊战争作为主线，不过，不能提到神赋予我们超能力的事，而要写成一开始，我们就是司管各职的神。并且，你要把这些神写得自私、狭隘、争勇好斗，但是唯独不能提到我的存在。我的故事，就不用你来歌颂了，我自然会命其他人书写。”

荷马断然回绝道：“这不可能，因为我是除了你们50个人之外，唯一亲身经历了天神降临这件事的人，也是唯一知道事情真相的人。而你要我记录的，显然不是我双眼所见的事实。我宁死也不弄虚作假，成为被你利用的工具！”

普罗米修斯冷言道：“你还是考虑清楚再回答吧。我知道，你有妻子和两个儿子，你非常爱他们。如果你不按照我说的去做，我会找到他们，然后当着你的面，对他们施以酷刑。你清楚我的能力，也知道我的手段。如何权衡，你自己考虑吧。”

这番话令荷马胆战心惊，他的决心动摇了。他不愿令他爱的人因为自己而遭受苦难，只能妥协了，说道：“普罗米修斯大人，我愿意按照你的吩咐，写下《荷马史诗》。”

于是，荷马忍辱负重，依照普罗米修斯的要求写下新的《荷马史诗》，掩盖了许多事实真相，读来宛如神话故事。只有关于特洛伊战争的部分，和之前保持了一致。

新的《荷马史诗》写好后，普罗米修斯立刻刺瞎了荷马的双眼，并继续将他软禁，目的是不让其再次书写，甚至无法对人口述这一切。

被关押在地牢中的荷马，内心充满屈辱和愤懑，却无处诉说。他只能每天向天神祷告，并一遍又一遍地控诉普罗米修斯的所作所为，期待天神能再次出现，解救自己。

一年又一年过去，终于有一天，奇迹出现了。神感应到了荷马的呼唤和乞求，他再次降临并附身在荷马身上。

普罗米修斯看到被关在地牢的荷马竟然出现在自己面前，惊诧之余，感觉到荷马的神情和往昔大不相同。此时的他，因为预言并警示了几场天灾的发生，已经被人们尊为救世主一般的“大神”了，其地位之高，俨然是“众神”之首。

“荷马”指着普罗米修斯的鼻子怒斥道：“你这卑鄙小人，善用阴谋诡计的狡猾家伙！我当初赐予你‘智慧’，是希望你用聪明头脑造福人类，但你却只用来满足私欲！你的野心，竟然大到了想将我取而代之的地步。看看这雄伟的神庙，你真把自己当成‘神’了吗？！”

普罗米修斯大惊失色，他清楚，这份威严绝不是荷马能假装出来的，看来真正的天神再次降临了。他赶紧伏倒在地，亲吻着神的脚趾，为自己辩解道：“伟大的天神呀，这真是天大的误会！我利用您赐予我的智慧和预知能力，令数以万计的民众避免毁灭之灾。人们感激我，才为我修建这住所，送上供奉，但这实在不是我的本意。”

神怒不可遏：“事到如今，你还想用如簧之舌欺骗于我。你的那些心计和算盘，怎么可能瞒得过我？人啊，总是自以为是、自作聪明，并且胆大包天，连上天都敢戏弄。看来不让你受到最严厉的惩罚，你是不会有悔改之意的！”

说完这番话，神施展神力，一瞬间将普罗米修斯从神庙带到了高加索山脉的悬崖跟前。

普罗米修斯吓得脸都白了，不敢再蒙骗下去，他跪在地上苦苦求饶，但神已下定决心要给他予惩罚，不予理睬，继续施展神力。

几根铜链和钢镣将普罗米修斯锁起来，悬吊在高加索山脉的悬崖峭壁上。神对他说：“我给你的惩罚，就是将你永久悬吊在这悬崖之上，白天被烈日炙烤，夜晚被寒风吹彻，但就是不会死亡。这份痛苦，你要一直承受到世界末日来临为止！”

普罗米修斯痛哭、哀求着，希望神能网开一面。但他看出神心意已决，求饶也是枉然，只有问道：“神啊，那起码您能告诉我，世界末日什么时候才会到来？我什么时候才会从这痛苦中解脱？”

神漠然道：“记得我第一次现身之时对你们说过的话吗？我告诉你们，世界将迎来一系列大灾难，包括战乱、瘟疫和天灾。你以为我说的天灾，仅仅是你预知到的几次火山爆发和洪水泛滥吗？愚蠢的人，你根本就想不到，真正毁灭世界的大灾难还在后头呢！这场灾难，将终结你们这个时代的一切文明。唯一获得救赎的办法，就是你们50个人团结一致，共同抵抗。但是现在，50个人中的大多数，都因为被你算计而丧命，仅剩下的几个人，是不可能与这场天灾对抗的。

“所以你现在知道，自己犯下的罪孽有多么深重吧？因为你，全世界的人都将遭遇灭顶之灾。你自以为能领导和拯救人类，最终的结果却是带领他们走向灭亡，真是天大的讽刺！”

普罗米修斯流下悔恨的泪水，哀求道：“伟大的神，请您再给我以及所有人类一次机会吧。我发誓会联合所有超能力者们，共同抵御灾难，守卫家园！”

神悲叹道：“世间诸事，都没有重来一次的可能。上天已经给过你们机会了，失去这个机会，说明这个时代的消亡是不可抗拒的。大灾难过后，一小批人会存活下来，他们将建立新的文明，几千年后，这个文明或许会远胜你们数倍。如此看来，这也是世界发展进步的必然轨迹。”

普罗米修斯发出撕心裂肺的哭喊，嘶吼道：“我不甘心！本以为自己是被上天选中的人，想大有作为一番，最后却聪明反被聪明误，毁了自己，更成为千古罪人！天底下有比我更悲剧的人吗？上天啊，你为何要这般耍弄于我？！”

神听出普罗米修斯的哭喊中充满了对上天的控诉和怨怼。他思量许久，打算给这个悲剧色彩的人最后一次机会。他对普罗米修斯说道：“既然你如此愤愤不平，又不甘心死，我就破例再给你一次机会。但不是现在，而是遥远的几千年后。”

普罗米修斯看到一线希望，赶紧询问是怎样的机会。

神说：“每一个文明，都有其终结之日。而仁慈的上天，也总是会给人类一次自我救赎的机会。几千年后的文明或许辉煌，但终有一天也会迎来末日。届时，上天会再次挑选50个人，赐予他们非凡能力，并赋予他们拯救世界的任务和希冀。”

普罗米修斯问道：“可是，遥远未来的事，跟我有什么关系呢？”

神望着他说：“未来的那一天到来之前，我会让你本来已经消散的意识复苏，你可以以‘旧神’自居，承担起告知他们一切并唤醒他们超能力的使命。并且，你自己，也是这50个人之一。”

普罗米修斯感谢上天开恩，说道：“我发誓，当这一天来临的时候，我必视另外49个人为兄弟姐妹，和他们一起……”

没等普罗米修斯说完，神便打断了他的话：“不，你错了。每一次的规则是不一样的。这次，我让你们50个人团结一心，共同对抗，已经失败了。几千年后，我不相信人类的觉悟会有提升。我已知悉人的自私，要让他们摒弃私心合作，始终是不可能的事情。”

神沉吟片刻，说道：“人类既然喜欢争斗和对抗，我就满足其需求。未来的50个超能力者，从获得能力的那一天起，就要互相争斗和厮杀，直到决出最后一个胜利者为止。赢的这个人，将获得比50个人的能力加起来还要强大的能力。这种力量，甚至可以和真正的神相媲美。人既然梦想当神，就让他当吧！”

神再次望向普罗米修斯：“这就是我给你的机会，如果在未来的这次竞争中，你仍然能像这次一样，成为最后的胜利者。那么，上天将真正赋予你跟神同样的力量和地位。”

普罗米修斯说道：“谨遵天神安排。”

神说：“不过，这个机会不能白白给你。在你悬吊在此的日子里，我会给你一个考验，如果你在世界末日之前，通过这个考验，才能获得未来的这次机会。”

普罗米修斯问道：“什么考验呢？”

神说：“你不是拥有‘预知’的能力吗？如果你能预言几千年后，被上天选中的50个超能力者的名字，就算是通过考验。”

普罗米修斯忧虑地说：“神啊，几千年后的事，我恐怕没有能力预知到，求您开恩，不要难为我！”

然而，神已经从盲诗人荷马的身体中抽离出去了。高加索山脉的山谷中，回荡着神的最后一句话：“你有漫长的时间来做这件事。接受惩罚的同时，就试着将你的能力发挥到极致吧。如果你连这个考验都无法通过，未来的竞争会更加残酷，你也就不必参与了……”

于是，普罗米修斯长达数千年的惩罚和考验开始了。他从束缚和痛苦中解脱的一天，也就是这个时代文明的终结之日。

四十一、旧神的秘密

SUPER TABOO GAME

杭一将这本《荷马史诗》的大致内容告诉同伴后，众人沉默了将近5分钟。震撼程度可想而知。

良久，辛娜讷讷道：“这么说，‘旧神’的身份，就是古希腊神话传说中的‘先知之神’普罗米修斯？那个为人类盗取神火的伟大天神？”

韩枫说：“恐怕这些都是普罗米修斯活着的时候，命人书写的赞歌。就像历代君王一样，希望流芳百世。”

“我的世界观已经被颠覆了。”陆华按着脑袋，神情惘然，似乎还沉浸其中，久久不能自拔。

雷傲问道：“按照这本书上说的，普罗米修斯已经把代表真实情况的《荷马史诗》烧掉了，那么，我们怎么还会看到这本手抄本呢？”

杭一说：“书中不是提到，荷马有两个儿子吗？假如荷马有心，在被普罗米修斯抓去之前，就誊抄了一份，让儿子保管。他儿子又在普罗米修斯失势之后，抄写了更多份，一切就解释得通了。”

老学者插话道："但我们现在手里的这份，不可能是公元前12世纪的物品。显然大灾难之后，有人发现了这版珍贵的《荷马史诗》，又将其传抄了多次，才能流传下来。"

众人纷纷点头。雷傲好奇地说："我感兴趣的是，普罗米修斯通过这个考验了吗？"

"显然通过了，不然的话，他就不会以'旧神'的身份出现在我们面前了。"韩枫说。

杭一、陆华和孙雨辰互看了一眼。杭一说道："实际上，有一个更加直接的证据，证明他确实通过这个考验了。"

"什么证据？"雷傲感兴趣地问，"你怎么知道？"

杭一翻到羊皮卷《荷马史诗》的最后一页，摊开展示给大家看。这一页上，密密麻麻地写着几十个古希腊文字。雷傲问："这写的是什么？"

杭一说："这是50个名字，代表着普罗米修斯预言的未来参与竞争的50个超能力者。他不会中文，所以只能用古希腊文字来代表这些名字的读音。"

"中文……"辛娜愕然道，"难道是……"

杭一指着一个希腊文字问雷傲："你知道这个词用音译的话念什么吗？"

雷傲骇然摇着头，但看样子似乎猜到了几分。

"念'雷傲'。"杭一说。

"啊！"雷傲控制不住激动的心情，大叫道，"生活在公元前12世纪的普罗米修斯，预言出了我的名字？！"

"不只是你，我们50个人的名字，他都预言出来了。"杭一又指着好几个名字分别说，"'杭一''韩枫''米小路''贺静怡'……"

"这怎么可能？"辛娜惊愕地捂住了嘴，普罗米修斯不是被缚在高加索山脉上了吗？他怎么可能把这些名字记录下来？"

“我猜，记录这些名字的人，是荷马。”杭一分析，“只有他知道这一切。他后来也肯定再次去高加索山脉见过普罗米修斯。而普罗米修斯请求他将这些名字记录下来，作为他通过考验的证明。”

“真是太不可思议了。”舒菲的身体因激动而微微颤抖，“我们的名字被2000多年前的人预测并记录了下来。这一切，难道真是冥冥之中宿命的安排？”

“不，我不相信这是宿命的安排。”杭一说，“只是普罗米修斯用超能力预知到了我们的名字而已。如果真是宿命的话，上天也不会给我们机会，让我们改变人类的命运了。”

“说得好！”韩枫拍了杭一的肩膀一下。

“可是有个问题。”季凯瑞保持着冷静的态度，“我们即便知道旧神以前的身份，却不知道他现在的身份。也就是说，我们仍然不知道他是13班中的谁。”

舒菲皱眉道：“我们已经知道旧神的秘密了，就算知道他是谁，又有什么意义呢？仍然无法阻止这场残酷的竞争。”

“我不这样认为。”杭一严肃地说，“这本《荷马史诗》，毕竟只是公元前12世纪的荷马，以他的认知和理解来书写的而已。虽然揭露了一些真相，也解释了一些缘由，但仍然留有很多疑问。比如，那个真正的‘天神’，到底是个怎样的存在？他对普罗米修斯说的话，真的是他的本意吗？这场残酷的竞争开始之前，他有没有再次降临过？”

“这些问题的答案，书中没有写，我们也就不可能知晓。”雷傲挠着脑袋说。

杭一望了雷傲一眼，又环视同伴，说道：“实际上，有一个人可能知道答案。这个人，就是唯一跟真正的‘神’对话过的，意识复苏的‘旧神’！”

韩枫突然激动起来：“也就是说，只要找出旧神，跟他当面对话，也许能获知很多《荷马史诗》中没有记载的重要信息！甚至找到跟真正的‘神’

沟通的方法！”

“没错。而旧神到底是谁，我们也有迹可循了。起码我们知道他的‘前世’是普罗米修斯，我相信今生的他，也必然跟前世有着某种联系！”

“是吗……会是怎样的联系呢？”雷傲思忖着。其他人也陷入各自的沉思当中。

杭一深吸一口气，他知道，揭开“旧神”的秘密，只是向前迈进了一步而已。没有解开的谜还有很多，但时间却越来越少了。

从获得超能力到现在，已经过去半年多了。

一年的期限，还有最后五个月。

《超禁忌游戏》第三季（完）

目前结果统计

SUPER TABOO GAME

♀	女 41 号	贺静怡	能力“金钱”	等级 1 级；
♂	男 19 号	孙雨辰	能力“意念”	等级？级；
♂	男 5 号	陆晋鹏	能力“力量”	等级 1 级；
♂	男 12 号	杭　一	能力“游戏”	等级 3 级；
♂	男 49 号	米小路	能力“情感”	等级 2 级；
♂	男 27 号	韩　枫	能力“灾难”	等级 1 级；
♂	男 9 号	陆　华	能力“防御”	等级 3 级；
♂	男 15 号	雷　傲	能力“气流”	等级 2 级；
♂	男 10 号	季凯瑞	能力“武器”	等级 3 级；
♀	女 47 号	赵又玲	能力“电”	等级 1 级；
♂	男 6 号	赫连柯	能力“强化”	等级 2 级；
♀	女 38 号	倪娅楠	能力“记忆”	等级 1 级；
♂	男 22 号	巩新宇	能力“概率”	等级 1 级；

♀ 女 11 号 夏丽欣 能力“声音” 等级 1 级；

♀ 女 45 号 舒 菲 能力“追踪” 等级 1 级；

♂ 男 42 号 蒋立轩 能力“重力” ——死亡；

♀ 女 40 号 房 琳 能力“疾病” ——死亡；

♀ 女 32 号 谭瑞希 能力“平衡” ——死亡；

♀ 女 30 号 刘雨嘉 能力“预知” ——死亡；

♀ 女 21 号 魏 薇 能力“密度” ——死亡；

♂ 男 7 号 卢 平 能力“沟通” ——死亡；

♀ 女 28 号 井小冉 能力“治疗” ——死亡；

♀ 女 24 号 俞璟雯 能力“外形” ——死亡；

♂ 男 31 号 阮俊熙 能力“动物” ——死亡；

♀ 女 39 号 裴 裴 能力“数字” ——死亡；

♂ 男 50 号 段里达 能力“惩戒” ——死亡；

♀ 女 25 号 冯亚茹 能力“规律” ——死亡；

♂ 男 13 号 向 北 能力“死亡” ——死亡；

残存人数：未知。